サークル村の磁場

上野英信・谷川　雁・森崎和江

新木安利

Araki Yasutoshi

海鳥社

扉写真＝谷川雁（左）と上野英信
（一九五八年秋頃。上野朱氏蔵）

サークル村の頃。左より上野英信，長男朱，晴子，森崎和江，谷川雁

森崎和江
（2010年５月，新木撮影）

松下竜一と上野英信

上野英信・晴子夫妻

（写真＝上野朱氏蔵）

サークル村の磁場◉目次

サークル村の磁場

上野英信・谷川　雁・森崎和江

『サークル村の磁場』正誤表

下記の誤植がありました。訂正してお詫びいたします。

	誤	正
11頁1行, 293頁2行	現阿知須町	現山口市阿知須
20頁16行, 45頁3行 130頁11行	根へ根へ	根へ、根へ
34頁7行	『多摩』	『多磨』
42頁18行	も常任であった	も細胞であった
53頁5行	オモニ	ネエヤ
67頁11行	三井町	御井町
68頁3行	佐賀の	諫早の
84頁11行	解放的な	開放的な
113頁4行	『現代詩手帳』	『現代詩手帖』
142頁3行	一月	三月
149頁11行	一九四二年	一九四七年
200頁2行	行くのよ	行くのよ」
219頁15行	講義	抗議
253頁10行	母チカの	父倪二の
274頁15行	『文藝展望』	『文芸展望』
276頁9行	『天籟』	『天籟通信』
301頁上段2行	1月	3月

1　上野英信の基点

上野英信《えいしん》は一九二三年八月七日、山口県吉敷郡井関村（現阿知須町）三三五八番地で生まれた。本名鋭之進。父彦一、母ミチ、八人きょうだいの長男。父の仕事（洞海湾の浚渫をする、若松築港会社）の関係で、八幡市（現北九州市八幡西区）黒崎で少年時代を送る。

一九四一年、上野が八幡中学から満州国新京（現吉林省長春）の建国大学（一九三八年創設）に進んだのは、学費が官費であったためだが、それだけではなく、やはり「満州を興す」という気概に燃えてもいた。建国大学は「満州国」を指導するエリート養成の機関であった。上野は、（石原莞爾らが振りまく）「五族協和、王道楽土」というユートピア幻想に乗ってしまったのではないか。退学して革命に身を投じた中国人同級生に衝撃を覚えていたということはあったが。彼は陳抗といい、戦後中国大使館参事として日本に赴任、札幌総領事、シンガポール大使などを務めた。一九六七年七月、彼は「日本は経済的に成功したが、人間的な魅力を失ったのではないか。しかし上野先輩だけは別だ」と言って、筑豊文庫を訪れた（杉本一「秘めた中国への思い」―『追悼上野英信』上野英信追悼録刊行会、一九八九）。

上野は満州や建国大学の頃のことを多く語らなかった。一度だけ出席した同窓会で、何も分かってない同窓生に、「世が世ならばお前もたいした地位についていただろうが、売れない作家なんかになって可哀想なことだ」と言われ、烈火のごとく怒って帰宅した。それ以後、建国大学同級生との個人的な交流はあったが、建大との縁を切った（上野朱「八月の花」—『父を焼く』岩波書店、二〇一〇）。上野晴子は「汚点として恥じていた」風であると見ている（上野晴子『キジバトの記』海鳥社、一九九八、98ページ）。

一九四三年一二月一日、建国大学在学中に学徒召集され、四五年八月六日、陸軍船舶砲兵見習士官として広島にいた時、宇品（爆心地から約四キロ）の兵舎で被爆する。


［朝礼につづいて何よりたいくつな敬礼練習が終り、男は汗をふきふき兵舎に入りかけた。

太陽が音もなく熔けて天いっぱいに拡がった。

やや間をおいて黄金色の巨大な柱が、目のまえに立った。千の鉄拳が男の頭をなぐり、男は目がくらんだ。

男は、気を失いながら、自分が手をひろげてふわりと地をはなれていくのを感じた。

男は、まっかな火の中に、一匹の白い胡蝶が舞いくるうているのを発見した。

男は、炎の海から蝶をのがれさせようとして必死に手をのばしたが、手はとどかなかった。

男は、今にも蝶の白い羽に火がつきはしないかと、はらはらしながら、アブナイ！　アブナイ！　と叫んだが、声はでなかった。

炎にもてあそばれながらも、純白の蝶は、燃えもせず、めくるめく真紅の火のなかを、ひらひら舞いつづけた。］

（散文詩「田園交響曲」—『月刊高松』一九五七年二月四号）

原爆が炸裂し、千の鉄拳が男の頭をなぐりつけた。男は卒倒しながら、真っ赤な火の中に一匹の白い胡蝶を認めた。これは散文詩であるから、簡潔な語りの中に象徴的な「白い胡蝶」が出現するが、「蝶」はおそらく命の象徴である（「蝶」は、後、上野が坑内で負傷した時にも現われ、「あの純白の胡蝶の生きている限り、自分は死なない」という祈りとしての心象風景となったし、さらに後、息子が生まれた時にも現われ、「羽もこがさず、この火をくぐりぬけて舞っているのは、ほかならぬこの子だったのだ」とうたっている。絵柄として、速水御舟『炎舞』〔一九二五〕を思わせる）。

被爆直後、昏倒から起き上がった上野は救護に駆けつけ、地獄の光景に心は廃墟と化した。しかも「アメリカ人をひとり残らず殺してしまいたい」というアメリカへの復讐心が煮えたぎってもいた。さらに原子野での救護活動で被爆していた。「彼の生命がその遠い内部でやけただれていることを知るよしもなかった」のだが、以後慢性脾腫と白血球の減少による疲労感に悩まされた。

戦後、上野は仙崎港で満州からの引揚者の援護にあたった。関門海峡には、米軍機によって機雷が投下され、一九四五年四月以降、関釜連絡船は、興安丸、壱岐丸（二代目）、新羅丸が触雷し、それぞれ大破、航行不能、沈没という被害を受けた。下関港、門司港の機能は完全に失われ、博多港と山口県仙崎港に移された。しかし、博多湾でも金剛丸が触雷し、擱座《かくざ》した（同じく五月には見習士官上野鋭之進曹長の乗った陸軍の輸送船日向丸が博多湾で触雷、航行不能となった）。六月一九日、福岡大空襲があり、二〇日、関釜連絡船は廃止になる。残った全船を他の航路に転用した。一九〇五年以来の関釜連絡船の歴史は幕を閉じた。

　終戦後の八月二二日に仙崎港、八月二八日に博多港が使用されることになり、両港は植民地満州・朝鮮からの引揚者と、強制連行などで日本に来ていた朝鮮人帰還者でごったがえしていた（金賛汀『関釜連絡船』朝日新聞社、一九八八／林えいだい『筑豊・軍艦島』弦書房、二〇一〇）。

　一目瞭然であった。上野は、この光景を目の当たりにし、「楽土満州」の虚妄と欺瞞《ぎまん》を知った。無知不明を恥じた。

　一九四六年四月、京都大学に編入学していたが、四七年九月、一年半で中退した。被爆から大学中退までの間に、いわば回心のごときものが起こったと思われる。「〈人間〉はつねに加害者のなかから生まれる」と石原吉郎が言ったように、また宮沢賢治が「修羅のなみだはつちにふる」と言ったように、上野は自身の加害性を自覚した。ここから上野の人生は始まる。彼は詩人だったから。宮沢賢治「花巻農学校精神歌」にいうところの「まことの草の種」が萌え出た、ということであろう。

　なぜ炭鉱夫になったのかという問いに、上野は、魔が差した、気の迷い、出来心、などと言っているが、それを言うなら光が差したというか、闇が差したのである。

［夜、男は家をでた。
夜、男は、さびついた鉄道の枕木をつたって、炭鉱に入った。
男の心は、坑道よりも暗く、空虚であった。
しかし、いつの間にかキャップランプの光がきらめいて人間が彼の坑道をくだり、彼の魂に

つるはしを打ちこんだ
男は目をさました。
男は旗をたてた。
男は、ここが俺の広島だ、と旗に誓った。

男は、ここで俺は俺の広島を生きるのだ、と決心した。」

戦時中親が決めた婚約を解消し、夜、逃れるように家を出た、その鉄道の線路が、そのまま炭鉱につながっていた、ということであるが、そこはキャップランプの光が照らす坑夫たちの底辺の労働の関わりの中で、上野の魂がよみがえる場であった。「ここが俺の広島だ」という認識を可能にする場であった。それは、

(「田園交響曲」)

「私はただやみくもに、私の心からヒロシマを消したかっただけである。あの、人間が見てはならない凄絶な生地獄の光景を消さなければ、到底、生きて行かれなかったのである。もし、あのとき筑豊の闇が私をつつんでくれなかったら、私は果たしてどうなっていたことか。」

(『上野英信集1　話の坑口』径書房、一九八五、あとがき)

という時の、「ヒロシマを消す」ことと同義である。上野の中にある罪障感の償いは暗闇の中で可能だったのである。「広島の地獄を見、広島の地獄を生きた人間の一人として、私は終生、人間そのものとして地獄を生きるよりほかに地獄から逃れる道はないのだと思った」(上野英信『廃鉱譜』筑摩書房、一九七八)という逆説とも同義である。「ヒロシマ」=「筑豊の闇」は上野英信の基点である。

さらに次のようにも書いている。防長には満州でのし上がり、戦後は首相にまで成り上がった岸信介などの怪物もいて反省のはの字もないのであるが、上野の戦争責任の受けとめ方は、倫理的で誠実そのものであった。重要なところなので、引用も長くなる。

［敗戦までわずか二年たらずの短い期間であったが、わたしはいわゆる学徒兵の一人として軍隊と戦争の経験をもたされた。それだけに敗戦の衝撃も深刻であった。ありとあらゆる価値体系の崩壊と転換のうずまきのなかで、わたしは裏切られた天皇を呪い、背かれた祖国を呪い、なによりも烈しくわたし自身の無知の狂信を呪った。二度と還らない友たちの死の影がたえずわたしの心に重かった。しかしそのたびにわたしは、彼らもまたわたしとおなじく、呪うべき侵略戦争の尖兵であったかぎりにおいて、たんなる戦争犠牲者ではなくて、戦争犯罪者でもあったという論理にかくれるのをつねとした。そう考えるよりほかに、わたしは彼らへの愛惜から身をかわすみちがなかったのである。わたしにとって彼らは「拝んでやらねば浮かばれん仏たち」ではなく、彼らのことを忘れなければわたし自身が浮かばれぬという感覚のみ強かった。

たしかにわたしたちは、たんに日本軍国主義の被害者であるばかりではない。しばしば糾弾されるとおり、みずから意識するといなとにかかわらず、みずから銃をとるといなとにかかわらず、アジア諸民族に対する、恐るべき加害者であり、戦争共犯者であった。それはどう否定しようもない歴史的事実だ。そして、その根底に天皇制がある。これもまたどう否定しようもない歴史的事実である。

ただ、そんなふうに論理のすじみちをひろげてゆく場合に、なにか、音もなくわたしの内部に欠落してゆくものがある。それがいったいなにであるのか、長いあいだわたしにはわからなかった。しかし、いまやあきらかである。――疑いもなくそれは、天皇制の「ゴウカキ」意識そのものの欠落である。(略)

それはほかでもない。いつのまにか、わたしが、戦争責任を追及される側にではなく、追及する側に身を寄せてしまったことにあるというほかはない。わたしみずからを刺さずに、わたしは誰を刺すことができるであろう……。もし無数の兵士たちの「名誉の戦死」が、「犬死に」以外のなにものでもなかったとすれば、死にそこなったわたしの生も、それこそ「犬生き」以外のなにものでもありはしないのだ。

「犬生き」などという言葉がじっさいあるのかどうか、わたしは知らない。しかし、たんなる語呂あわせとしてではなく、まこと、おのれを生きながら「犬死に」をしいられた存在として意識することのできる者だけが、天皇制の祭壇にささげられた累々たるしかばねを、「拝んでやらねば浮かばれん仏たち」として、みずからの内に抱きとることも可能なのである。(略)

いわれなき死のあるところ、そのうしろにはかならずいわれなき神があり、いわれなき神のあるところ、その前にはかならずいわれなき死があるのだ。「天皇陛下萬歳」をとなえて死んでいった兵士たちは、そのことを身をもって立証したのである。しかもいまなお、このいわれなき神と死との悪循環はたちきられることなくこの国の深部を呪縛しつづけてやまないのである。ゆき女は、そのことを狂気をもって告発しているのだ。

わたしもまた生きながら「犬死に」をしいられた人間のはしくれの一人であるあらば、むしろすすんで、生涯にわたる天皇制の「ゴウカキ」として生きてゆきたいと思う。」

（「天皇制の〈業担《ごうか》き〉として」『潮』一九七二年四月↓『上野英信集5　長恨の賦』径書房、一九八六）

上野は軍国青年として戦争に加担したが、広島で被爆し、地獄を見た。そしてその地獄を生きるしか地獄から逃れる道はないと自覚した。その場として、炭鉱の暗闇があった。これが一つ。そしてもう一つの覚悟として、天皇制の呪縛を断ち切ることがあった。敗戦とともに大日本帝国の幻想も満州国の幻想も崩れ去った。満州を興す、という希望がとりもなおさず侵略であったこと、「征服の事実」（大杉栄）に気付いた。それは重い蹉跌《さてつ》であった。天皇を呪い、祖国を呪い、何より自身の無知を呪った。しかし不明の罪障は消えなかった。

死んでいった友の影が襲いかかる。「名誉の戦死」とされたものは「犬死に」以外のものではなかった。友もまた戦争被害者である、と同時に、戦争加害者である、という論理で身をかわそうとしたが、上野の誠実がそのやり方を姑息《こそく》であると詰《なじ》る。彼らは「拝んでやらねば浮かばれん仏たち」であり、同時に彼らのことを忘れなければ自分自身が浮かばれない、という二律背反状態が上野を苦しめた。身の置き所がなかった。戦後にわかに増えた平和主義者のように転身し、時流に乗り、戦争責任を追及する側に立つことが、自分の中の罪を放免させてしまう自己欺瞞に思えた。みずからを刺さず、誰を刺すことができるか。上野は自身を「天皇制のゴウカキ」と規定し、いわれなき神があったゆえにいわれなき死があったことを明示し、みずからの罪を明らかにしていくことによってのみ、生きていくことができる、と考えたのであった。そうして、上野はこの重い蹉跌に沈潜してしまわないように、京都大学を退学し（一九四七年）、婚約を解消し、故郷を捨て、「日本資本主義のはらわた」、筑豊の炭鉱の闇の底に降下していくことにした。それが上野の自己救済であった。回心であった。

川原一之が伝えるところでは、上野は、「ぼくは（略）悪霊というか、怨霊になりたいんだ」と語ったということである。「天皇制のゴウカキ」とは「怨霊」ということである。これは『上野英信集』全五巻の刊行を祝う会席上での発言であり、評言であるが、川原は次のように続ける。

「神ではなくて怨霊。天皇制と資本主義を呪い殺したいという、すさまじい執念にこりかたまった怨霊である。虚飾の繁栄に酔いしれる娑婆を離れ、怨霊となって地底にこもった作家が、筑豊の廃墟に築こうとめざした文学は何であったのか。それこそ貪欲な資本に最後の血の一滴までしぼりとられ、華やかな文明の人柱として、荒れはてた土地に棄てられた民衆を記録する文学にほかならなかった」

（川原一之「夢と怨霊と記録文学と」―『こみち通信』一五号、一九八八年四月↓『闇こそ砦』大月書店、二〇〇八）

そこが上野の「ヒロシマ」だったからである。

京都大学にいた一年半の間、上野はある女性と恋仲になっていた（晴子は、その女性が寄寓していた寺の名にちなんで「曼殊院の君」と呼んでいる）。才色抜きん出た彼女は、上野の人間性に惹かれていたのであるが、上野が学問を続けていくのならば一緒に進むが、炭坑へ下りるというのであれば、一切をなげうってついていく勇気はない、と言って、去って行った。これを上野は「裏切り」と考えた。彼女はその後立派な学者になったという（『キジバトの記』145ページ）。

砂郷春彦の筆名で書いた「遥かなる島の乙女に」という短編に、次のような一節がある。

［とにかく、な、恵美子、なんにも考えないで黙って目をつぶって、俺と、な、一緒になってくれ。／お前のためならば、俺だって炭坑をやめて、お前の気にいるような生活がしたいのは山々だ。然しやっぱりそれは卑怯なことだ。やっぱり俺は、この炭坑でみんなと一緒に苦しみ、みんなの生活を少しでも幸せにするために斗わねばならん。みじめさから逃れたところで、みじめさそのものは、ちっともなくなりはしない。俺たちは、このみじめさをなくすために、真正面からみじめさと取組まねばならん。そして、平和な、安心して食えるような炭坑を、俺たち働く者の手で築かねばならん。］（『地下戦線』一九五三年五月第一号）

炭坑で闘いに生きようとする「俺」に、「恵美子」（小児科の看護婦）はついていけないものを感じている。彼女は遥かなる島の住人なのである。日炭高松時代に上野をみつめる看護婦がいたというから、その人のことなのかもしれない（上野朱『蕨の家　上野英信と晴子』海鳥社、二〇〇〇、175ページ）が、この構図には京都の彼女の姿が二重写しの影絵のように浮かび上がるし、同時に上野の炭坑への志向も表明されている。

「下部へ、下部へ、根へ根へ、花咲かぬ処へ、暗黒のみちるところへ、そこに万有の母がある。存在の原点がある」と言ったのは谷川雁であるが（「原点が存在する」―『母音』一九五四）、上野は逸早く「暗黒のみちるところ」、「筑豊の闇」へ降下していた。ここが上野英信の「基点」である。

一九四八年一月、二四歳の時である。

また上野は「階級的差別が存在する限り、絶対に私は社員にはならない」という約束をしていたし、「奴隷的な兵士たちが居るときに将校になったことの無智と罪悪に対する自責」を二つながら感じていたということである（川原一之「断崖に求めた文学の道」―『追悼 上野英信』440ページ）。

これは上野英信の受難である。上野が共鳴した賢治の「世界がぜんたい幸福にならないうちは個人の幸福はありえない」ということと同質のことであるし、また救われぬ人が一人でもいるかぎり正覚をとらずという菩薩の発願にも似ている。エリートコースを進んできたことへの対蹠的《たいしょてき》展開であると考えられる。先ほどいった重い蹉跌と「天皇制のゴウカキ」意識がそうさせた。

この時、炭鉱で文学をしようと考えていたわけではない。海老津炭鉱を学歴詐称で解雇され、日炭高松第一坑（水巻町）にいた時、『労働藝術』というガリ版刷りの雑誌を発行する（一九四八年七月一〇日、温雅荘文化部）。これは宮沢賢治の「農民藝術」を意識したタイトルである。

上野は『労働藝術』に、遠山穂澄というペンネームで「地底祈禱」という詩と、いすずみちひことというペンネームで「曙に起て」という文章の二編を書いている。

上野英信の初期のペンネームをまとめておく。

『労働藝術』では、いすずみちひこ、遠山穂澄。

『地下戦線』では、青木信美、砂郷春彦、上野英信、うえのひでのぶ。

『サークル村』では、上野英信、上野英之進、U、英信である。

（坂口博「『サークル村創刊前夜」―復刻版『サークル村』別冊）

次に「地底祈禱」の全文を引く（復刻版『サークル村』附録、不二出版、二〇〇六）。ガリ版をきったのは上野自身のはずである。印刷の具合で読みにくいところがあるが、僕の読解ということで）。

地底祈禱

遠山穂澄

一

最も偉大なる藝術は最もささやかなる土のいとなみである。
なにひとつ出来ぬ男……
しかも人と地への
愛の焔に焼き尽されて行く男……
そのおろかな男にとってただひとつゆるされたものは「いのり」である。
私の詩がいづれの日にかいのりにまでたかめられるならば……
そしてせめても　さゝやかな土のいとなみの最後列につくことが叶ふならば……
これだけがたゞひとつの私の願ひである
詩は私にとって美の探究ではなく又自我の探求でも完成でもない
地に生きるかぎり土をいとなむもののみがいのちの権利を持つ

土のいとなみを持たぬ私にとっては精一っぱいの血みどろないのちの探求はたゞいのりの探求である。
そしてこれが私のいのちの義務であり、いのちの建設である。
うしなはれて行く「夜の幸福」……
たくましいねむりと　きよらな愛の抱擁に満ちた古代の夜はいまいづくに去ったのだらう
……
悔恨と懊悩腐敗に糜爛いらだつ不眠と手もちぶさたな淫乱……
夜の太陽を見失った近代
お前が不幸なのは地球が輝いてゐることを知らないからだ
いま私は夜の太陽を祭らうとして土の祭壇にぬかずく
せめてこのはかないいのちをいけにえに献げてひそかないのりの詩をいのらう
夜の幸福を夜の太陽にいのらう
いのり得ないまでもいのりのためにひざまづこう
地をまさぐる今日の合掌

二

夜には夜の太陽がある
黒い地球は灼熱しつゝ

今わが夜の地平をのぼる
あゝその黒い光のそこに伏し
土を抱いてあゝこの日出の歓喜をうたふ
わが歌ごえの嘆かひを
知るは夜の太陽のみ

この詩は上野が筑豊の坑内、「暗黒のみちるところ」に降下していった理由を語っているのかもしれない。暗黒の地底には「夜の太陽」があったのである。「最も偉大なる藝術は最もささやかなる土のいとなみである」と言っているが、上野は本当は農業がしたかったのかもしれない。しかし社会に幻滅し「なにひとつ出来ぬ男」にとって、そのささやかな土のいとなみの最後列で「いのる」ことだけがただ一つの願いであった。それが彼のいのちの義務であり、いのちの建設であった。「怨霊」もいのるのである。

近代は（資本主義は、と言っても同じことだが）、「夜の太陽」を見失い、悔恨と懊悩、腐敗と糜爛にあふれている。この不幸は地球が輝いていることを知れば解消する。みずからのいのちをいけにえに献げ、ひそかないのりの詩をいのること、この「いのり」が上野の詩（文学）の動機であった（ただし、上野は「いのる」だけで終わらなかった。ただ「黙し掌合す」のみの生き方に沈潜していなかったことは後半生が実証している）。「夜の太陽」とは地底で発光する自分自身の意志のことであり、上野の基点でもあろう。次の「曙に起て」に言う「奔騰するいのちの叫び」のことである。

「曙に起て」は、ガリ版印刷の状態が悪く（最下段が一字分ないし二字分印刷されていないところがある）、判読は一部不可能である。宮沢賢治の「農民芸術概論綱要」から「農民芸術の興隆」の章を全部引用し、「いまやわれらは新たに正しき道を行き　われらの美をば創らねばならぬ／芸術をもてあの灰色の労働を燃やせ」というフレーズが言う労働の中から芸術を創造しようという賢治の主張について、上野は「賢治のこの悲願はまた労働者すべての奔騰するいのちの叫びでなければならぬ」と言って、賢治への熱い共鳴を表明している。上野が宮沢賢治に心酔していたことを知ると、さまざまなことが解けてくる思いがある。

さらにロダンの「花瓶の花にはもはや生命の露がない」という言葉を引いて、これを近代芸術への死刑宣言または悲しき葬送の弔文となさねばならぬ、と言う。なぜなら近代芸術は資本主義経済とともにあり、その奴隷となったからである。この状態を賢治は、「芸術はいまわれらを離れしかもわびしく堕落した／いま宗教家芸術家とは真善若しくは美を独占し販るものである」、「職業芸術家は一度亡びねばならぬ」と述べている。上野は次のように言う。

〔戦慄すべき虚偽と背徳。だが果していくばくの芸術家と藝術がその奪はれたる人間性と生存権の奪還のために戦ったか。貧血した彼等とその脂肪ぶとりの作品が「富の野獣たち」の糜爛せる酒宴に花瓶の花として弄ばれてゐる間に、勞働者は最早ほとんど不可能な階級にまで堕されて行ったのである。〕

しかし永い苦闘と胎動の後、われらの芸術は、生れるべくして生れた。不毛な荒野でさえあったこの労働の大地に、種は播《ま》かれた。これを育ててゆくことはわれらの義務である。地に咲く花のみ生命の露が輝く。

「曙は訪れた。然し、春はいまだ浅い。刻一刻と人間性を凍らせてゆく巨大な氷雲にも似た資本主義経済の、忌むべき「奴隷制度」は、いまだ全く□《崩》壊したのではない。／この呪ふべき制度より逃れ得、又進んで□《こ》の制度を崩壊に導くべき原動力は、実に労□《働》者の「己れの奴隷状態の自覚」である。」

（□は判読不能、もしくはページ最下段の印刷されていない部分。（ ）内は僕の推定）

己の奴隷状態を自覚した者は、半分は既に奴隷であることを止めたものである、というレエニンの言葉も引かれていて、大杉栄の「鎖工場」なども思い出される。奴隷状態から己を解放しようとするところに、契機がある（しかしいつも言うけど、どれいのうぬぼれは手に負えない。また「俺にはどれい体質がある」などとぬけぬけと言うに及んでは、やんぬるかな、である）。われらの労働藝術は（花瓶の中ではなく）己の労働の大地に咲き、生命力溢れた露が滴る、「奔騰するいのちの叫び」である。これが、被爆体験で「白い胡蝶」を見、戦争への幻滅を経て、「夜の太陽」の光、もしくは闇が差し、労働藝術という道を見出すまでの上野の苦闘の道程ということができる。

結論の部分は印刷状態が極度に悪く、判読不能であるが、途切れ途切れに分かるのは、労働藝術への情熱である。結語は、「俺たちは愛し合はう」――であり、「全体の幸福がない間は、個人の幸福はあり得ない」という賢治の言葉で締め括られている。これは上野が記憶していた形なのだと思うが、正確には「世界がぜんたい幸福にならないうちは個人の幸福はありえない」である。いずれにしろ、「地底祈禱」の「いのり」をふまえ、地に生きた花を咲かせようと、実践的に一歩踏み出そうとした意力に溢れた文章である。

では、賢治の「農民芸術概論綱要」の実践態である羅須《らす》地人協会とは何か。

一九二六年四月、宮沢賢治（三九歳）は岩手県立花巻農学校を退職し、下根子桜の宮沢家別宅で独居自炊の生活を始め、ここを「羅須地人協会」の拠点とした。昼は「下の畑に居ります」と裏の黒板に書き置きして、野菜を作ったり、開墾をしたりした。また近隣の町に出かけ、肥料の設計や相談にのり、六月には「農民芸術概論綱要」を書き上げた。一節を引く。

［まずもろともにかがやく宇宙の微塵となって無方の空にちらばらう］

［風と行き来し、雲からエネルギーをとれ］

［正しく強く生きるとは銀河系を自らの中に意識してこれに応じていくことである］

［芸術をもてあの灰色の労働を燃やせ］

詩的な香りと、社会と芸術に関して若さと希望に満ちたものであるが、いかにも賢治らしい宇宙感覚と宗教観が根底にある。「宇宙の微塵となって……」というのは、法華経的還元といってもいい。農閑期には農業、土壌、植物の勉強や、ベートーヴェンのレコード鑑賞会や小さな楽団を作って練習なども行なった。賢治はオルガンとセロを担当した。物々交換のような持寄り競売会も行った。

賢治は社会学、経済学を勉強し、農村の貧しさの原因を探った。小作制度がその大きな原因であることを賢治はよく分かっていたと思うが、簡単には動かせないということもよく分かっていた。そこで得意の農業技術を使って、「野原の富を三倍」にすること、いわば「緑の革命」を目指すことにした。

一方、働くことがそのまま芸術であるという理想的な生活もめざしていた。『フレデリック』（レオ・レオーニ作／谷川《たにかわ》俊太郎訳）というねずみは、他のみんなが忙しく働いている時に、一人何もしないでうずくまっている。冬になって、穴の中でみんなが退屈している時に、フレデリックは、太陽の光を集めていたんだといって、みんなを楽しませる。いくら分業とはいえ賢治に言わせれば「職業芸術家は一度亡びねばならぬ」、フレデリックも働いて、それを詩に書け、ということになろう。他のみんなも自分の労働を詩に作れ、それでこそ「生活即芸術」の人生といえる、ということであろう。なかなか難しいことだけれど。

賢治の『ポラーノの広場』には、仲間たちが産業組合（サンジカ＝シンジケイト）をつくる、その前段が描かれているが、産業組合は経済的な自立の面で、羅須地人協会を通して奮闘した賢治の理想の現実体といったところであろう。組合の中で物とサービスを交換し合い、相互扶助というか支え合いというか、（競争原理ではなく）共生原理による社会を実現しようということであろう。

一九二七年七月には、「和風は河谷いっぱいに吹く」などの詩を書くが、その後長雨（サムサノナツ）に襲われ、「何をやっても間に合はない」などの詩を書いている。

羅須地人協会は一九二八年八月、賢治が旱魃（ヒデリノトキ）の中を駆け回り、病気で倒れたことで挫折する。両側肺浸潤だった。二年四カ月という短い期間ではあったが、そこには拠点というものが持つ要素の典型や問題が出揃っていた。賢治が抱いた夢は、後世の者に大きな影響を与えた。ただこれは賢治の独自の発想というわけではない。トルストイや「新しき村」などの影響を受けていたことも事実である。

上野英信の『勞働藝術』は一号で潰えるが、その後、一九五〇年四月から五二年一月まで、三菱鉱業崎戸鉱業所（長崎県崎戸町・蠣之浦島）に行き、六月、坑内事故で負傷した上野は図書館係になる。そこで上野は、新聞や機関誌各種を発行し、文芸、芸能、スポーツ等の文化活動を行なっていた崎戸文化連盟の仕事も担当することになり、さらにクラシック音楽や短歌会等に力を入れた。

ある時図書館を拡充するために本を買いに出かけた所が佐世保の井上光晴（一九二六〜九二年。この時、二四歳）のところだった。井上は、日本共産党九州地方委員会の常任を追放され、上京費用を捻出するため蔵書を売ろうとしていた。むろんその時互いに相手が何者であるかは知らない。が、上野はその蔵書を見て、普通の人は読まないような、入手困難な良書ばかりだなと思った。洗いざらい二〇〇〇冊を、五万円（一月分の図書購入費）で買い上げたが、「菅沼貞風はよかたい」と言い（この南進論者の著書を、良いと言ったのか不要と言ったのか意味がとりにくいが、多分後者）、魯迅とブランデスも「あんたが必要だろう」と言って残していった（井上は

『大魯迅全集』も売ったと言っているが）。

ゲーオア・ブランデス（一八四二〜一九二七年）はデンマークの文藝史家で、大杉栄が次のように書いている人物である。

〔樗牛全集の中に、ブランデスの何かの本から抜いた、次の文がある。／「少なくともヨーロッパの四大国民の名は、いずれもみな外国の名前である。フランスの名称は、ライン河の西岸に棲んでいたフランク人からきたもので、この国民の祖先たる古のケルト人とは何の因縁もないのである。イギリスの名は、もとドイツの一地方からきたもので、アングロサクソン民族とは、何の血族上の連絡もないのである。ロシアの名は、もと北方の起源で、スカンジナビアの一民族たる、ロゼルの転訛《てんか》したものである。プロシアはプロイセンというスラブの一蛮族の名で、十二世紀の終わりごろに、ドイツにはいったのである」／（略）これを読んだ時の僕自身（大杉）にとっては、これが深い社会事実を思わせる、力強い暗示であったのである。／征服だ！　僕はこう叫んだ。社会は、少なくとも今日の人のいう社会は、征服に始まったのである。〕

（大杉栄「生の闘争　征服の事実」一九一三。『日本の名著46　大杉栄』中央公論社、一九六九）

この「征服の事実」は世界史そのものであろう。侵略に対する反抗に気付かない限り、歴史の恥はいつまでも続くだろう。弱肉強食。Aの自由はBの抑圧。修羅のちまたでありながら、人の生は能天気なものであろう。強いから勝った、勝ったからオレのもの、オレの言うことを聞け、という幼稚な価値が横行するだけであろう。

井上が、あれは上野だったと知るのは一〇年後である。一九六一年、六本木の俳優座で『死者の時』の舞台稽古のあと、上野が楽屋に訪ねてきた。井上が初めましてと言うと、上野は初めてじゃなかとですよと言って笑った（井上光晴「買いにきた男」―『追悼　上野英信』）。あの時本を買いに来た男が上野だとは、井上は知る由もなかったが、上野の方は、『新日本文学』一九五〇年七月号に「書かれざる一章」を発表、その後も立て続けに作品を発表し、『小説ガダルカナル戦詩集』（一九五九）や『虚構のクレーン』（一九六〇）を刊行する井上を、あの時の男だ、と知っていた。

一九五三年一月から五月まで上野は日炭高松第三坑（若松市）で炭鉱夫として働いた。朝鮮戦争が終わり、失業者が町に溢れていた頃、三月一九日から上野は、炭労スト以後の炭坑の状況をルポルタージュしたいという真鍋呉夫を坑内に案内した。事実は上野は会社に紹介しただけで、案内は会社側が行なった。しかし五月、解雇されてしまう。「真鍋呉夫は人民文学に属している秘密共産党員である」という理由で。真鍋は『人民文学』に寄稿はしたが属してはいない。また『人民文学』は政治結社ではない。事実上のレッドパージである。上野が解雇の理由を書くように求めるが、会社側は「依願免職」という形にするよう求める。真鍋を坑内に案内していたということが解雇の理由にならないので、自己都合による退職にしてもらいたい、と言うのである。やめる理由などない、と上野は突っぱねた（「眞鍋事件その後の経過報告」―『地下戦線』四号、一九五三年一二月）。退職勧告は一旦は取り下げられた。が会社は陰険にも、就職の世話をしてくれた友人を労務係の前面に立て、女性問題まで持ち出して退職を迫った。これ以上友人を苦しめることはできないと腹を決めた上野は、「退職」願いではなく、「免職」願いを工作課長に差し出した（川原一之「断崖に求めた文学の道」448ページ）。

失業者となり、職を求め続けていた上野に、高松第一坑の友人たちが、「飯のことは心配するな、アゴは干させん。あんたは字が書けるとやけ、書いて俺たちに読ませない」と言って、独身寮の一室をあてがい、ガリ版道具を用意してくれた。

こうして一九五三年五月、筑豊炭坑労働者文藝工作集団は『地下戦線』を発行する。上野がガリ版をきり、千田梅二の版画が表紙を飾った。『労働藝術』から五年が経っていた。

［わたしたちも力をあわせて、声明の燃えあがる、働く者の新しい文芸を作ろうではありませんか！（略）わたしたちは、今こそ悲しみを怒りにかえて、胸いっぱい叫ばねばなりません。「祖国を俺たち働く民衆の手に奪還しよう！」と。／そして、これと共に、一番大切なことは、わたしたち皆が個々ばらばらにではなくて、がっちりと腕を組んで立ち上がり、団結して闘うことです。」

これが、『地下戦線』のアピールである。

上野は「闇を砦として」文闘の道を踏み出す。『地下戦線』は一九五四年三月五号まで続いた。その後五六年一一月に『月刊たかまつ』を発行する。五七年二月四号に自伝的な散文詩「田園交響曲」を発表する。五七年九号から『文芸誌たかまつ』と改題、五八年三月一一号まで発行した。

朝鮮戦争が休戦になり、景気が急速に落ち込んでいった時期、筑豊は労働強化、合理化（首切り）、賃金の遅払い、不払いが慢性化し、労働者はその日の糧食にも困る状態であった。石炭から石油へとエネルギー転換が言われ始めると、一九五五年、筑豊は従来にもまして厳しい状況を迎えることになった。そんな人たちにも読んでもらえるような読みものを作ってみたいという思いに駆られて、上野は一九五四年に千田梅二の版画をえて『絵ばなし集　せんぷりせんじが笑った！』をガリ版刷りで出した（一九五五年四月、『ルポルタージュ・シリーズ　日本の証言』の一冊として柏林書房から刊行された）。一九五五年一〇月、嘉穂郡上西郷に伝わる、ショージンさんの物語「ひとくわぼり」を、千田の版画六〇点を配し、上野の文章はガリ版刷りで、二〇部を完成させた。

［なによりもまず、読みやすくしなければならない。文はできるだけ短くし、絵はできるだけ多くしなければならない。要するに「労働者の絵本」作りをしなければならないわけである。］

（『上野英信集1　話の坑口』あとがき）

「せんぷりせんじが笑った！」の冒頭「背振千次《せぶりせんじ》の無口で無愛想なことときたらまったく有名なもんだ」は、宮沢賢治の「なめとこ山の熊」の「なめとこ山の熊のことならおもしろい」という書き出しを髣髴《ほうふつ》とさせる。千田梅二の版画も、いわゆる「地に咲く花」であり、労働のただ中から生まれた芸術として、上野は高く評価した。

一九五四年三月、『地下戦線』が終刊し、翌四月、全九州文学活動者会議が福岡で開かれ、そこで上野は畑晴子を知る。

［男は、一人の、大きな目が美しい、女にめぐりあった。

女は、いつも言葉すくなく、ひかえめに、ほんとうに大切なことだけを、一つか二つ聞くだけだったけれども、心づかいは、あふれるほど多くのものを男にあたえた。
男は、女を美しいと思った。」

（「田園交響曲」）

畑晴子は一九二六年生まれ、福岡市の天神で育ち、岩田屋デパートの建設を見ながら小学校に通った。旧制福岡高等女学校卒業。父は計理士で、十数人の事務員をかかえる「経営事務所」を経営していたが、四九歳で亡くなる。晴子は結婚に失敗する。そして結核の療養をしながら短歌の勉強を続けた。北原白秋主催の『多摩』に入会し、持田勝穂師と出会い、持田が親友木俣修に同調したので、晴子も木俣修が一九五三年五月に創刊した『形成』の同人となった。母の始めたタバコ屋の店先に座りながら、二十代の終わりに上野英信と出会うまで、晴子の中心にはいつも短歌があった。

晴子は、上野英信と初めて出会ったのがいつだったか確かな記憶がない。共産党系の文学講座（全九州文学活動者会議のことだろう）に講師としてやってきたのを見たのが最初だったかもしれない。また、ガリ版刷りの『せんぷりせんじが笑った！』を一冊五〇円で、カンパのつもりで買った覚えもある。そこには晴子の想像を超えた世界が描かれていた。野間宏の筑豊視察の後、福岡で講演会があった時、講師のそばにいた痩せた背の高い菜っ葉服の男を認めた。それが上野であった。その後、上野は党の仕事で福岡に来ると、晴子の所へよく顔を見せるようになった。母は、上野の風格に一目置きながらも、困ったことになった、と言っていた。晴子は母の忠告を顧みず、上野の言葉を信じた。「俺たちは、このみじめさをなくすために、真正面からみじめさと取組まねばならん」。晴子は「遥かなる島の乙女」ではなく、上野と同じ島の住人であった。

一九五五年の初秋、原爆症のため郷里阿知須に引き上げていた上野から、晴子の元へ手紙が届いた。それから半年後（五六年二月二三日）、二人は結婚する。上野三二歳、晴子二九歳である。一二月二五日、長男が生れる。中国の革命家朱徳にちなんで、朱《あかし》と名づけられた。

「女の腹が大きくなるにつれて、男の不安も大きくなった。

放射能障害の遺伝について書かれた新聞の、論文や記事が目にふれるたびに、男は暗い予感におびえた。

（略）

こわごわ目をあげて、男は見た。

しかし、男はなにかまぶしい光を感じて、よく見つめられなかった。

やがて、男は女に会った。

男と女は、黙ってうなづき会い、微笑みあった。

その微笑みは、男と女が交わすことのできる、最もきよらかで満ちたりた微笑みであった。

その瞬間は、男と女が溶けあうことのできる、最もあたたかで倖せな時間であった。

男は子供に、朱と名づけた。」

（「田園交響曲」）

そして上野は、子供に音楽を聞かせることで祝福した。貧乏だったので、どこからかレコードとプレーヤーを借りて来、ベートーヴェンの「田園交響曲」を贈る。「世界で最も苦悩なたたかいをくぐりぬけた人が、愛によって創造した、最も高貴な平和」として、「この純粋な〈心よりでて心にかえる〉真実のしらべをしみこませて」おこうとしたのだ。
「田園交響曲」を聞きながら、上野は、三〇年の過去とこの子の未来を思い見ていた。そして自ずと現われたのは、あの「白い胡蝶」であった。

「男は、必死に羽ばたきながら、真紅の火のなかを舞いつづける純白の胡蝶を、見つめた。羽もこがさず、この火をくぐりぬけて舞っているのは、ほかならぬこの子だったのだ……。」
（「田園交響曲」）

蝶は、傷つかない、命の象徴である。ヒロシマの劫火の中を舞った白い蝶は、上野の精神が見出した純粋の表象であっただろう。そしてこの白い蝶は上野の危機に現われて進む道を指し示す。命のリレーを祝福する象徴であった。

（朱が二〇歳になった夕食の席で、「被爆の影響も心配された長男が、無事に二〇歳を迎えた祝いに」、上野はこの詩を自身で朗読した。何度も声をつまらせ、涙も流れてきた、という〔坂口博「田園交響曲」解題―『原爆文学研究7』花書院、二〇〇八年一二月〕。この散文詩は重要な文献だと思われるが、全集に収録されなかったのはなぜだろう。上野は照れたのだろうか。）

しかし、結婚後、上野は晴子の短歌を見て、「短歌を文学ということができるならの話だが、文学の毒が君の総身に回っている。短歌なんかやめてしまいなさい！」と言った（しかし一方で、「硬山を仰ぐときやはり坑夫らの歴史は坑夫が変えねばとおもふ」などの作のある山本詞《つぐる》の短歌は認めていた）。

松井義弘著『黒い谷間の青春　山本詞の人間と文学』（九州人文化の会、一九七六、213ページ）に晴子の短歌が引用されているので再引用する。『形成』一九五五年八月号から五六年二月号までに掲載された作品である。

［ききとれぬこの夜の北京放送に潮鳴りのごとき歌声を捉ふ
　周恩来総理のことば平易にてアジアの連帯をくりかえし説く
　うつ伏しにシーツ摑みて寝入るわれにまどかなる夢のあるべくもなし
　君が身に原爆症出でしときさしいまわが手足より力抜けてゆく
　足もとにもわが寄り得ぬとせし人が病床より書きし愛しき手紙
　子を産みし季節ときけばこころに沁む秋に瘦せたるあさり貝の実］

四首目は、上野が原子症による慢性脾腫であり、白血球は五八〇〇（健康な人は八〇〇〇）であることを、『アカハタ』（一九五五年九月二四日号。『炭礦長屋』五六年一月号に転載）で知り、力が抜けていくほどの衝撃を受けたこと、五首目は英信から手紙が届いたことの驚きと嬉しさを歌っている。

しかし、次の五六年八月号の二首を最後に、『形成』から晴子の名が消えた。

［明日は夫の許に行く夜母のためして置かむこと厨にさがす
　鍋ひとつ買い得てこころ足らふなりけふより夫と始むる世帯］

上野は照れたのだろうか。短歌に限らず、上野の古風な女房教育は晴子が自分のうちに蓄えてきたものをことごとく無価値なものに打ち砕いていった。進歩的、人権主義的なはずの上野は、女房に関しては旧態依然の「長州の長男」として（厳密に言えば、吉敷郡阿知須は周防の国であるが）、晴子に、「仕える」ことと、正しい言葉遣いを求めたのである。「僕の目の黒いうちは晴子に文章など書かせません」と公言してもいた（「おれの前に出るな」ということだった、と朱は後に語っている）。上野が求めた「自己変革」は晴子にとってやはり厳しいものだった。

後に、上野は、晴子から逆襲される。「あれは教育ではなく調教」、「精神の纏足状態」、「あたしがプチブルなら、あなたはプチブル発生以前。封建制です！」と、「法王の驢馬」よろしく、寸鉄を刺されることになる（『キジバトの記』）。また晴子は他の人に言うふりをして、実は上野に当たるよう狙っている「玉突き」という方法も編み出していた。さらに上野は、一人で寝ていた時、夢の中で、晴子に刺されてギャーッと悲鳴を発し、ベッドに立ち上がって床に転落して怪我を負ったことがあるそうである（「誰か銃を構えたか」—『蕨の家』）。松下竜一は、この夢の意味を、「おのが記録文学を成り立たせるためにその才能を圧殺してしまった晴子夫人への深層心理をうかがわせる話であったろう」と分析している（松下竜一「上野晴子さんをしのんで」）。

ある時、晴子が二階に上がっていくと上野は上半身裸になって、夢中で版画を彫っていた。ただいま、とつぶやくと、驚いたように振り返った上野の顔に、さっと光がさした。晴子の中にわだかまっていた気分は不思議な明るさに変わった。「この人はやっぱり並の人間ではない。こんなに暑い部屋で、食べる物もないのに、悠々と版画なんか彫っている！」。その版画は、「一日の労働を終えて坑内から昇ってきた坑夫が、出迎えの妻にタバコの火を点けてもらっている光景である。幼い子が二人。下の方はまだ乳飲み子か、母の背におぶわれている」（『キジバトの記』53ぺージ）という絵柄である。これは上野が描いた聖家族の図である（この版画は、松本昌次編『戦後文学エッセイ選12　上野英信集』〔影書房、二〇〇六年二月〕の表紙を飾っている「昇坑」という作品である）。

晴子は上野の情熱を目の当たりにしたのである。晴子の上野に対する尊敬と信頼は確固としたものになった。この時、晴子が「遥かなる島の乙女」を読んでいたかどうか分からないが、上野としては、「二人で一緒に苦労する」、共に闘う同志として妻が欲しかったのであろうし、晴子は同志となる決心を再確認したのである。

この上野の版画「昇坑」を理解するには、坑内の過酷な労働を対照させて見なければならない。自身の坑夫体験はもちろんのことだが、例えば、山本作兵衛の坑内を描いた作品や、また例えば森崎和江の聞き書きにある次のような情景を思い描かねばなるまい。

〔坑内で仕事をしているときは、たいがいマブベコいっちょ。あつうして、着ておれん。そんなにしてみんなといっしょに仕事をしよるときはいいけど、たった一人のこって仕事をしてみなっせ。ふかいふかい土の底ばい。だりっ、だりっ、だりだり、ぴちぴちっ、ぴちぴちっ、ぱらあっ、と、どっかがしょっちゅう荷（天井にかかる圧力）の音をさせよる。そこらじゅう、しいんとしとるからなあ。スラに石を積んで坑内の函置場まではこびおろすじゃろ。函に石を移して、こんどは空になったスラをたすきにかけて四つんばいになって切羽まであがらんならん。その重さね。濡れしたった木箱を引きずって梯子をのぼりようなもんじゃけ、肩があかくなって皮が破れて紐がくいこんでな。這いのぼる自分の音ばっかりじゃ。水もどこやらでぴちんぴちんいうて。だあれもおりゃせん。さみしいとこたい。」

（森崎和江「無音の洞」―『まっくら』理論社、一九六一／三一書房、一九七七、23ページ）

［子どもをかもうてやれんから、それがいちばんつらかなあ。なんがうれしいというて、あんた、仕事がすんであがるとき、とおく、上んほうに坑口の灯がぽつんと見えるとな、もう、うれしくて。子どもにあえる！子どもにあえる！とおもったなぁ。ほんとに、あんた、こんなに細う、ぽつんと見上げるごたる上んほうに見えるとですばい。あがってみるともう夜になっとってねえ。子どもが坑口まで迎えにきとることもあったねえ］

（『まっくら』）

ここに描かれているのはまっくらな坑内から上がってきた時の、後山としての女坑夫の感慨である。無音の坑内での孤独には恐怖さえ感じる。女坑夫のものではあるが、今日も生きて帰れたぞ、という思いや家族の信頼感など、男も同じことを感じたはずである。

なお女子の坑内労働は、一九二八（昭和三）年に原則禁止された。一九三三年には特例が設けられ既婚女子の坑内労働禁止が緩和され、一九三五年には女子坑夫の三〇％が坑内夫となり、一九三八年には坑内の女子労働は完全に復活した。戦後一九四六年に女子の坑内労働は禁止された（『まっくら』218ページ）。

2　谷川雁の始点

谷川雁は、一九二三年一二月一六日、熊本県水俣町生まれ（上野と同級生）。父侃二《かんじ》、母チカ。六人きょうだい（健一、巌、道雄、徳子、公彦、順子）の次男。本名谷川巌《たにがわいわお》。雁はペンネームである（巌《がん》と同音なので）。同姓同名の人が何人かいて間違えられていやだったので、十代の終わりにはいずれペンネームをと考えるようになった。戦後、詩を発表する時に初めて雁の名を使う。「雁ハ我ニ似タリ。我ハ雁ニ似タリ／洛陽城裏　花ニ背イテ還ル」に拠っている（「ペンネーム由来」─『北がなければ日本は三角』河出書房新社、一九九五）。つまり、花の咲く良い季節になったのに、北の厳しい風土を求めて還っていく雁に、私は似ている、といったような意味であろう。

母方の祖父は熊本藩の家老であった。父侃二は眼科医で、水俣にチッソ（新日本窒素肥料株式会社は、一九六五年にチッソと社名変更）が出来た時に移り住んできた。少年時代を水俣で過ごす。熊本中学では、ヒトラーユーゲント歓迎反対を唱え、「お前のような奴がアカになる」と教師から宣告された。五高を出て、一九四二年東京帝国大学文学部社会学科入学。延安行きを夢想していた。一九四三年一〇月二一日、年齢の関係で学徒動員に漏れ（『谷川雁の世界展』熊本近代文学館、二〇〇三）、文学部社会学科の壮行会に出席し、「たとえ奴隷になっても寓話ぐらいは書けるだろうではないか。イソップは奴隷だった」と演説した。四四年、徴兵検査を受け、年末、調布町の陸軍航空適性検査部に勤労動員され、四五年一月七日、千葉県印旛《いんば》郡四街道の陸軍野戦砲兵学校幹部候補生隊に入隊、「お前みたいなのが私兵を作るのだ」と言われ、三度営倉に入れられた（「小伝」―『現代日本名詩集大成Ⅱ』一九六五／『汝、尾をふらざるか』思潮社、二〇〇五）。八月一五日、敗戦を迎えた。

一九四五年九月、八カ月の軍隊生活から復員した谷川は、本を読もうとして活字が読めなくなっていることに戦《おのの》いた。冬が来て二二歳になった頃、四、五年前にきょうだいで回し読みしたことのある『宮沢賢治名作選』（松田甚次郎編、羽田書店、一九三九）を手にとった。「オッペルときたら、えらいもんだ」とか「クランポンはわらったよ、かぷかぷわらったよ」という一ページが網膜にしみこむように感じた。しなやかに力強く鞭うたれた文字が、きのこのように眼をさまして起き出してきた。そして、一息に賢治の作品をむさぼり読み始めた。谷川にとって、賢治は特別な存在なのである（「『失読症』の渦巻きから」―『私の人生を決めた一冊の本』三一書房高校生新書編集部編、三一書房、一九七二）。ずっと後（一九八一年）に「十代の会」をつくり、賢治の志を伝えようとした（後述）。

東大を卒業し、福岡市の西日本新聞社に入る。一九四六年、安西均らと知り合い、四七年、丸山豊（発行人）、安西、松永伍一らの『母音』（久留米市）の同人となる。この頃共産党に入党、西日本新聞労組の書記長になり、怠業戦術で闘い、「最低劣悪」の紙面を発行、解雇処分となった。四八年、谷川は日本共産党九州地方委員会の常任であったが（大西巨人も常任であった）、同じく常任になった井上光晴と知る。

井上光晴の「書かれざる一章」が書かれたのは一九五〇年二月で、『新日本文学』五〇年七月号に発表された。人は革命的ロマンのみによって生きるのではない。革命家も腹が減る。鶴田和夫は病気の妻と、子を実家に帰らせ、金ができたら送ると言いながら、二カ月半一銭も生活費を党からもらえずにいる。さしあたって生活できない現実を、会議で訴えたいが口に出せない。「給料をもらって革命をやろうなんて、どだい虫がよすぎる」のだろうか。革命に対する姿勢、精神のあり方の問題なのだろうか。しかし事実、革命家も腹が減る。この作品のモデルは四八年福岡の日共九州地方委員会で知った谷川雁であるというが、谷川は、唾のしぶきがこことここだけくらいのものだ、と言っている（谷川「スーパー戦後の呪力を信じよ」）。

翌一九四九年、谷川は機関紙部長になる。

ところで、谷川の文章や年譜には家族関係が全く出てこないのだが、この時期に和子と結婚、空也、あけみが生まれる。空也は夭逝（二歳一〇カ月）。

次は、一九四七年、新聞社を解雇された時の谷川雁の体験である。「はこべ咲く浜辺の都（福岡のことだろう）で外国軍人から職場を追われ、孤立し、たおれていた僕に輸血をし、薪炭から食物までを運んでくれたばかりでなく、優しさというものの極致を教えてくれ、毎日一椀の牛血をすすらせ、犬の肉で快活な冬の宴をひらいてくれた〈部落民〉」と、「精神の自由のほかにすべてを売りつくしたという純粋さ」を持ち、「占有の観念を離れた性愛がありうるし、（略）個々の恋愛はその集中的表現でしかない」ことを示し、「いかにもエロスにみちていた」娼婦たちによって、「共同体、はるかな遠い記憶に沈んでいる村、原詩《ウルポエジイ》」を望遠した。それは、下部へ、下部へ降りて行く体験だった（「農村と詩」―『講座現代詩　3巻』飯塚書店、一九五七↓『現代詩文庫2　谷川雁詩集』思潮社、一九六八）。

一九五〇年、結核の療養のため水俣に帰る。五一年、「火山の麓の郭公《かっこう》と狐と合歓の花に祝福された病院」（阿蘇郡黒川村坊中の阿蘇中央病院のこと）で結核療養。この時、谷川は「さびしい乳色のもやに溶けている農民世界」を発見する。「彼らは僕が労働の不能者であることを見抜き、さまざまのコンプレックスに笑いを浴びせ、僕に残っている能力を自分たちのために使えと要求した。ローマ字を教えたり、百人一首を解説したりすることが僕に与えられた。（缶詰のレッテルくらい読めるようになりたいと彼らは言った。）藁束や玉蜀黍《とうもろこし》の葉で作られているような貧しい娘たちと毒舌を浴びせかけあい、感傷に沈み、彼らのほかに自分とこの世を結びつけている力はすべて断たれたと考えることはなんという快楽であったろう。彼らこそ僕を民衆の最も平凡なひとりとして扱った最初の民衆だった。君（Y君=安西均）が僕を詩人にしたように、彼らは僕を民衆にした」（「農村と詩」）。

この二つの体験は谷川のヴ・ナロードであり、ファウストの中の「母たち」の一人、谷川のいわゆる「原点」の発想の原点と言ってもいいものであった（後述）。（水溜真由美は、「大きな思想的回心」と言っている〔「谷川雁の共同体論とサークル構想　上」―『思想』二〇〇九年五月号、岩波書店〕。）

一九五二年、水俣に帰り療養を続けた。五四年、『母音』第一八冊（五月二五日発行）に「原点が存在する」を発表（森崎和江も同号に「悲哀について」を発表している）。阿蘇で得た着想をまとめたものである。有名なさわりの部分を引用する（詳細は後述）。

［下部へ、下部へ、根へ根へ、花咲かぬ処へ、暗黒のみちるところへ、そこに万有の母がある。存在の原点がある。初発のエネルギイがある」（「原点が存在する」―『母音』一九五四）

一一月、詩集『大地の商人』を母音社から刊行。

一九五五年、谷川は水俣市のチッソ附属病院（細川一院長）で胸郭整形手術を受けた。このころ既に水俣病は表面化しつつあった（五三年から、猫が狂って踊り出し、海にとびこんだりしていた。やがて同じような症状が人間にも現れはじめた）。谷川はこの頃から「あれはチッソやないか、原因は」と言っていたそうである（松本勉「水俣時代の谷川雁さん」―第Ⅲ期『サークル村』二〇〇三年夏、一号）。「南の田舎町」水俣で、病後を養いながら小間物屋を開店した谷川は、細川院長にイプセンの『民衆の敵』を読むよう勧めていた。細川院長は「愛読」した（原田正純『水俣・もう一つのカルテ』新曜社、一九八九）。

温泉で栄えるノルウェーのある町に、病人が増えている。害をなすバクテリアが上流の工場から湯元の導管に流れ込んでいることを知ったストックマン医師は、このことをみんなに知らせて病害を防ごうとするが、兄のストックマン町長は、改修に時間と莫大な費用がかかることを理由に、「お前は町を破壊する気か」と言ってこれを止めさせようとする。ストックマン医師は町民大会を開き、みんなに「生まれ故郷を愛するがゆえに、わが町が虚偽の上に栄えるのを見るより、むしろその滅亡を期するのだ」などと演説し、群集から「そういうことをぬかす奴は民衆の敵だぞ」と言われる。しかしストックマン医師は「断じて正義を枉《ま》げない」と言って闘い続けることを決意する（イプセン『民衆の敵』一八八二／竹山道雄訳、岩波文庫、一九三九）。

谷川は細川院長にストックマン医師のように〈民衆の敵〉になることを勧めたのだと思う。〈民衆の敵〉とは先覚者、もしくは先駆者のことだから。細川院長がこの病気について水俣保健所に届け出、水俣病が公式に確認されたのは一九五六年五月一日である。細川には病気の原因が会社にあるのではという危惧は最初からあった。しかし細川は五九年七月から一〇月にかけて行なったネコ四〇〇号の実験を、会社への愛着と会社の命令などもあって公表し社会化することはなかった。細川には医師として水俣病のメカニズムは大概分かっていたと思われる。逡巡や葛藤はあったのであろうが、この時細川は勇気ある〈民衆の敵〉になれなかった。チッソの城下町で、会社の敵、社会の敵になることを恐れたからであろう（公表していれば、水俣病の後の展開は全く違ったものになっていたはずである）。六五年には新潟の阿賀野川流域で第二水俣病が発見される。チッソがアセトアルデヒドの製造を止めるのが六八年五月、政府が水俣病の原因はチッソの排水に含まれる有機水銀と認定するのが六八年九月、実験から約九年間、公式確認から一二年間、水銀の排出は続いた。被害は拡大した。細川元院長が病床で証言したのは七〇年七月だった。その後洗礼を受け、七〇年一〇月一三日、死去した。

谷川は進行しつつあった（「邪馬台国の虹」森崎和江との）恋と平行して、九州大学近くの学生下宿に移り、『櫂』、『現代詩』、『詩学』、『新日本文学』などに寄稿。一九五六年、詩集『天山』

を国文社から刊行した（以上「サークル村始末記」と『現代詩手帖』二〇〇二年四月号所載の年譜参照。しかし、一言言わせてもらうが、同誌の年譜のページは、谷川の大きな顔が背景にあり、目や鼻とかぶる部分が判読不能である。こんな誌面を作る編集者のセンスを疑う）。

この間に一九五五年七月、共産党の第六回全国代表者協議会（六全協）が開かれ、それまでの、農村から都市へ攻め上げる中国革命をモデルとした冒険主義が批判され、選挙と議会を通じた活動から国民の支持を集めるという方向へ方針の転換が行なわれた。

谷川はこの時療養中で、これについて書き残していないが、丸川哲史は、「この時期以降、戦後初期に隆盛を極めた工場や学校を中心としたサークル運動が停滞期に向うことになる。そういった時期において、谷川は、むしろ『サークル』の意義を再定義しようとしたのだといえる。おおまかにいえば、党の下部『組織』としてのサークルから、自発的な『集団』としてのサークルへの転換を図ったといって良い」と述べている（丸川哲史「谷川雁　原点が存在する」――『戦後思想の名著50』平凡社、二〇〇六）。

3 森崎和江の原基

森崎和江は、一九二七年四月二〇日、朝鮮慶尚北道大邱府三笠町で、父庫次（三〇歳）、母愛子（二一歳）の長女として生まれた。一九一〇年八月の日韓併合以来、朝鮮は日本の植民地であり、朝鮮人の民族意識・文化は抑圧され、皇民化教育により学校で朝鮮語は禁止されていた。傲慢にも言葉を奪おうとしたのである。大邱の読みは本来「テグ」であるが、日本統治下で「たいきゅう」と日本式に発音された。和江は内地人が植民地で生んだ植民者二世の日本人であった。三〇年に妹節子が生まれ、三二年に弟健一が生まれた。

父庫次は末次家から森崎家に、名目上の養子に入った。家を継ぐ者は兵役を免除するという法があったからである。実家は筑後川の下流域、福岡県三潴郡青木村浮島（→城島町、現在合併して久留米市）で、川の右岸にある。菜種油、白絞油《しらしめゆ》、椿油などの製造業を営んでいた。庫次は、一八九七（明治三〇）年生まれ、八女中学から早稲田大学史学及社会学科へ進み、アナーキズム紹介の先駆者煙山《けむやま》専太郎から社会主義思想史、少数民族論を学び、キリスト教社会主義者安部磯雄から廃娼運動、産児制限運動、新家族論などを学んだ。安部は早稲田野球部の創立者で、庫次はマネージャーを務めた。一九二〇年、首席で卒業。ドイツ留学後に、大原孫三郎が設立した大阪の大原社会問題研究所（現在、法政大学内にある）への就任が決まっていたが、同年に実家が倒産し、留学どころではなくなり栃木県立栃木中学に赴任。長兄が出奔し、家が傾いて人手に渡り、実子のない兄嫁が二男の庫次に相談に来た。庫次は長兄に代わって借金を負い、家を兄嫁に買い戻してやり、自身は一九二六年、公務員の給料が六割高かった朝鮮の、大邱公立高等普通学校の教師となった（そこでは皇民化教育が行なわれていた。学校では朝鮮語を話すことが禁じられていた）。翌年、和江が生まれる。一九三八年、庫次は慶州中学校の初代校長になり、和江も慶州に移り、慶州公立小学校の五年に編入された。四〇年、和江は大邱高等女学校に入学し、大邱の知人宅から通学した（「森崎和江自撰年譜」―『森崎和江コレクション　精神史の旅5』289ページ。全5巻、藤原書店、二〇〇八〜〇九）。

母愛子は一九〇六年、宗像郡の生まれ。二〇歳の時、一〇歳年上の庫次と、両親に認められない結婚をして朝鮮に渡った。二人は恋愛を喜ばぬ風土に生まれ育っていた。愛子の弟が一人前になるまでは嫁にはやらんと言っていたのに、愛子は女学校を出るとほどなく黙って家を出、先に朝鮮に渡っていた庫次のもとへ行った（大ロマンだったのよ、と当時を知る人は語った）。家を出る朝、早く起きて家中を雑巾がけした（その物音は当然家族のものは気付いていたはずだ）。

和江の戸籍には「長庶子女」と書かれていた。旧民法で、父の認知した私生児を庶子といった。和江は自由結婚によって、つまり旧習（家父長制度）に逆らった、あるいは超えた結婚によって生まれた子どもであった。旧民法では、結婚には親（戸主）の承諾が必要だったため、戸籍係に婚姻届を受け付けてもらえなかった。数年後、縁者の奔走で親の認可を得て、二人の婚姻届と和江の出生届は受理された（『いのちを産む』弘文堂、一九九四、20ページ）。

五歳の時、朝の一面の雪に身体を伏せ、「雪さん、好きよ」と心で叫んだ。美を感得したのである。「エロス開眼」と後に振り返っている。冬のすきとおった青空が大好きで、寒いと思ったことはなかった。八歳の頃、朝陽が昇ろうとするのを見ながら、その変化を書きとめようとしていた。雲の端の朝焼けの色、雲を遊ばせている黄金の空。絶妙な光の舞踏。自然と交響するエロス。感嘆の声をあげながらことばを並べようとして、ことばというものの貧しさを知った。自然の表現に、人のそれは及びようもないことを知った（「朝やけの中で」―『匪族の笛』葦書房、一九七四、8ページ）。

それは一一歳の時（一九三八年）、慶州《けいしゅう》（キョンジュ）に移ってからも和江の感性を育て続けた。町を迷い歩きながら、その風土、たたずまいに魅了されていた。慶州は新羅の古都であり、古墳群や遺跡、仏国寺や町並みが歴史のにおいをかもしていた。学校の登下校の途中にそれらはあった。山河や風物、木立、草花、雪、風、空気、突き抜けるような青空、そして夕映え。それらの中で和江は自身（のエロス）を成立させていった。朝の空が薄紫からおれんじ色になり、そして濃紺の縞をはらんでくるその一瞬一瞬の放射に立ち向かう。心身がしびれるような統一を迎える。冬はかんと青空が痛く、原っぱに立つ裸木を見つめていると身震いがしてくる。和江は雪の中にうつふして泣いた。何かが浸透し、交換しあっているのを感じながら。また夕暮れの散歩道に立つポプラの木に抱きつき、目をつむって、木の中を流れる水を感じていた。葉っぱがさらさらと鳴った。そしてこれらを繰り返し体験した。

［わたしは幼時に、よくアカシアの下で遊びました。蜜をなめたり、葉っぱをじゃんけんでちぎったりしながら。そんな遊びをしているとき、ふいに緑あふれるばかりのアカシアの群生がどこかに、わあっと茂っているのを感じてしまう。そしてわたしのなにかが、その群生のいきれと交換していることを、おしつぶされんばかりに実感する。するともう遊べなくなって、わたしはそれをかかえて、そろそろと家にかえりました。それはアカシアのイデエというより、存在の重層といった感じで、時折ふいにおしよせてくる。わたしにそれとの対応が湧き上がる。その波濤と夜光虫みたいに交換する感動なしに、わたしは育たなかったんです。］

（『第三の性』三一書房、一九六五、34ページ）

和江はそれら朝鮮の自然、風土、アカシアとエロスを交換し、存在の重奏を感受し深く愛した（それは「二重唱」と言ってもいいものだ。後述）。エロスとは、生の元気あるいは原基、いのちの欲動あるいは感動といったらいいと思う。和江の原基は朝鮮によって育まれた。

また五郎という名のテリアを飼っていた。次に慶州ではチロという名のチンを飼った。遊びに夢中になっているうちに、チロはいなくなっていた。一家で探しまわったが、いなかった。

和江の周りには二種類の地域があった。一つは自分の家族や陸軍の連隊長や将校や官吏だけが住む丘の上の地区。大邱には陸軍第八十歩兵連隊が置かれていた。「日韓併合」（一九一〇年）後二〇年が経とうとしており、市街地が形成され、道庁や地方法院、警察署、商工会議所、米穀取引所、各種の学校、原蚕種製造所や片倉製糸の工場などが出来、神社も寺も出来た。そこは植民者もしくは侵略者もしくは支配者の特権がいきている地域である。肉体労働のない町だった。さっきも言ったが、大邱は本来テグなのであるが「たいきゅう」と呼ばれた。三笠町や大凰町という日本人がつけた名前の町があり、和江が通うのは凰山町小学校といった。その後東雲小学校が開設されたのでそこへ移った。

もう一つは、自分たちとは生活様式を異にする朝鮮人の住む地域。肉体労働をする人たちが住む地域。被支配者の住む地域。母は朝鮮人の多いところへは「和ちゃん、ひとりで行ってはだめよ。人さらいに連れて行かれるよ」と言っていた。また例えば汽車の中で朝鮮人が座っていると、日本人から痛めつけられていたところなど日常的に目にしていたというが、あるいはそうした（日本帝国主義の）光景を見せないために、母は「遠くへ行ってはいけない」と言ったのだっただろうか。むこうは「植民地朝鮮のなかの、鎖国的境界である。黒い霧がかかったようにそこから先は見えなくなってしまっていた。それはオモニの世界だ。あのははのくに。私には閉ざされていたあのふかいところ。しかも有無をいわさずにその実在感を私におしつけ、たちまち姿をくらましてしまったあれ」（「わたしのかお」—『ふるさと幻想』大和書房、一九七七／『精神史の旅1』）。

和江は稲と麦の区別がつかなかった。季節の違いの植物だとは分かったが、苗と稲がなぜ米なのか、麦はなぜ苗でも稲でもないのか。農業をするのは朝鮮人に限られていた。父は庭の池に稲の苗を拾ってきて植え、何とか教えようとした。

和江の感性、基本的美感は、手伝いに来ていた朝鮮人のネエヤとオモニ（二人の名前は憶えていない）によって形成されていった。オモニは、父庫次の教え子で後京城医専に進み医者になったSの妻であったが、一九三三年Sがチフスで病死した後、和江のオモニとなって森崎家に来ていた。背負ってくれたオモニの肌のぬくもり、草の形、風の動き、朝鮮人の会話の重なりなどが溶けあったまま、呼吸するように血肉深くしみとおっていた。

オモニが桃太郎の昔話をすると、和江の心では、桃太郎は朝鮮の川や山の中にいて、朝鮮の衣装を着たおじいさんとおばあさんのイメージが出来上がっていた。レコードが「十五でネエヤは嫁に行き　お里のたよりもたえはてた」と歌う時、オモニはチマ姿をしていた。和江は日本語を使いながら、そのイメージを朝鮮化して使っていた。和江は多くの朝鮮語を覚える必要がなかった。覚えているのは内地人社会がオモニたちに投げ与えていたものに限られている。オモニたちのかたことのにほん語はみるまに豊富になった。家庭では朝鮮語を使ったが、併合後、国語は日本語と決められたからである。森崎は「権力によって民族語をうちくだくことはゆるしがたい残忍さである」と書いている（「朝鮮断章1　わたしのかお」—『ははのくにとの幻想婚』現代思潮社、一九七〇／「詩をかきはじめた頃」—『精神史の旅1』）。（このことを後に、「わたしたちの生活が、そのまま侵略なのであった」と振り返っている。）

両親の子育ては自由と解放がモットーであり、和江はそのように育ち、それが一般的な日本人の生き方だと思った。学校から教育方針を訊かれた時、父は「自由放任」と回答したが、小学校の教師は問題視した。父は「和江が正しいと思ったことをのびのびとやり通し、責任を引き受けること」を意図していた。そして和江は、ひとりのひらかれた生き方は、他の人々の人生をもひらかれたものとしない限りは、ひとりよがりになるのだ、と肝に銘じて教えられた（『慶州は母の呼び声』新潮社、一九八四／「父の一言」、「ひらかれた日々へ」—『精神史の旅1』148・169ページ）。

一九四〇年夏、母愛子と三人きょうだいは青木村に帰郷、母は九州大学附属病院で胃癌と診断され、父も帰郷し、手術を受けた。家族は先に帰り、数カ月後、母は伯母に伴われて慶州に帰ってきた。元気な頃は父とテニスをしたり、オルガンで「故郷の空」などを弾いて故郷を懐かしんでいた。また池坊の活花の免許状をもち、父と連れ立って川辺や山裾に花材を取りに行っていた。三年間再発しなければ治るということであったが、一九四三年、再発した。

「あなたは長女だから、お母ちゃんがいなくなったら、自分でつくってみんなに食べさせるのよ」母はそう言って、にぎりずしやケーキ、味噌やぶどう酒を和江と一緒に作った。起き上がれなくなってから、父は毎日昼休みに帰宅して、母を抱きかかえて縁側の椅子に座らせ、雑談などをして楽しんでいた。しばらく後寝床に寝かせて、また学校へ出て行った。やがてそれも無理になると、父は母を抱いて入浴させた。「ああ、さっぱりした。いつ死んでもいい感じ」母はにっこり笑った。

一九四三年四月二日、死去（三六歳）。「愛子さんとはたった十六年いっしょにいただけだった……。愛子さんは今からだったのに、今からいい女になったのに……」と父はつぶやいた（『大人の童話・死の話』弘文堂、一九八九、235ページ／「親へ詫びる」—『精神史の旅1』65ページ）。

父は五月、金泉《きんせん》（キムチョン）中学校長へと転任した。金泉高等普通学校は、朝鮮王朝に仕え英親王（李垠）の保母であった崔松雪堂《チエソンソルタン》女史が、全財産を投資して一九三一年に創立した学校だった。西欧風の赤レンガの瀟洒《しょうしゃ》な校舎で、民族主義の教育を実施していた。一九四二年、創氏改名令が施行され、またハングル抹殺が当局の方針となった。金泉高等普通学校は金泉中学校と名前を変えた。

一九四二年一〇月一日、警察は朝鮮語学会事務所を急襲し、朝鮮語辞典編纂のための原稿カードをすべて没収し、三三名の学者を検挙した（朝鮮語学会事件）。その中の二人は拷問により獄死、七人は有罪判決をうけた。朝鮮語学会は学術団体を偽装した独立団体である、ということであった（姜在彦『日本による朝鮮支配の40年』朝日文庫、一九九二）。頻発していた抵抗運動の一つとされたのである。

金泉中学校の鄭烈模《チヨンヨルモ》校長、教師が朝鮮語辞典の編纂に関わったことを罪に問われ、投獄された。庫次はその後任として赴任したのだった。

視学官が来た時、役人たちはトラックに乗って勤労動員の現場へ行こうとしたが、森崎校長は生徒が全員歩いていくのだから、生徒と同じく歩いていくのが当然ではないか、と抗議した。学校には権勢症候群の配属将校がおり、サーベルをぬいては生徒たちに「おれはきさまたちを教育しに来たのではない。死に方を教えに来たのだ」、とヒステリックに叫び、森崎校長を非難した。森崎校長は苦しんでいた。

父庫次は植民地にあってリベラリストであった。庫次は大原社会問題研究所に就任するはずだったのだが、家庭の事情で朝鮮に来ていた。和江との遊びの中で、「おれは熊襲だぞウ。熊襲は反骨精神だぞ」と叫んでいたが、それは必ずしも戯言ではなかった。熊襲とは古代の自由人である（『慶州は母の呼び声』／「昭和を読む」―『詩的言語が萌える頃』葦書房、一九九〇）。中国との戦争が激しくなろうとする時、「おとうさんは朝鮮の土になりたいと思っているよ。強くて大きな民族のしあわせだけを考えてはいかん。お父さんは少数民族の民族精神を承認することについて考えているのだよ」と言っていた。少数民族とは数のことではなく、朝鮮、台湾、樺太、北海道、南洋群島などに住む多様な民族のことである。「ぼくは前と後ろからピストルでねらわれている。万一ぼくがいなくなっても、おまえはしっかりして、おかあちゃんを見守りなさい。どんな形であっても、ものを学びとる力をつけておけば必ず役に立つ。学ぶということは見ぬく力をつけることだから。学んだ素材が問題じゃないよ。君は学校を出て、代用教員をやりながら、きょうだい仲良く暮らしなさい」とも言っていた。「前」とは朝鮮人ということであろう。「後ろ」とは当局のことで、私服憲兵に連行されることが日常化していた。

和江も金泉女学校へ転校した。そこで金任順《キムイムスン》ら一〇人ほどと机を並べることになった。任順は両班《ヤンバン》の子女で、ほとんど言葉を交わしたことはなかったが、無言の中の友情を感じていた。金泉の小さな教会（黄金教会）に関係ある人だと感じていた（後述）。

タオルを絞るとそのまま凍っていく寒い夜、夜更けまで和江が受験勉強をしていた時、家の外に積んでいた薪に放火された。和江はあわててバケツで消火し、大事には至らなかった。父に報告すると、そうか、と一言だけ応えた。朝鮮人が日本人は敵だと考えてもおかしくない、と和江は思っていた（『慶州は母の呼び声』）。

一九三七年七月七日の盧溝橋事件が発端となって、日中関係は全面的な戦争状態に入る。軍需産業が拡大化し、労働力不足になり、他の産業から補うことになった。筑豊の炭鉱でも、熟練された先山や技術者が応召し、一般の労働者も兵役逃れのために軍需産業へ移っていった。欠員を補充しようとしたが、炭鉱の危険性や都市工場の高賃金のため、計画は進まなかった。政府は石炭増産の指示を出していたが、石炭業界は労働力不足にあえいでいた。一九三四年に朝鮮人労働者の移入は禁止されていたが（密航が絶えなかった）、ここに至って再び「朝鮮労働者の誘致」が具体化してきた。一九三八年、国家総動員法が施行され、生産手段と労働力を国家権力が動員できる体制を作った。

一九三九年、国民徴用令が施行され、朝鮮人にも適用された。最初は、一定の手続きを要する募集の形をとった。これまで渡航制限を受けていた失業者が押し寄せ、受付の順番を待つという状態であった。京城、大邱、釜山、平壌など六カ所に職業紹介所が置かれた。一九四一年になると集まる朝鮮人労働者は政府が許可した数の七割に留まった。太平洋戦争が始まると、朝鮮人労働者の確保は第一線の常備労働力（「産業戦士」）として一段と重要性を増してきた。四二年には、「これまでの自由募集が改められ、割当人員を総督府の斡旋によって移入することとなった。これが悪名高い官斡旋による強制連行である。（略）国家の命令で組織的計画的に徴用できるわけだから〝朝鮮人狩り〟が、公的機関で公然と行なわれるようになったのである」（林えいだい『強制連行・強制労働　筑豊朝鮮人坑夫の記録』現代史出版会、一九八一）。

強制連行が進むと、朝鮮での労働者が底をついてきた。「郡および面の募集係はいかなることがあっても、総督府が決定した割当人数は、絶対に確保しなければならないという苦しい立場に追い込まれた」。畑で仕事をしている農民であろうと、道路を歩いている者であろうと、手当り次第に捕まえてトラックに積み込んだ。真夜中に一つの部落を巡査と労務係・面書記が取り囲んだ。昼は山の中に隠れているが、夜には自宅に戻るので、そこを襲って寝ている男を家から引きずり出した。抵抗する者は木刀で殴りつけた。泣き叫びながら追いすがる女房や子供を巡査は蹴り上げた。関釜連絡船で日本に着いた朝鮮人は、それぞれ貨車やトラックに積み込まれて（関門鉄道トンネルは、下りが一九四二年、上りが四四年開通）、筑豊の炭鉱へ運ばれた。

最初の三日間は、契約どおり白米飯を腹いっぱい食べることができたが、四日目からは実習と称して採炭現場に送り込まれた。内鮮一体となって石炭増産に励むよう、徹底した皇国臣民化教育が行なわれた。朝鮮人の現場は、強制労働、暴力、圧制、差別、低賃金、食事の問題、言葉の問題、監視つきの朝鮮人寮（タコ部屋）、劣悪な坑内作業環境によってひき起こされる事故（落盤、ガス爆発、出水、炭車の暴走など）による死傷など、過酷な状況であった（これは言葉を羅列しただけで、その実態は何ほども表してはいない）。二年の契約であったが、二年持つだろうかと恐怖が襲い、二年経つと延長にされた。政府は、協和会という組織を作り、会長は県知事、下部組織に警察署長、市町村長、労務係、朝鮮人寮長、朝鮮人納屋の頭領が役員となった。皇民化教育の徹底、創氏改名の旗振り、警察の手足となって逃亡者の摘発をした。朝鮮人を抜擢し、分断支配という常套手段がここでもとられていた。

一九三九年から四五年までの間の強制連行総数は、七二万四〇〇〇人（朝鮮総督府「第85帝国議会説明資料」および大蔵省管理局「日本人の海外活動に関する歴史的調査」）とも、一一五万人余（朝鮮民主法律家協会声明、一九六四）とも、約一五〇万人（そのうち石炭山約六〇万人、金属山約一五万人、軍需工場役四〇万人、土建業約三〇万人、港湾荷役約五万人）（朝鮮総督府の帝国議会説明資料および『特高月報』から算定―朴慶植『清算されない昭和　朝鮮人強制連行の記録』林えいだい写真・文、岩波書店、一九九〇、序文）ともいう（『強制連行・強制労働　筑豊朝鮮人坑夫の記録』71〜87ページ）。

これが日本帝国主義と植民地朝鮮のサディスティックな関係（の一端）である。朝鮮人が日本人は敵だと考えてもおかしくないと、和江が思っていたのは当然である。しかし、これほどひどいとは思っていなかっただろう。

一九四四年四月、一時の留学先と考えて、和江（一七歳）は福岡県立女子専門学校保健科（現福岡女子大学）に入学した。本当は奈良女高師を受験しようと思っていたが（「遥かな夏の日」―「朝日新聞」二〇一〇年八月一七日付）、万一の場合、すなわち朝鮮海峡を往来できなくなった場合でも、福岡なら本家を頼ることもできるから、ということであった。別府町田島の寮に入った。

一九四五年六月一九日、福岡大空襲で街は焼け野が原となり、天神にあった学校も焼けたが、寮は焼けずにすんだ。焼け跡の町の中でまだ燃えている家や電柱を踏み越えながら、朝鮮に帰りたいと思った。関釜連絡船は、博多湾発着になっていたが、二〇日、運行停止になり、戻ることはできなかった。六月一九日の大空襲のあと、和江はあるおめかけさんと行動をともにし、幾日かをその人の家で過ごした。その人の名前は、どうしても思い出せない。和江が朝鮮に帰りたいと言うと、その人は旦那さんに頼んで関釜連絡船の切符を手に入れてくれた。和江は下関まで行ったが、乗るはずの船は前夜触雷して、沈没した（と森崎は書いている。「思い出せないこと」―『精神史の旅1』195ページ)。しかし、関釜連絡船は六月二〇日に廃止されてしまう。一九日から二〇日の間に数日を過ごすことはできない。では空襲は五月のことか? 五月二五日に新羅丸が触雷して沈没する。和江の乗るはずの船だったろうか? この後、連絡船は博多港発着に変わる。しかし五月に福岡が空襲されたこと(記録)はないということである。

学生は工場に学徒動員された。和江は春日の九州飛行機株式会社に動員され、結核の大学生たちがゴホンゴホンと咳をしながら飛行機の設計図を製図していた設計室に回され、たちまち感染した。月に一度の休日、寮の近くの川辺で油絵を描いていると、三人の通行人が「この非国民が!」と怒鳴って、イーゼルを蹴飛ばし、絵を踏みつけた。父の元へ帰りたいと思った。父は個人(和江)の心の中の自由を、全身で護ってくれていたのだと思い当たった。

八月一五日、製図室の中で雑音まじりの天皇のラジオ放送を聞いた。戦争が終わった、と誰かが言い、皆が部屋を出ていった。

敗戦を迎えた。朝鮮に帰りたかったが、もはや叶わぬことだった。書き溜めていた詩や日誌はすべて朝鮮に捨てられた(父が帰還前に焼いた)。ちぎれた肉のように思っていた(「詩を書きはじめた頃」―『精神史の旅1』/「森崎和江の世界」―「朝日新聞」一九九七年四月二一~二四日)。

しかし、朝鮮は他国であったのだ。和江は「征服の事実」(大杉栄)に気付き、植民地の非道を知った。朝鮮の天地、人の愛の中で、はは(オモニ)のくにを愛したことが苦しみの種となった。朝鮮にいた間、「朝鮮人の幼児から老人にいたるまでのまなざしに集団姦を感じなかったことは一度もない」(「朝鮮断章 1」―『ははのくにとの幻想婚』)と書いているから、朝鮮人の憎悪や蔑視を感じ、状況に全く無邪気であったわけではない。しかし、他人を働かせて安楽に暮らすことを罪と思わなかったことは不明であった。あそこで生まれたことはあやまり(誤謬)だった。自分の最も原初的だと思われた心のたたずまいを葬るように、和江は、自分の出生が、生き方ではなく生まれた事実が、そのまま罪であるという思いを強く抱いた。朝鮮によって育てられてきた心のありようは、それ自体が密かに盗み取ってきたもののように思えた。普通、人は、それは歴史上の出来事であり、国家次元での話であるからと、個人の関わりを免罪しようとする。しかし、和江の心はそれを許さない。その地のすべてを吸収して自己を形成したことが、救いのないつらさを起こさせるのである(「二つのことば、二つのこころ」―『精神史の旅1』/『こだまひびく山河の中へ』朝日新聞社、一九八六/「石炭産業の崩壊に立ち会って」―『精神史の旅2』115ページ/「海を渡った女性たち」―『精神史の旅3』206ページ)。上野英信の場合もそうであったが、「〈人間〉はつねに加害者のなかから生まれる」と石原吉郎が言ったように、また前田俊彦が、「人間の尊厳は、人間には罪の意識があることが根拠となる」と言ったように、和江も自身の加害性の自覚において、回心を遂げることになる。

「そもそも『侵略』と『連帯』を具体的状況において区別できるかどうかが大問題である」(「アジア主義の展望」)という竹内好の言葉に出会った時、和江は感動でからだがふるえた。良心的な生き方もまた、「連帯という名の侵略」としか思えなかった。ほっと心をほどいて日本のくにを見直す思いになった(「一行の言葉」―『髪を洗う日』大和書房、一九八一/『精神史の旅5』167ページ)。

因みに、安部公房の短編「闖入者《ちんにゅうしゃ》」、戯曲「友達」という作品を紹介しておきたい。八人の一家が、一人ぼっちの人を放っておけず、愛と友情をとどけるために、ある一人暮らしの男のアパートに闖入する。友達として、助け合い、はげまし合う義務がある、というのだ。男が、「あつかましい、ここは僕の部屋だ」と拒否するが、闖入者たちは、「ここはぼくらが選んだ部屋だ」、とひややかに返答した。部屋にある男のものを我が物顔で使い、「おれのものは、おまえのもの、おまえのものはおれのもの。これは隣人愛の理想だ」と嘯《うそぶ》き、コソ泥などという品性を疑わしめるような言葉を使ったら罰金百円と決め、男の財布を安全に管理すると言い出す。「なんの権利があって」と男が言うと、「義務ですよ、義務」と闖入者は答えた。警察官が来るが取り合ってもらえない。婚約者が来るが、婚約指輪を外した方がいいのかな、などと信じてもらえない。半月後、男はついにこの部屋から逃げ出そうとしたが、檻に入れられ、謀反人とさえ呼ばれ、とうとう死んでしまう。「さからいさえしなければ、私たちなんか、ただの世間にしかすぎなかったのに」。八人は次の淋しい男を求めて出ていく、「友達」になるために(「友達」一九六七―『安部公房全作品11』新潮社、一九七三)。

この劇の闖入者たちを日本帝国主義のアナロジーとして読むことは十分可能である。満州からの引揚者である安部には当然、「五族協和」は「連帯という名の侵略」と読み替えうるという認識があった。

森崎和江に戻る。和江は、日本の、私の、罪以外の何ものでもないという思いが苦しくて、泥海に沈んでいるような日々が続いた。一方で、町では掌を返したように自由の叫びがあふれ、先を争って自分の椅子を探し、知恵のある者は金を儲けていた。日本人の浅薄さと、その日本で生きるほかないことがいやでたまらない（『大人の童話・死の話』／『精神史の旅1』141ページ）。またある者は朝鮮で築いた財産を全て失ったと残念がった。

戦争は自国の兵士が殺されるだけではない。軍隊を進める中で幾万もの他国の兵士を殺した。兵士だけでなく、女、子どもや老人たちを殺した。生体解剖や毒ガスを吸わせるなどした。戦争が他国の人を殺した、という時、和江は自分が植民地で生まれたことを加えずにはいられない。自分を除外することができない。植民地で誕生し、無自覚のままぬくぬくと育ってきたことは間接的な殺人であったのだから（『精神史の旅1』125ページ）。私は侵略者であった、という思い、そして、私は自分を生き直さねばならないという思いが心を占めていた（「生き直す」―『さまざまな戦後I』日本経済評論社、一九九五）。植民者二世和江の罪障感・加害意識はそれほどに深かったのである。

余談だが、和江自身が朝鮮に対して実害を及ぼしたわけではないようだ。それでもここまで厳しい自己断罪を見ると、例えば、朝鮮を愛し、朝鮮の白磁を愛し、朝鮮の土になろうとし、土となった山林技術者浅川巧（一八九一～一九三一年）のような生き方もあったのでは、と一つのクッションを入れたくなる。

和江は、それまで自分（や日本人）を命令し続けていた「日本精神」とは質の違った自分の好きな日本を見つけ出そうとした。「日本精神」とは、神話を史実としながら、明治政府の創作になる、天皇制国家神道という名の統治体系（皇国史観）を核とした、天皇のためには喜んで死ぬという精神である。教師は「精神統一」と掛け声を上げ、随順や随従を声高に叫び、生徒の「日本精神」を鍛え上げた。しかし、それは戦争のためのフィクションだと和江は考えていた。和江の修身の成績は乙だった。

一九四五年九月初旬、家族が漁船で朝鮮から博多港に引き揚げてきて、青木村に身を寄せた時、「ああ、帰りんしゃったなあ」と本家の人たちが迎えてくれた（本家の立ち直りは庫次の援助によるという経緯を、この時和江は知らなかったが）。

伯母は食事に使う水を筑後川から汲んできた。満潮の時、海水の上に押し上げられる淡水をアオといい、飲み水に使っていた。木桶にアオを汲み、天秤棒で肩に担いで家まで運んだ。伯母は台所でくるくる働き、倉の中の醬油や味噌、漬物を取り出した。和江は伯母に個別なぬくもりを感じ、伯母を頼りに「目に見えぬ日本」を感じようとした。しかし一方和江は日本人が畑を耕していることに動転していた。そういうことを朝鮮では見たことがなかったのだった（「先例のない娘の正体」―『髪を洗う日』／『精神史の旅1』）。

庫次は青木村の人たちから村長になるよう依頼されたが、固辞した。庫次は、「あの青年たち（教え子の朝鮮人）は今も、日本語でものごとを考えているのであろう」と言い、罪障感に苛《さいな》まれ、涙を流した。久留米市梅満町に移る。

和江はひとり自分を問いつつ身を切るように苦しんでいるのだが、本家の人たちは自分たちの延長のように、血で結ばれた縁者をにここと出迎えてくれた。和江は「その無条件な、それを裏返すなら個々の独自性の承認を抜きにしたところの、全体意識の出迎えに絶望した」。「どうやってこの自他の明らかでない風土で生きていこう、と、ほんとうに、くらやみをじっとみつめる思い」でいた。両親が、「この子は内地では結婚させられませんね」と話し合っていたことがあったが、性差別や家制度を超え出ていた外地の単婚家庭（核家族）の中で自己形成してきた和江は、あれはこのことを言っていたのだと分かった（『いのち、響きあう』藤原書店、一九九八、47ページ）。

和江には日本での生活感情が分からないのだった。両親はそのような家父長制度の村＝日本について、和江に知らせなかったのだ。個人として自由奔放に育ってきた和江にとって、「村」は異文化といってもいいものだった。和江はここでは異族だった。疎外された存在だった。

和江は、「あなたのおくにはどちらですか」という挨拶が気にかかってしかたなかった。どういう心で何を問われているのか分からなかった。「朝鮮です」、「ご両親も？」、「いえ、両親は福岡県ですが」、「ああそうですか」。相手はにっこりとする。個人の属性だけが問われ、個人の核心部分は問われない。これが生活を支えてきた地縁血縁共同体の外来者に対するほとんど無意識な識別であることを、やがて和江は知っていく。それは村意識、家意識の排他性といってもよいし、閉鎖性といってもよいものだった（水溜真由美は、これを、日本の国家および村落共同体による「同種同化＝異種排除」の暴力、と言う〔「同化型共同性の拒絶」―『思想』二〇〇一年一一月号、岩波書店〕）。

伯父は自分だけ座敷に膳を運ばせ、戦争中も欠かしたことがないという酒を飲み、肴の出来ぐあいを叱る家父長であった。封建的序列性といってよいそれを和江はみみっちいと思い、それに自足する大の男の（男尊女卑の）感覚と、それを許している家や村の気風ががまんならなかった。彼らに食べさせてもらい、熱のある身体を休ませてもらっていながらも。

宗像へ行った冬、祖母は朝鮮で死んだ母（愛子）を、「親不孝のばつを受けたたい」と言って和江を叱り、引揚者という「身分」に転落していることを叱った。親の意向を無視して勝手に駆け落ちし、朝鮮で病気になって若く死に、父と子は今また引き揚げて帰ってきて何をする当てもないではないか、と叱るのだった。祖母は「愛子に着させようと思っとったが」と言って、金糸銀糸の婚礼用の帯を取り出してきて、「おまえに上げようと思って戦争のあいだもとっておいた」と和江に告げた。祖母には、日本にいたならという娘の不幸を無念に思う気持ちと愛情が複雑に絡み合っているようであった。しかし、植民者である父と和江は、にほんの負い目の極点として、その苦痛を個体が負うことのできる最も大切な課題として生きていこうとしているのだった（「私を迎えてくれた九州」―『ははのくにとの幻想婚』／『精神史の旅1』181ページ）。

ひらかれた生き方を求めてきた和江は、どのような人間であれ、その属性ではなく、個々の人間性こそもっとも大切なものと考え、ねっとりとした封建的因習的家中心主義の「日本的共同体」＝村を越えようとしていた。和江の見た日本の「村」は、谷川雁のいう「村」とは似て非なるものであった。しかし人間は群れて生きるものである以上、何らかの共同体は必要である。新しい共同体が必要である（後述）。

和江は朝鮮に戻ることもできず、村にいることもできない。渚（海と陸の二つの世界が接する間）をさ迷う善知鳥《うとう》のように、居場所がなくなっていた。

和江は新しい日本を見つけ出さねばならなかった。無明の和江は、新生を目指したのである。「日本精神」や既成の「村」ではない、自分の好きな日本を。もっとはるかなむかしから生きてきた山河への共感、愛し尊敬できる精神を。ふるさとを。「そうすることでてのひらにのこっている、汚れた夢の罪深さを忘れたい」と思った（『大人の童話・死の話』195ページ）。森崎和江の旅の始まりである。

九月、福岡女専は仮校舎で授業を再開した。九州大学は空襲を免れていたので、九大の文学部図書館に通い、朝鮮総督府関連資料や、宇井伯寿や鈴木大拙らの仏教書や売春婦の資料などを借りて読んだ。体調は悪く、微熱が続く毎日だった。茶道を習い、後を継いで欲しいと言われたこともある。

一九四七年三月、福岡女専卒業。久留米市三井町に転居。その後三年間、佐賀県中原療養所で結核の療養を続けた。まだ結核の特効薬ペニシリンもストレプトマイシンも普及しておらず、金持ちがアメリカから取り寄せている状態だった。

毎日誰かが死んでいった。和江は看護婦に頼まれて、ある患者の遺言を聞くことになった。彼女は、自分は子どもたちには死んだことになっている、でもここでずっと生きてきた、子どもたちに、あなたたちの幸せを祈りながら生きてきたことを伝えてほしい、と言った。和江の女専の先輩だった。結核は死病と恐れられ、発病した妻が離縁されることは当然と社会は考えていた。しかし、夫が発病した場合、妻は働きながら夫を看病した（『いのちの素顔』岩波書店　一九九四、

127ページ）。

治療としては、絶対安静にして栄養をつけ、きれいな空気を吸い、自然治癒力だけに頼るしかなかった。だが、自分に向き合える時間はたっぷりとあった。佐賀の風木雲太郎主宰の『岬』に、療養所内で発表した詩が転載された。ベッドの上で詩や短歌を書き、『筑紫野』や『にぎたま』などに投稿・発表していた。

一九四九年のある時、一時帰宅を許されて、療養所から自宅に帰る木炭バスの窓から、電柱に貼られた「母音詩話会」のポスターを見かけた。『母音』は久留米の丸山豊が主宰する詩誌で、一九四七年四月二〇日に第一冊が発行されている。丸山は軍医としてビルマ・インパールへ出征、雲南省へ脱出し、「月白《つきしろ》の道」を生還した数少ない一人だった。『母音』の同人には、野田宇太郎（『文藝』編集人）、安西均（一九八九年『チェーホフの猟銃』で現代詩人賞）、一丸章（一九七三年『天鼓』でH氏賞）、伊藤桂一、木下夕爾、谷川雁、松永伍一（一九七〇年『日本農民詩史』で毎日出版文化賞特別賞）、川崎洋（一九八六年『ビスケットの空カン』で高見順賞）、高木護、有田忠郎、各務章《かがみあきら》、野田寿子らがいた。

和江は、『母音』のことを知らなかったが、ポスターを見て、療養所を退所したらここを訪ねようと思った。そして数カ月後退所し、和江は自作の詩「飛翔」を携えて、諏訪野町に丸山医院を訪ねた。丸山豊はその詩を読み通した後、にっこり笑って和江を同人に迎えた。「飛翔」は一九五〇年一〇月の『母音』第二期第一巻第三号に掲載された。同じ号に谷川雁は「異邦の朝」を発表している。谷川雁は安西均に誘われて同人になったと思われる。和江より古い同人である。谷川が最初に発表したのは『母音』第六冊（第二巻第二号、一九四八年四月号）の「たうん・あにま」である。

『母音』の仲間は戦後の社会の中で、「戦争に結びついた質を越え得るもの」を、和江同様に持っていた。この日本で生きるしかなく、古い日本から生まれ変わりたいと願う和江は、そこでは少しばかりくつろいでいることができた（『いのちを産む』）。初めて立つ瀬を見つけたのである。和江は『母音』の仲間たちと筑後川の河原の草土手に広がる菜の花畑の中で詩話会を楽しんだ。丸山は指呼しながら、「ここから地平線をごらん。地球が丸いことが分かるよ」と言った。しかし和江は目を向けられなかった。和江の心は玄界灘で宙吊りになったままだったから。

ある時、丸山は「和江さんの詩は原罪意識がつよいね。それは植民地体験からきたの？　ぼくも……」と言った。和江は丸山のするどい指摘に涙が溢れそうだった。しかし、「ぼくも……」という言葉の後に続くはずの丸山のインパールの悲惨について何も知らなかった。丸山の温順な顔の内側にある、他人を戦殺・戦傷して生きてきた人間の苦悩を、和江はこの時気付かなかった（「『母音』のころ」—『精神史の旅1』254ページ／丸山豊「月白の道」一九六九—『丸山豊詩集』土曜美術社、一九八四）。

一九五二年三月、丸山豊の媒酌で、療養所で出会っていた松石始と結婚、松石姓になる。夫は長男であったが実家には住まず、荒木町の県営住宅に住む。結婚に際し、和江は松石に話した。個人としての人間について、性の平等と自由について、結婚は個人の結びつきであること、彼が祖父母世代にとっても大切な長男であろうとも「嫁」にはなれないこと、私は私にすぎないこと、敗戦後の日本は個々に社会に対して責任を持つべきだと。

地縁血縁に囲まれた大家族の中の長男を、それらから引き剝がし、二人はなんの支えもない、宇宙の中の偶然な生物同士のような新しい世界が欲しくて、親世代までの歴史や伝統を焼き払って生きようと話し合っていた。それは男や女にかぶせられてきた数々の観念を拒否することでもあった。二人はこんな話を日常的に話す恋人同士だった（「産み・生まれるいのち」―『いのちを産む』／『精神史の旅1』306ページ）。

父庫次は公職追放の後に県立浮羽東高校に勤務したが、孫の顔を見ないまま、一〇月二日、膵臓ガンで死去。五六歳。

［ひとのいのちは胎内で十月十日育てられ／ようやくこの世のものとなる
いのちの終りも／同じほどの時をたどるのは自然だよ
君はおなかの子を大切にせよ／女も日に三度の火を起こすだけでは駄目だよ
社会的にいい仕事をせよ／そして　生涯　凡庸に徹して生きよ］

（「無題」―『ささ笛ひとつ』思潮社、二〇〇四）

父は静かにそう話した。

身ごもっていた和江は野辺の送りに参列しなかった。村の誰かのいたわりの言葉が、葬儀の主要な部分への参列をひかえさせた。葬儀は血縁地縁、そして職歴の縁に守られて、村の仕来りで滞りなくすすんだ。

この頃、和江の妊娠中に『母音』の同人谷川雁が訪ねてきた。直接会ったことはなかったが、谷川は和江の詩を読んで、この人は自分と一緒に仕事をする人だと直感した、と言った。夫は面食らっただろう。

一九五三年三月、長女恵を／が、ラマーズ法で産む／生まれる。桃の木を植えた。

妊娠五カ月の頃、日曜日の午後に勤めていた中学の同僚と雑談をしていた時、和江は「わたしはね……」と自称したとたん、ウッと言葉につまった。「わたし」に違和感を抱き、その一人称が言えなくなっていた。もう一人いる。その言葉では不十分だと思えた。「私が自分のものとしてきた『わたし』という一人称の概念が、胎児を意識することなく話をしている最中に、私自身の実体からぽろりと剝げ落ちかけた感じ」だった。何かが滑り落ちすきまができていた。不思議な知覚が走り、一人称が小さな火花を散らしつつ、深い空虚となった。「わたし」はすでに「わたし」ではなく、別の事態が始まっていた。和江は「空虚」を抱えたまま、夜の庭に降り、葡萄の房を見上げ、涙を流した。葡萄は葡萄のままで充実していた。自然が揺らぎなく、そのまま横溢していた（「産むこと」―『大人の童話・死の話』／『いのちを産む』／『いのち、響きあう』／「産むこと」―『精神史の旅5』177ページ／「海を渡った女性たち」―『精神史の旅3』206ページ）。

しかしその「空虚」はエロスの発現といっていいほどに、豊穣な空間であった。そこが「空虚」であったのは、それまでの文化や思考が顧みないまま通過してきたからだ。そこを埋める／切り拓く行為が、和江の生の重要なテーマとなる。

ある時和江は、ふくらんだ胎内にうずくまっている、まだ見ぬいのちに、もっと直截的に、愛をこめて呼びかけた。「ベビーちゃん」(「樹についての断章」—『クレヨンを塗った地蔵』角川書店、一九八二)。

和江が「私は…」と言いかけて言葉につまったという具体的な言い方は、実は後のものである。和江は初め(といっても七〇年頃)は、もっと抽象的な言い方をしていた。例えば次のような言い回し(文体)である。

「私は「生誕」(あるいは分娩)を言語化しようとしてまた挫折めいた思いを抱いたのである。それは、「私は子どもを生んだ」ということと「子どもは生まれた」ということとを、自己統一的に体験した私が、その体験の特殊性つまり「生む」と「生まれる」の統一的実体をあらわす言葉の欠如にやっと気づいたからであった。私は、女としての存在を表現する言葉のなさにがくぜんとした。それでもなお言葉に依拠して現実を踏み渡りたい自分にあきれた。」

(「言葉・この欠落」—『異族の原基』大和書房、一九七一、216ページ)

また、「産む」と「生まれる」の統一的実体を確認し、その意識を体系化していく時、胎児を包括している肉体と意識の関係はどういう位置関係にあるかを問う。

「それを主体的に表現する言葉がどうしても見当たらない。生む者にはその自己の特異な状況に対する固有の意識が、いやおうなく、生じてしまう。その複合された単独者を零として広がる世界は私には人々の文化にとって、たいそう貴重な分野への出発点となるという思いが深い。なんとかして、その状況に対する人格的なことばがほしい。造語ではなく、その感覚的認識にたいする、社会的認識が、まずほしい」
（「未熟なことば、その手ざわり」――『匪賊の笛』）

文体は抽象的だが、これは深刻な事態である

和江はそれまで自分の身体や意識について生涯揺るがぬ確固としたものだと思っていた。個体が空間と時間の中で自分という意識のもとに場所を占めていると思っていた。もちろんそれは自己の外部・環境と交通し、細胞を生成し、新陳代謝するものであるが、「わたし」は「わたし」として統一を保っているものであった。ところが、その統一が揺れ動く。「わたし」の他に、わたしの中にもう一人胎児がいる。ことことと、胎児が和江自身の中から和江の意識や感覚を打ち続ける。胎児が胎を蹴ったのだろう。胎児が自己主張している。和江は、「わたし」の中の「あなた」に話しかける。「あなた」が内側から何かを発信している。「あなた」が息づいている。生まれようとしている。

胎児を孕む自分。「産み／生まれる」という重層するこの状態を言い表す言葉が、この文化圏には、欠けている。それはこの文化が男の文化であるからだろう。死について人はさまざまに考えてきたのに、産むことについてなぜ人間は無思想なのか、と和江は言う。孕む、妊娠、産む、分娩、出産、誕生、生誕、出生、生まれる、生まれさせられる。どれをみても、和江の心を言い表すに不足であった。

母胎は胎児を入子にしている。母胎と胎児という主体が二つある。母胎から見れば胎児は自分の内部の存在であるが、胎児から見れば母胎は自分の外部＝環境である。母親は胎児を見ている

が、胎児はその内側から母親を見ている（蛇にのまれた蛙が内側から蛇を見返すように。マトリョーシカは大変です。ついでに言うと、宇宙世界はくじらに呑みこまれている、と僕は妄想している。老子はそれを道《タオ》と呼んでいる）。胎児は母胎内にあってエロスに満ち、十分能動的である。生まれ出ようとする生命の自動律（本能、といってもいい）を生きている。「母胎／胎児」の関係は、「見る／見られる」という関係が視点によって相互に入れ替わり合う共存状態なのである。「産み／生まれる」というのが、この二つの主体が行なっている事態を二つながら統一的に言い表すことばであろう（この言葉に落ち着いたのでしょうか、との新木の質問に、森崎は「そうでしょうね」と答えている。あるいは「産みつ生まれつ」、もしくは「産生」と造語してもよいのではと僕は思う）。その関係を和江は「二重唱」と言う。「二重唱」にはコーラス、またはダイアローグとルビを振ることができる。ポリフォニーと言ってもいい。「二重唱」は、かつて朝鮮の風の中で、ポプラの木に抱きついて（入子にし）、木の中を流れる水の音（というエロス）を聞いていた時、自身のエロスをも感じたという体験を思い起こさせる。その時和江のエロスは木の外にあって木の中のエロスを聞く「二重唱」を交感していた。

「子のいのちと私のそれとが二重唱のように動いていることに感動し、私は自分が肉体的に開花しているかに感じました。そのほこらしい思いこそ、女であるわたし自身の姿なのだと思ったりしました。／そして、ふと、どきっとしたのです。その衝撃は予測なく、突然やってきました。この二重唱こそ私なら、きのうまでの独唱の私や独唱しかしない男たちとはどうつながるのだろう。（略）何かが欠けている。こんな女の感じ方を通用させず、独唱の対応ばかりが通用している文化には、何かが欠けている。」
（「子連れの旅立ち」―『旅とサンダル』花曜社、一九八一／『精神史の旅2』76ページ）

男の作る文化や社会の構造には、子のいのちと私のいのちの、つまり、「あなた」と「わたし」のエロスの二重唱という細部が欠けている。男は女でさえ従属するものとみなして、母胎／胎児の状態を考えてこなかったから、言葉がない。出産という母胎の働きと、生誕という胎児の働きとを、妊婦が統一的に感じられるような言葉はどこにもなかった。

人間は生まれて死ぬのではなく、生まれて、産んで、死ぬのである、と和江は考えた。具体的には胎生というしくみがあるので、男と女では意識の違いがあり、男の関心は薄くなりがちだったかも知れない。性はいのちの継承を重要な要素としている。和江は、男も女も、「人のいのちは、生まれて、産んで、そして死ぬという生命連鎖をふくんだ形でとらえてこそ、その全体は見え、そして歴史という概念も共有できる」と考えた。男社会は子孫を残すことを重大に考えるが、不思議なことに子どもを産む女性を「産む機械」などと言って等閑視《とうかんし》する傾向があった。そのことが「空虚」の原因となったのである。

和江は、夫と二人で子を産むことがごく自然なことだと思っていた。自分一人のものにはしたくなかった。その快楽が彼のものでもあってほしかった。そんなことは当時めったにあることではなかったが、久留米市内の日本赤十字社の附属産院助産婦加生《かせ》百代は「赤んぼは夫婦が力を合わせて育てるのがほんなこつばい」と言ってにっこり笑った。もし加生がそう言ってくれなかったら、ほとんど立ち上がれないほど日本に絶望していただろう、と和江は言う。

陣痛が来て、二人はリズムを合わせて、はい、ゆっくり吸って、吸って、はい、ゆっくり吐く。和江は身体を生まれようとする新生児の自由のために貸して、心身は生まれるもののイメージへと飛翔していたような印象を持った。そして身二つになった。それがラマーズ法というものであることを出産後知った。娘は庫次が考えていた名前から、恵と名付けられた。

和江は娘恵に「あなたはだれのものでもない　あなたは　ただ　あなたのもの／はるのひかりがあなたにふれて　あなたをのばす」とささやきかけた（「娘へおくるうた」―『光の海のなかを』冬樹社、一九七七）。

とはいえ、子育てはお向かいのおばさんの手を借りなければならなかった。「○○のおばさーん、助けてくださーい。お湯に入れようとしてるんですけど、赤ん坊がうごきます、すみませーん」。不器用で腕の力もない新米さんの悲鳴に近い大声に、「やれやれ、困ったママねえ」と言って、おばさんはやってきた。なんか、ほほえましいような気もするが、これは昨今の核家族の母親の現実であるという。和江の場合、早く母を亡くし、夫の家族の助けも借りず、望んで核家族になっていたのだ。子どもに母乳を飲ませるのは問題なかった。私はこの子の食べ物なのだ、と深く納得していたし、飲みおえた子の安らかな寝顔を見て和江の心も安らかだった（「記憶の海」―『いのちを産む』）。

重要なのは日本の文化の中にそれを探し位置づけることであろう。その後、和江はこの「産む／生まれる」のテーマを徹底的に考察し、『古事記』、『日本書紀』、『風土記』などを渉猟した。『古事記』の最初に登場する神はアメノミナカヌシである。つまり天の真中の神、即ち宇宙がそれを中心に回っている北極星、元をただせば宇宙・自然を統《す》べる原理、老子の「道《タオ》」ということであろう(『古事記』は「さかしら」にも道教陰陽五行(からごころ)の引用で始まっている。また、藤原京や平城京、平安京、太宰府も、南北軸上にデザインされているのはこのためである)。また古代、産むことを「むす」といった。ムスコ・ムスメのムスである。種から芽を吹き出させるもの、それをそうさせる大いなるものを、ムスビといった。産霊《ムスビ》とはタカミムスビ・カミムスビという陽・陰の神である。

さらにマドコオフスマ(真床覆衾)や産小屋《うぶごや》の意味を和江は探求する。産小屋は渚(この世と、海の向こうのはははのくにとの境界線)に建てられ、その中で女は元の姿にかえって子を産むので、見てはならないという禁忌をかける。トヨタマは「願はくは妾をな見たまいそ」とヒコホホデミ(ホオリ・山幸彦)に言って、八尋鰐の姿にかえり、鵜の羽を萱草《かや》にして産小屋を作ろうとしたが、葺きあえないうちに子を産んだ。それでウガヤフキアエズと名付けた。正体を見られたトヨタマは海に帰り、代わりに妹タマヨリがウガヤを育て、ウガヤはタマヨリを妻として、イワレ(神武)を産むという神話を『古事記』は伝えている。和江は何を忌み籠ることなく、ラマーズ法で出産したのだが、これは「見るなの禁」とは正反対のことである。一〇世紀の和江は、「生まれてそして生きている人間を、ありのまま、まるごと生かしたい」と思い、八世紀の『古事記』の記述を改めて、「妾も今本の身になりて産まむとす。願はくは妾を、見たまえ」と言うのである。

また、「産む/生まれる」のテーマを追求してきた和江は、九大の留学生趙誠之《チヨソンジ》からハングルを習う中でそれを見つけ、「あったわ、こんな近くに」と声をあげた。「がちょうがタマゴを産みました」、「仔豚が七匹生まれました」という時のハングル「ナッスムニダ」がそれである。「自動詞でもなく他動詞でもなく、自動詞でもあり他動詞でもある、あの両義性。生む・生まれる、あの身二つになる働きの総体的表現」（「〈生む・生まれる〉モノローグ」―『ふるさと幻想』大和書房、一九七七）。そう言われても、僕にハングルは分からないので、何ともいえないのだが。

それから英語で「I was born」と言えば、受身である。吉野弘によれば、「生まれさせられるんだ。自分の意志ではないんだね」ということになる（「I was born」―『吉野弘詩集』現代詩文庫・思潮社、一九六八）。母が私を産んだ、私は母によって生まれさせられた。しかし子細に見れば、胎内で胎児は、命の能動律（本能といってもいい）に忠実に、生きようとし、生まれ出ようとして激しく生気（エロス）をほとばしらせていた。そして啐啄《そったく》同時、「産みつ生まれつ」、母と胎児は身二つになる。お芽出とう。胎児は自ら発語しないから、産む側からの発言になってしまう。呱々の声（オギャーの声）は「私はここにいるよ」という意味であるという）。「生まれる」は（自発の）自動詞なのである。

一九五三年四月末、東京にいるはずの弟の健一が、庭から「和んべ、甲羅を干させてくれないか」と声を掛けてきた。健一も同じく植民者二世であり、朝鮮でその感性を養い、朝鮮で日本が行なった醜い行為を見てきた。引き揚げて久留米の明善高校に通い、一年の時、校内の弁論大会で「敗戦の得物」というテーマで次のような弁論を行なった。

［敗戦の最大の贈物は、「自由」である――」
［自由は生であり、不自由は実に死であります。これが西洋近代史に一貫した精神でありますが、この貴重なる精神が我々に与えられたのであります。私共の個人の尊厳は認められ、私共の精神、私共の身体は、何人と雖も侵害することはできません。この自由、この個人の権威こそ近代民主主義の根底をなすものであり、又近代文化の基礎をなすものであります。この自由が敗戦によって我々のものとなったのであります。（略）諸君、我々の自由の根底には、実に大きな不動の、一つの条件があるのであります。即ち人と人との相互の信頼であります。お互ひに人は他を侵さない、他を傷つけない、他に迷惑をかけない、他人の幸福を脅かさないといふ深い信頼があって、始めて自由が認められるものであります。その信頼の程度は、その自由の高度に正比例するのであります」　（『慶州は母の呼び声』217・219ページ）

健一は早稲田大学に進み、この時政治経済学部三年で、演劇青年であり、ジャーナリストを目指していた。彼もまた自分の正体を摑めずにいた。あるいは先の弁論で語った「自由」は彼を刺していたのかもしれない。

和江は根無し草であった。植物を移植すると土壌との相性によっては立ち枯れすることがある。和江も健一も「自由放任」で育ち、朝鮮の風土になじみ、それを失った。しかも、日本の村社会という土壌に根付くことができかねているのであった。

［「僕にはふるさとがない。どこを基点に考えていけばいいのか分らない」
「あなただけではないのよ。すくなくとも、あんたにはねぐらがあるでしょ。からだがあ

るでしょ。そこから出発しなさい」

「女はいいね、何もなくとも産むことを手がかりに生きられる。男は汚れているよ」」

健一はそう言い、「デモクラシーも集団化すると、戦争中の天皇制のようになるよ」と言い、日本の社会への絶望を語った。「男は汚れているよ」という言葉は、公娼制度と関係があるようである。健一は、得体の知れない他国のようなこの国とどう切り結べばいいのかその道を探っていた。

［「お願い、生きてみよう、生きて探そう、お願い。ふるさとは生み出すものよ」］

和江は懇願し、一夜彼の沈黙と向き合った。姉は必死になってがまんし、醜くない日本を、生きて探そうとしていたのだ。一人の男と結婚し、子どもを産み育てることで何とか自分とこの世を繋ぎとめようとしていた（「ゆきくれ家族論」―『産小屋日記』三一書房、一九七九／「法事」―『光の海のなかを』）。

健一は翌朝、恵をあやし、夫に礼を言ってから明るい顔をして東京へ帰っていった。和江は「下宿代送るからね」と言って送り出した。

五月二二日、栃木県のある教会の森で健一は自死した。二一歳だった。ひょっとしたら和江自身がそう言って消えていたかもしれない暗闇の中で死んだことを思うと、堪え切れぬ衝撃を受けた。父の死の直後であり、健一にとって父は最後の砦のような存在であったのかもしれない。「甲羅を干させて」という言葉は、しばしぐっすりと休む場所を頼むということだったと知る。結婚し、妹まで引き受けて同居させ、妹の結婚に奔走してくれた夫に対し、さらに弟の居場所を提供することはいささかの気兼ねがあった。しかし、ことがそこまで至っているのなら、何をおいても健一の願いを聞き届けるべきであった。

和江の後悔は深く重い。濡れ甲羅のまま帰してしまった。殺してしまったという思いがある。前半生が閉ざされたような、ほとんど虚脱状態であった。夫はさまざまに尽くしてくれたが、和江は一人で夜霧の庭に出てうつふして泣いた。夫に伝える言葉もなく、幾度か手紙を書いて夫の机の上に置いた。夫が小さい頃遊んでいたという小道や川のほとりを辿りながら、この日本になじみたい、個々から日本につながりたい、と思っていた。この国で生まれ育った夫には、何がそんなに辛いのか、測りかねていた。時間がくすりだよ、と言って慰めてくれた。

一九五四年一〇月、何度目か、谷川雁が『母音』を持って訪ねてくる。和江は『母音』に頻繁に作品を書いていた。谷川も五月発行の第一八号に「原点が存在する」を発表していた。谷川は、弟の仇をともに討とう、と言って、娘を眠らせている枕元で、夜明けまで、正座したまま動かなかった。それは「邪馬台国の虹!」に対する「既婚の男女の内的な友情を表わす語法」であったか? 谷川は和江に断続的に手紙を書き、「公明にして奇怪な関係」を築いてきた(「森崎和江への手紙」―『母音』一九五五年五月)。

一九五六年一一月、長男泉を／が、同じくラマーズ法で産む／生まれる。

夫は勤めを辞め、自力で仕事を始めていた。和江も個人誌『波紋』を出す。二人が寄り添って小さな家を買い、あたためあっていることの罪深さにおののきあっていた、という。それは(マイホームに）閉じていくことだったから（「冬晴れ」―『精神史の旅1』171ページ）。
和江と谷川が出会ったのは『母音』同人としてであった。谷川は和江に「今の思想界にはエロスがない。より世界に切り込んで生きよう」と語り掛け、多くの手紙を書いた。「文学運動は一緒にしたいけど、一つ屋根のくらしはいや」とためらう和江を、一九五八年、強引に筑豊炭田の小さな町に連れ出した。この間の詳しい経緯はよく分からない。和江の年譜（『精神史の旅5』）は一九五七年の項が全くの空白になっている。あるいは、空白にしている（谷川の年譜は著作の記事だけである）。ただし、『第三の性』（三一書房、一九六五）の中に、次のような記述がある（この記述を事実と考えてよいかとの新木の問いに、「いいです」との答である。これが一九五七～五八年頃のことである）。

「「一あしさきはどうなるかわからないけれども、男たちの世界と女たちの世界とが本質的な交流ができるものなのか、そんなことがあり得るのかどうか、この人（谷川）と対話の可能性を追っていきたい。一緒に雑誌をだして運動の場を共にしていきたいとおもう……」

「やがてそういいだすだろうと思っていた。沙枝（和江）がもとめているものはわかっていながら、日常的な自由を与えてやろうとばかりしてすまなかった。（略）沙枝は途中でへこたれぬ覚悟があるのだろうから、こちらのことはかまわずにやっていくのが本当だね」」

（『第三の性』101～104ページ）

夫も谷川からの手紙を読んでいた。そして口重たくそう言った。夫は和江の性格と和江が抱えているテーマを理解し、広い社会に送り出すことを決意した。和江は顔が上げられなかった。夫が具体的で現実的な生活の基礎を創ろうとして始めた事業は上手くいかなくなっていた。沙枝（和江）は、谷川とは問題意識が近い気がし、対話が開けそうに思えた。二人で雑誌を出そうという計画もふくらんでいた。谷川が手紙に書いてきた「愛とたたかいの試験台になろう」（闘いとエロス！）という言葉に、和江は希望を見出した。

ある夜、沙枝は夫に「彼と結婚したい」と言うと、夫は「そういうこととはちがうだろう」とたしなめた。

［「沙枝あてにきている手紙でしかしらず、逢ったことがないから十分には分らないけれども、それだけでも沙枝がやりたいと考えていることの相手として不服でない。こいつはだめだと感ずるなら沙枝がどういっても止める。これだけは肝に銘じて覚えていてほしい。沙枝が浮気をしたとは考えていない。そういうことをゆるしたりみとめたりするのではないよ。またほかの男にうばわれたというふうにも考えていない。今後は沙枝か相手かどちらかが一瞬でも自分の動揺をゆるしたら、共にだめになるよ。くたばらぬようにしなさい。（略）子供たちは最後まで責任をもって共同で育てていこう……」］（同書、105ページ）

沙枝（和江）の目からぽたりぽたりと涙が落ち、止まらなかった。この夫にどんな憎悪も持っていない。なのに、今沙枝は自分の自己形成のために、どうしてもやりたいと思っていることをやるために、夫のもとを離れ、別の男と行動を共にしようとしている。そしてそれを夫はゆるそうと言うのである。理解のあるさばけた人だったのだ。あるいは自分の掌をはみ出す力を沙枝に認めたということであろうか。沙枝は夫の人格に対して言い知れぬ感謝を持っていた（後に離婚した）。
和江は自分を家族ともども社会へほうり出したのだ。一人（四歳）の手を引き、一人（一歳半）を背負い、その父親（松石）に別れの手を振り、迎えにきた谷川に連れられて筑豊の町中間へ旅立った。子どもたちとその父親の間を生涯切らないと約束して。一九五八年、三一歳の時である（その約束は今も維持され、孫との往来も行なわれている〔「三つのハンコ」―『産小屋日記』／『精神史の旅2』85ページ〕）。

〔家族を私は持つまいと心に刻んだ。心は二重になっていて、家族なしでひとりで生きている私と、それから、私も男（谷川）もそれぞれ子どもを連れて来たのでその子らと、私たち親世代をみなひっくるめた大家族の中の私、この二重の世界を大切にした。子どもたちはパパもママも二人ずついるよ、と友人や先生に語りのびやかに育っていった。運動会や父兄会に、私は二人のパパをさそって出かけた。私たちが心がけたことは、子どもたちの解放的な成長で、それは親世代の責任だと思った。私の子どもの実の父が結婚してからは家族ぐるみで行きかい、それは今に及んでいて、私には身近な縁者となった。／私はこの大家族ふうのくらしのおかげで、心身さっぱりしてきた。混沌としていた一切が少しずつ整理できた〕
（「ゆきくれ家族論」―『産小屋日記』41ページ／『精神史の旅1』291ページ）

谷川は最初、「子との連続性を切り捨ててこそ女の自立だ」と言っていたが、和江の反対を受け入れて、「今日からはぼくもパパだ」と言い、てんやわんやの子育てに手を貸した。和江は子供の消息を細かに、三日と空けずに父親に書き送った。また往来もした。中間市本町六丁目の家で、子供たちは「パパもママも二人ずついるよ」と友人や先生に語り、のびやかに、にぎやかに育っていった。谷川も子供を連れてきていた（上野英信・晴子にも子供が一人いた）。「多民族国家」だったと谷川は言う（「教育は血縁と野合している」――『谷川雁　詩人思想家、復活』河出書房新社、二〇〇九）。

和江には子どもは預かりものという感じがあって、天から預かり、夫から預かり、子ども自身からひととき預かって、楽しい思いをさせてくれる。和江は子を産み落とした瞬間それを感じた。子育てとは、生理的受胎から人格的受胎へと母性と父性を自ら育てていくことというのである。

和江と上野晴子は「ごはん一杯のこっていたら貸して」と言って、茶碗片手にお互いの台所を行き来した。背中の子をあやしながら、炭鉱労働者の暮らしに近づいたような気がした。なんとか「子育て」と「自分育て」を両立できたのは、近所の人の助けと女性交流誌『無名通信』の仲間の協力もあったからだった。「自分育て」とは、和江が感じている問題を言語化し社会化し、個と個が自立し協力し合う、新しい文化を育てていくことである。この時点では、具体的には『サークル村』の活動ということになる。谷川雁と仕事がしたい。雑誌を出して、弟に詫びたい。

そして森崎和江自身の厳しく根源的な自己改造はここから始まることになる。「日本の国が犯した罪と、それから私個人がなんの疑いもなく、彼らの土地で生まれ、遊び、彼らの精神風土によって育てられた事実に対する責任をとる道の模索」（「〝地膚〟をみる」――『異族の原基』151ページ）という贖罪の道である（後述）。

4　サークル村の磁場

上野英信、谷川雁、森崎和江らが始めた『サークル村』にも賢治の影響を見ることができる。『サークル村』とはつまり「羅須地人協会」ということであろう。一つのユートピア幻想であろう。上野英信も谷川雁も賢治に心酔していた。

一九五八年の晩春、博多の古ぼけた谷川雁の下宿で、谷川と上野英信が話し合って下絵をかいた時、「まるで薩長連合ですなあ」と言って二人は笑った（谷川「報告風の不満」）。八月、谷川と森崎和江は、上野英信、晴子が住んでいた、「鉄と石炭の相合うところ」中間町（一九五八年一一月一日に中間市）本町六丁目の九州採炭新手鉱業所診療所と医師の自宅であった広い家に、共同で住むことになった。おそらく谷川は「中間」（なかま／ちゅうかん／仲間）という言葉が気に入ったのだ。「鉄」とは隣町にある八幡製鐵所（日清戦争の賠償金などを元に一九〇一年操業開始）のことであり、「石炭」とは筑豊炭田の石炭・コークスのことを指している。家のすぐ下を香月線が走り、石炭を積んだ貨物列車が行き交った（現在は車道になっている。中間駅近くの所は緑道公園「屋根のない博物館」になっている）。

八月一五日（敗戦記念日）、その家を九州サークル研究会事務局とした。原稿はどうにか集められるが、資金の問題で九月発刊ができるかどうかが問題であった。その時、「いくらあればいいんだ」と言う全逓のTがいて、「三万あれば、あと少し足して創刊号の八〇〇部はできるだろう」と答えると、Tは「なあんだ」と言って、「おれが今住んでいる部屋を出れば敷金が三万とれる。それを使おう」と言った。彼は郊外の不便な二階に越していった（「報告風の不満」―『国民文化』三号、一九五九年→『谷川雁セレクション1』日本経済評論社、二〇〇九）。

こうして九月二〇日、文化運動誌『サークル村』を創刊する。A5版、活版印刷である。編集委員は上野英信、木村日出男、神谷国善、田中巌、谷川雁、田村和雄、花田克己、森一作、森崎和江で、「森崎以外は共産党員である。『サークル村』の会員勧誘や販売ルートも共産党系の人脈・ルートを通じて行なわれた」（木原滋哉「対抗的公共圏の構想と実践」―『呉高専研究紀要』六八号、二〇〇六）。個人加入が原則で、会員には河野信子、中村きい子、石牟礼道子の他、沖田活美、山本詞、山田かん、千々和英行、福森隆、杉原茂雄、森田ヤエ子、友成一、平野滋夫、山崎喜与志、小日向哲也、村田久、郷田良、谷川和子（雁の妻、水俣）らがいた。創刊号の編集後記には無署名で、「九州・山口のサークル活動各分野にわたって研究しあい、創造を通じて交流を強めるため結成されたもので、われわれが求めているものは単なる友情と経験の交流ではありません。われわれはただ一つの協同体であるサークルを建設するために集まったものです」と書かれている。宇部、九州、沖縄の文芸や読書、新聞、教育、映画、劇、美術、音楽、歌声など各種のサークル数十を結集し、会員約二〇〇人の中には、坑夫、製鉄所員、郵便局員、紡績工員、教師、鉄道員など多種の職業のものがいた。小説、詩、評論、短歌、ルポルタージュ、合唱用詞曲、映画評、生活記録など多種のジャンルのものが掲載された。『サークル村』は、九州・山口のサークル活動家を結集し、交流する一つの文化（革命）運動であった。これもポリフォニーの磁場といっていいだろう。

同時に、すでに中央で進められている全国のサークルを基幹とする総合雑誌の計画に協力し、補足しあう意味を持っていた。九州・山口から全国へと展開する目算であった。『サークル村』五九年四月号に「『全国交流誌』発刊準備について」という一文が掲載されている。国民文化会議による前年秋の国民文化全国集会で、谷川ら九州サークル研究会の提案が受け入れられ、上原専禄、加藤周一、木下順二、国分一太郎、竹内良知、竹内好、日高六郎、真壁仁らおよそ一〇〇人が意見を交換し、新雑誌計画準備委員会が計画案を発表している（この計画は結局、日の目を見ることなく立ち消えになった。準備運動に参加していた大沢真一郎によれば、「反体制側の政治への従属意識を断ち切れなかったという文化活動家の主体の弱さの故に遅延しているうちに、六〇年安保闘争にのめりこみ、その後の政治的対立のなかでこのプランは挫折してしまった」ということである。国民文化会議は総評系であったが、谷川は「共産党から反党的発想であると攻撃を受けていた」〔大沢真一郎「戦後サークル運動の到達点は何か」―『後方の思想』社会評論社、一九七一、80ページ〕。このため谷川は後に新たに「自立学校」を構想したのであろう。後述）。

『サークル村』を主導したのは谷川雁である。上野は、主として編集・事務に当たり、「黒い朝」、「ボタ山と陥落と雷魚」などの小説を書いた。創刊宣言「さらに深く集団の意味を」で谷川は大意次のように述べている（無署名であるが）。

薩南のかつお船から長州のまきやぐらに至る日本最大の村がやろうとしているのは、民衆の文化創造運動である。山口県を含む全九州の各分野にわたるサークル活動家を結集して、それ自身が一個のサークルであるべき大きな会員誌を目指していた。（戦後一三年の）今日は資本主義によって破壊された古い共同体の破片が未来の新しい共同組織へ溶けこんでゆく段階であって、サークルとはそのるつぼであり橋であるものである。労働者と農民の、知識人と民衆の、古い世代と新しい世代の、中央と地方の、男と女の、一つの分野と他の分野に横たわる激しい断層、亀裂を乗り越えるには、波瀾と飛躍をふくむ衝突、対立による統一、大規模な交流が必要である。共通の場を堅く保ちながら、矛盾を恐れげもなく深めること、それ以外の道はありえない。そのための新しい創造単位がサークルである。文化の創造は、個人によるのではなく、対立と矛盾を恐れぬ相互的集団的な交流の中にある。さらに、工作者は「高くて軽い意識と低くて重い意識を衝突させせつつ同一の次元に整合するという任務」を持つ（谷川雁「さらに深く集団の意味を」―『サークル村』一九五八年九月創刊号／『原点が存在する』潮出版社、一九七六／『サークル村』復刻版、不二出版、二〇〇六）。

平和ではなく剣を投げ込みにきた者のようであるが（マタイ伝）、歴史の弁証法的発展のためには必須のことであろう。毛沢東の「矛盾論」の影響もあるだろう。サークル村という磁場のなかで共通の場を堅く保ちながら、会員たちによる矛盾を恐れぬ相互的集団的な議論を交流させ、小さな渦巻き星雲を形成する。その星雲はさらに大きなスケールの中でもう一つの焦点を生成し、さらなる交流や議論を生むことになる。多くの声による交響的な集団、つまりポリフォニーの磁場を醸成するだろう。サークル村という磁場は、村の中だけでなく外にも発信していった。谷川は『サークル村』が出来上がると、それを持って東京へ出かけた。

大沢真一郎によれば、

［異質なものの衝突という交流理論は内的矛盾の圧殺による統一と団結という無葛藤理論へのアンチテーゼであり、社会変革の歴史的連続性・内的根拠を示す共同体論の展開は上からの啓蒙主義による前近代的要素の切り捨て＝歴史的断絶が社会変革であるとする革命理論への批判に根ざしており、また、共同体論を媒介とした諸集団の価値としての平等性の主張は、あるがままの政治（前衛党）優位論が「民主集中制」の名のもとに民衆の内発性を窒息させてきたことへの批判に裏打ちされていた。」

（大沢真一郎「戦後サークル運動の到達点は何か」—『後方の思想』50ページ）

無葛藤理論や民主集中制（後述）といった上からの統制主義に対抗するものとして、谷川は下からの民衆運動によって、楕円のもう一つの焦点を築こうとした。共通の場を堅く保ちながら矛盾を恐れげもなく深めること。労働者と農民、男と女、中央と地方といったさまざまな場面で討論し議論を交わすことで、常に新しい共同体を獲得しようとした。その任を果たすのが「工作者」（オルガナイザーとは言わず）である。

しかし「知識人に対しては大衆であり、大衆に向かっては知識人である」のが「工作者」である、という谷川雁の文章は、先の編集後記の普通の文章とはちがって、いかにもインテリの書いた硬い、難解な文章である。その位相は（沖縄を「南」の「北」と言う谷川の伝でいくと）「下」の「上」、それ自体が、あえて名付けるなら、谷川集中制と言いたくなるほど、民衆との意識の乖離《かいり》があり問題を孕んでいた、と思われる。「高くて軽い意識」とはインテリの理論ということであろうか。鳥の目の位置からの高飛車なもの言いに対して、①「サークルだけで社会変革ができるかのような幻想を抱いている」とか、②「創造とは結局個人の所産につきるのであり、作品がすべてを決定するのだ」とか、③「現実から浮いている、抽象的である、難解である」という批判は当初からあった（「阿蘇への白地図」一九五九年七月の総会討議資料／『サークル村』一九五九年七月号）。

これに対して谷川は、これらは「政治派」、「芸術派」、「大衆派」それぞれからの批判であり、分析の埒外《らちがい》にあるものではない、と受け流した。一点目の「政治派」からの批判は主として共産党からのものであり、後（一九六〇年六月）に谷川雁や杉原茂雄、小日向哲也、沖田活美をトロツキストと呼んで、除名の遠因となるものである。対立交流を旨とするサークル村・大正行動隊の活動は共産党とは相容れなかった。

二点目の「芸術派」の批判は、文学は一人でするものだという観点からは妥当のように思えるが、それにしたって過去の積み重ねは排除できないだろう。サークル村の言う集団創造とは、サークルという共通の場を堅く保ちながら、サークルを創造単位とし、対立と矛盾を恐れぬ相互的集団的な交流の中にあるもの、つまり三人寄れば文殊の知恵というか、切磋琢磨というか、いわば弁証法による創造ということである。

また、「東洋の無――沈黙・空白を核心にすえた表現がどのようにその質をこわさないままで顕在化されるか」を問うものがサークル創造の目標である。松原新一の解説では、「無名の民衆の生活現実なり心情なりを、その深部にふみこんで顕在化させる聞き書きの方法」を指している(松原新一『幻影のコンミューン』創言社、129ページ)。森崎和江の「スラをひく女たち」や石牟礼道子の「奇病」などの聞き書き、往復書簡、対談・座談形式の討論会など、ダイアローグ(ディアレクティクの語源)による創造がそれに当たる(上野の「追われゆく坑夫たち」も該当する)。歌声や音楽関係はハーモニーやアンサンブルが主流であろうから、ジャンルによっては集団創造はそれが常識であろう。ただし谷川は「集団創造」にもっと深い意味をこめていた(後述)。

三点目の「大衆派」からの批判は妥当であると思える。現実から浮いている、難解であるという点を問題なしとし、「陥落池から発生するヤブ蚊のようにわずらわしい」(「女のわかりよさ」―『谷川雁セレクション1』)とつっぱねるのは、二点目と矛盾するのではないか。さっきも言ったことだが(後でも言うが)、民衆に対して知識人であろうとするのも限度がある。民衆の生活現実を聞き書きすれば、自ずと表現は平易なものとならざるを得ない。それは俗流大衆路線(「無を嚙みくだく融合へ」―『谷川雁セレクション1』)を否定することと矛盾しない。聞き書きでなくとも、難しい言葉を使い、抽象的な言い回しをするのは、民衆の生活や理解を置き去りにすることになりはしないか。「高くて軽い意識と低くて重い意識を同一の次元に整合」できず、「大衆の水準を抜く」内輪話をしていて「工作者」は生きてゆけるのか。何を、誰に、「工作」しようというのか(後述)。

一九五九年夏、上野英信は原爆症による白血球の減少で健康状態が悪化し、サークル村事務局を離れ、福岡市茶園谷に移った。サークル村は手当を出せるような余裕はなかったから、生活打開のためということもあったし、静かな環境を求めてということもあったと思われる（中間の家は、谷川と森崎がよく言い争い、あるいは論争をし、ガンガンガンガン言う谷川の声が筒抜けであった、ということである）。編集委員会にはその都度中間に通った。

谷川は未来社の編集者であった松本昌次に、「上野英信のこの本を出版しないような出版社は出版社ではない。お前も編集者ならこの本を出してみろ」と言って、「親と子の夜」を紹介した。一九五九年一一月、『親と子の夜』は未来社から出版された。さらに、（サークル村の同人を含めて）ほかに誰一人として書く者がいなかったから書いたという『追われゆく坑夫たち』をまとめるためということもあっただろう。同書は杉浦明平の推挙により岩波新書から一九六〇年八月に刊行された（奥付の著者名に、「うえのひでのぶ」とルビがふられている）。

しかしもう一つの理由は、一言で言って、二人の反りが合わなかったということがあったと思われる。「荒野に言葉あり――上野英信への手紙」（『サークル村』一九五九年九月号）の中で、谷川雁は次のように書いている。

［サークル村の一年、すなわちわれわれの十二カ月はごく平凡にいって、やはりすさまじいものでした。ぼくは言葉、言葉、言葉。そしてあなたは沈黙、沈黙、沈黙。それは賭けであり、戦いであり、はっきりしていることはただひとつ――そこから勝負の決着は起こりえな

いこと、二人とも敗れるよりほかはないということでした。われわれの最初の関係はある種の決裂と対峙からはじまり、それは今日いささかも変化していないとぼくは考えています。／ぼくは意見の対立を求めていました。」

谷川が対立を恐れず、言葉を投げかける時、上野は黙々と編集事務に励んでいるというシーンが浮かんでくる。上野が「雁のエゴイズムに耐えられなくなった」のだと言うのを聞いた者もいたし、谷川が「上野君は八方破れになれてないから失速飛行におちいるのだ」と言うのを聞いた者もいた。谷川は言う。

「ぼくは、人間のエゴイズムはもしそれが広々と開放されてゆくならば、それはそのままで集団の芽をのばすものと考え、その考えにしたがって小さなエゴイズムを否定しようとします。」

さらに、

「今日ある前衛と大衆のそれぞれに共通している二つの対立する質、現状維持的な性質と現状打破をめざす性質を見分けるためには、前衛がまず自分を大衆のなかの大衆として認める決意をほとばしらせなければならないのは当然ですが、それと同時に「自分はまだ前衛でない」といいきる強さにおいて断然大衆の水準を抜く必要がありましょう。ぼくの理解する大衆路線とは大衆に一歩もゆずらぬ大衆との社会主義競争のことです。」

谷川雁は（抽象）詩人であり、知識人であり、理論的指導者であり、工作者であった。上野英信も詩人であったが、民衆に近い記録文学者であった。筑豊という現場の中で、共通する活動領域はあったが、やはり違う部分も大きかった。上野は坑内に下がり坑夫として働いたが、谷川にその体験はなかった。何より、二人は文体が違っていた。抽象のオニ谷川は「大衆の水準を抜く」文章を書いていたし、上野は「文は分かりやすく、絵はできるだけ多く」というスタイルだった。先ほどの『フレデリック』で言えば、谷川は詩人肌のフレデリックで、上野は普通のねずみとして働きながら、文章も書き、千田梅二に絵を描いてもらうという「労働者の絵本」、すなわち労働藝術を実行していた、と言ったらいいだろう。

谷川が『サークル村』を持ってたびたび上京するのも、上野は反対だった（と森崎は話している）。上京は全国交流誌と結びつけるためということがあっただろうし、東京の知識人との交流が目的だっただろう。上野は地元にいて、中小炭鉱の悲惨な状況を記録していた。

二人の性格の違いは水と油のようであった。谷川はステーキが好きで、上野はお茶漬けが好きだった（と、村田久〔一九三五年〜〕は語っている）。上野は沈思黙考するタイプだったようだ。こつこつと中小炭坑を歩き回り、足で炭坑夫のつながりを築き上げた。炭坑夫と伴にあり、その手はごつごつとした炭坑夫のものだった。『サークル村』一九五九年五月号の表紙に使われている手の写真のモデルは上野である。谷川が「そんなものが労働者の手といえるか」と何度も駄目だしをして撮ったものだという。これは坑内労働もしてきた上野にとって「ある種の屈辱の体験になったにちがいない」と松原新一は書いている（『幻影のコンミューン』164ページ）。しかし何よりそんな風に駄目だしをする谷川の手は、すべすべしたものだった。ずっと結核療養をしていたから土や道具に触ったことがなかったのだろう。

上野も強かったが、谷川はそれ以上に強かった（威張っていた）のだろう。谷川は「でたらめな歌などうたって明日の米もないのにホラばかり吹いていた」（谷川「上野英信『追われゆく坑夫たち』書評」―『週刊読書人』一九六〇年九月一二日）。谷川は外向的で、饒舌で、弁舌さわやかであった。若い人たちをたちまちのうちにとらえていった。対話を求め、思弁を外交化することで関係の展開を図ろうとした。女性にもてた話をよくしたそうだが（「谷川ハーレム」と呼ばれていた）、吉本隆明に「人間はどれほど沢山の人にモテたか、いや多くの人に愛されたかよりも、大事なのは、一人のひとにどれだけ深く愛されたかだ」とたしなめられたりしたこともある（松本健一『谷川雁　革命伝説』河出書房新社、一九九七、109ページ）。

また二人の戦争体験は大きく違っていた。谷川は学徒動員されず、東大社会学科の壮行会で「たとえ奴隷になっても寓話ぐらいは書けるだろうではないか。イソップは奴隷だった」と演説した（ゆえに奴隷ではない）「確信犯」であったし、入隊してからは「お前みたいなのが私兵を作るのだ」といわれ、三度営倉に入れられたことがあると、兵営での笑い話を語り得た。無謬の故であろう。上野は満州を興すなどと考えたことを不明と思い、学徒動員され、将校になったことを恥じていたし、被爆体験を軽々しく語ろうとはしなかった。それは人生の重い蹉跌であったからだろう。忸怩《じくじ》たる思いの底で、「怨霊」になろうとした。

上野は地味に編集事務だけしていたわけではない。「だれも書きとめず、したがってだれにも知られないままに消えさってゆく坑夫たちの血痕を、せめて一日なりとも一年なりとも長く保存しておきたいというひそかな願い」を持って、『追われゆく坑夫たち』の取材・聞き取りのために、筑豊の中小の炭鉱を廻っていた。

同時に（前述のように）上野は原爆症による白血球の減少に悩まされていた。暗鬱な思いで「五千ないのだ」ということを答えねばならなかった。医者へかからず、売薬も用いなかった。

［谷川「耐えるってことはね、上野さん、悪徳ですよ。被害の域を一歩も出られないじゃないですか。わめきなさいよ。大声でわめきなさいよ。状況を変革させるエネルギーは棺桶のふたを閉じて耐えたって湧いてくるもんじゃないですばい。あなたの発想はまちがっている」上野「しかし、原爆ってものは、これは耐えるなどというしろものじゃありませんねえ。ええ、そんな……わめく、などとも違う……」］

耐える、というのは、被爆の病歴を隠すとかいうことではない。わめく、というのは、原爆という地獄について語り、その非人間性を声高に告発することであろう。しかし上野にしてみれば、被爆の体験が重ければ重いほど、そう簡単に語れるものではないのであろう。被爆体験は「アメリカ人を一人残らず殺してしまいたい」という暗い情念を生み付けたし、この情念から逃れられないということこそ、「もっとも悪質で致命的な原爆症」だと上野は思っていた（「私の原爆症」―『上野英信集』影書房、二〇〇六）。

［谷川「しかしね上野さん、あなたの「炭坑」もそれに一脈通じてますでしょう。炭坑夫はね、耐える姿勢のやつは駄目なんですよ。耐えるなんてことで拮抗できる世界じゃないんだ。あくまで拒否しなけりゃ、むこうに捕えられてしまう。あれへむかってわめき得るかどうか、たったそれだけなんだから。炭坑が状況変革の契機となり得るかどうかは。／そのわめきを

いかにして引きだすかなんですからね」

上野「しかしそれでもなお残るものがありますよね。が、これは自分の生きざまへ対する未練かもしれません」

これは森崎和江著『闘いとエロス』(三一書房、一九七〇)のフィクション部分の記述(109ページ)であるが、このような会話が交わされたのは事実と思われる。

上野が言う「それでもなお残るもの」とは、やはり「重い蹉跌」のことであろうか。ただし炭坑に関しては、上野はすでに「わめく」用意はできていた。無論上野流のスタイル(文体)で。

『親と子の夜』は、谷川の紹介で一九五九年一一月に未来社から刊行されたが、収録作品は一九五四年に書いた「せんぷりせんじが笑った!」、「はじめての発言」、「みんなで書いたラクガキ」、「親と子の夜」、一九五五年の「ひとくわぼり」の五編である。

中身を読めば直ちに了解できることであるが、これは大衆迎合主義などというものではないし、谷川のいう「俗流大衆路線」(「無を噛みくだく融合へ」)でもないし、さっきの「大衆に対しては断乎たる知識人である」(「さらに深く集団の意味を」、「工作者の死体に萌えるもの」にもある)という意向とは対極的な考え方であり、大衆と伴にいたい知識人の志望と言ってもいいのではないだろうか。上野自身が言っていた「労働藝術」であり、「地に咲く花」ということだろう。

また上野は、「炭鉱の闘争を支えているひとりひとりの創造——芸術的な創造という意味ではない——炭労が無視し、組合運動では評価されない、生まれては消え、消えては生まれるうたかたのようなものを、私なりに書きとめてみたい気持ちがあった」と述べている（谷川雁・上野英信対談「大衆形式と労働者の顔　上野英信『親と子の夜』をめぐって」――『サークル村』五九年一二月号）。

そして、絵ばなし集は熱い共感をもってヤマの仲間たちに迎え入れられた。

せんぷりせんじ（背振千次）は、「やつの笑顔をみようなんち、坑内でお天道さんをおがもうちゅうげなもんだわい」と言われるほど愛想のない、せんぷりを煎じてのんだような、にがりきった面をしていた。先山の源じいがツルをあてたかと思うと、畳一枚ほどもの硬《ボタ》がどどッとおちてくだけとぶ。天井のさけめから滝のように地下水がふる。水をふきあげながら大きな音をたててメタンガスがふきでる。天井はあとからあとからぬけおちる。掘進を中止してくれと要求しても、せめて排水溝を先に掘ってからにしてくれと頼んでも、会社の係員は断層のむこうの炭座を一日も早くつかまねばならんといって応じようとしない。ところがある日、学校出たての係員が、社長が視察に来るから排水しろ、炭車に汲みこんで、という。源じいは炭車に水をつむのは初めてじゃと言い、みんな「くっそ、くっそ」といってバケツで水を汲み始めた。弁当を食うひまもなかった。係員がやって来て、泥田のような坑道に石炭を敷け、それだけやってからでないと昇坑させんぞ、と居丈高に言った。「なあみんな、俺たちは今日まで歯をくいしばってこらえてきた。けんど、もうこれ以上我慢できん。この断層にかかってからもう三人も大ケガをだしたじゃないか。保安を無視したのは誰だ。俺たちの命をまもるための保安じゃなくて、社長にみせるための保安だ。それに社長を歩かせるために石炭をしけだ。みんなで断ろうじゃないか」五郎ちんが言った。職制の圧力を恐れるものもいて、千次の賛成で四対三となり、詰所に押しかけて作業拒否を申し渡した。「俺どもはあんたのげなケダモンの下で働くことはでけましぇん」

ここまでは炭坑版「蟹工船」のようだが、違うのは状況は戦後であり、船内という密室ではなく、組合の仲間がいた。課長、区長が来る（軍隊や警察は来ない）。組合長、組合幹部が来る。他の職場の仲間が来る。組合側は、今日一番方から全坑の入坑を拒否するよりほかに途はないが、それでいいか、と詰め寄る。ついに会社側は係員のいれかえを承認し、係員を当分謹慎させると確約した。みんなの顔に喜びが溢れた。「民族の自由をまもれ、決起せよ祖国の労働者」という歌声が湧きあがった。千次はスクラムの波に揺られながら、歌もうたわず、むっつりと天井をにらんでいた。

千次は家に帰って、風呂にも入らず、「焼酎！」と言って、静恵の出してくれた焼酎を飲み干し、そばに寝かせてあった子どもの横にごろりと横たわった。静恵は酒を買いに酒屋に走った。子どもの顔を見ていた千次の顔がやわらいでき、子どもに笑いかけた。なんと、子どもはにっこりと笑った。千次は「おおごと、おおごと」と言って婆さんのいる部屋に駆け込んだ。「坊主の野郎が笑いやがったとばい！　こんちきしょうが、とうとう笑いやがったとばい」千次はうれしくてたまらず、子どもをたかく抱き上げながら部屋の中をおどりまわった。「すすめ　すすめ団結固く」と調子はずれのドラ声で、聞き覚えたばかりの歌をうたった（「せんぷりせんじが笑った！」）。

この『親と子の夜』について、谷川雁は同書の帯で「坑夫であることの純粋さとその重み……それだけを上野と千田は古代の壁画のように血と石炭の色で描いた。ここに戦後の炭鉱の英雄時代、その夜明けの一瞬がある」と書き、上野との対談でも、「活動家の英雄時代」と評し、いかにも大時代的なとらえかたをしている。それに対し上野は、「活動家」というのは「(昭和) 二十八、九年頃、二代目炭鉱夫や、たくさんの家族をかかえた坑夫のなかから、質の違った活動家が出てきて、というより出ざるをえなくなってばたばたやられていった。その人たちを指すのだ」と述べている。谷川の言う「英雄」とは少し違う質の者だと言う。上野は常に虫の目で見たこと、中小炭鉱の納屋制度に苦しめられてもいた坑夫たちの、「低くて重い意識」を書き記した。

しかし、『追われゆく坑夫たち』(岩波新書、一九六〇)によれば、香月のS炭坑では、鉱山保安監督官の目をごまかすために、保安状態の悪い現場や盗掘箇所に通じる坑道を崩壊させて密閉し、作業中の坑夫を生き埋めにし、後で再び掘り起こしていた、というから、もの凄いことである。それに対して、また過酷な搾取に対して、坑夫たちが口を閉ざして何も言えないのは、経営者であるS一家の手段を選ばぬ暴力的報復を恐れてである、ということであるから、輪をかけてもの凄い。「監獄ヤマ」と坑夫たちは呼んでいるが、上野は、「株式会社という帽子をかぶった暴力団であり、事業所という壁をめぐらした監獄であり、従業員として登録された囚人であり奴隷であるという点でなんといっさいの中小炭鉱は似ていることか」と述べている。

さらに、上野は坑底の幽霊の話を多く書いている。坑底でのことは地上では語らないという掟があったそうであるが、浮かばれず闇の底にさ迷うものたちの声、浮游する魂を、英信は救いあげようとした。

ある男が一人でオロシギリハの底で石炭を掘っていると、見知らぬ女坑夫が入ってきた。のどがかわいてたまらないというから、水を飲ませてやると大喜びで、仕事を手伝ってくれた。終わると女は去っていったが、それから後も度々現われた。女が加勢してくれると仕事はあっという間に片付いた。男が女に礼がしたいと言うと、女は私を坑外に連れ出してほしい、私はこの坑内で落盤にあって死んだ者です、と言った（『地の底の笑い話』岩波新書、一九六七年五月）。

ただし、炭鉱の仕事と暮らしは、そういった暗いことばかりではなかったことは当然である。石井利秋は坑底の犠牲者の裸足の足を描いているが、一方民衆同士の働くたくましさと哄笑《こうしょう》も描いている（『石井利秋の炭坑　翡翠色の輝き展』田川市美術館、二〇〇八年一月）。山本作兵衛も明治大正の炭坑の労働の模様、機械・道具の説明、暮らしや掟など、詳細に描いている（『ヤマの語り部山本作兵衛の世界　584の物語』田川市美術館と田川市石炭・歴史博物館、二〇〇八年一一月）。上野は「労働藝術」として、地に咲く花として高く評価している。

ここで谷川雁に関して少し言わせてもらえば。

僕が物心ついたのは、田舎の町から日豊線に乗って北九州の大学に通学を始めた一九六七年のことだ。筑豊や中間市には行ったこともなかったけれど、「日炭高松」という言葉とか何となく漏れ聞こえてくるものはあったような気がする。しかし、小倉の町に谷川雁の本は売られていなかった（金栄堂では売切れていたのかもしれない）。一九六九年、たまたま遊びに行った新宿紀伊國屋で、現代詩文庫版『谷川雁詩集』（思潮社、一九六八年／六八年二刷）が目にとまり、買ったのだった。しかし、正直に言うけど、素樸な田舎者である僕は谷川の詩が多分一行も理解できない。僕の読解力の問題もあるのだろうが。読もうとしても頭に入ってこない。言葉が言葉を相殺し、どんなイメージも湧き起こってこない。（彼自身なったことがあるという）失読症になったのかと思った。

僕は谷川の「思想に触ることができない」。「それなら黙っておればいいのだ」と彼は言う（「分からないという非難の渦に」一九五九）。僕もそうしたのだ。素朴な田舎者である僕には抽象的思考力はキハクなのだから、分からないものからはさっさと立ち去ろうとしたのだ。（谷川の詩だけでなく、現代詩とかいう訳の）分からないものと付き合っても埒はあかないから。しかし、「原点が存在する」という一節だけは衝撃であった。その一点でかろうじて繋がっている。それから四〇年近くが経って、今度詩を読み返してみたのだが、事態は変わらない。

北川透は、谷川の詩が「眼に見えない無数の手によって、次から次へと伝達されていく夢がたたれてしまっている、というところに、おそらく現在、この詩の世界を覆って見えなくさせているものがあり」（北川透「夢見られたコンミューン」―『谷川雁詩集』）云々と書いているが、谷川の詩の伝達を阻み、詩を覆いかくしているものは、谷川の詩それ自身ではないか、と僕は思う。さらに言うなら、民衆が現代詩を読まなくなったのは、現代詩が民衆から離れていったからであろう。詩人が面白がっているほどには読者は面白くない。読んでも分からないのである。

松原新一は、丸山豊の「思想的な暗喩」説を受けて、「詩であれ散文であれ、谷川雁が己の思想の核心を語るときに、その部分についてはもっぱら暗喩をもってしたということである」と述べ、続いて「現実の深層と取り組み、そこから切り出されてきた切実な思想を表現しようとしたときにのみ、その暗喩も逆説も、うわついた思いつきに堕することなく、時間の腐食作用に耐えうるすぐれた衝撃力を持ったのである」と述べている(『幻影のコンミューン』26ページ)。

谷川が思想の核心を詩語─暗喩《メタファー》で語ったというのは的確である。松原はその例証として「原点が存在する」を持ち出すのだが、「原点が存在する」に関しては僕も衝撃を受けた一人であるから、分かる(方だ)、と言っていいだろう。「原点」という言葉は詩語であるから、イメージの喚起力が強いのである。しかも散文の中にあって背景の説明があるから分かるのである。先ほどの文章(「さらに深く集団の意味を」)もまだ分かりやすい方だ。集団へ呼びかける実用性を伴う必要があったからであろう。

詩に関してはどうか。

「まっかな腫れもののまんなかで/馬車のかたちをしたうらみはとまる
桶屋がつくる桶そのままの/おそろしい価値をよこせ　涙をよこせ
なめくじに走るひとしずくの音符も/やさしい畝もたべてしまえ
青空から煉瓦がふるとき/ほしがるものだけが岩石隊長だ」

(「世界をよこせ」─『サークル村』一九五八年一〇月号)

「馬車のかたちをしたうらみ」?　「青空から煉瓦がふる」?　「岩石隊長」?　手術台の上で傘とミシンが出会った(ロートレアモン)って、どうということもなかろう。谷川の詩がシュールレアリスムであったわけではないが。

「桶屋がつくる桶そのままの/おそろしい価値」というのは、労働価値説のことを言っているのかなと思う。他は、素朴な田舎者である僕には、不可解である。分かるというのは、言いたいことがこめられた言葉を、読む人がその心を分かち合って、理解しているということだろう。「青空から煉瓦がふる」なんて……、見てみたいくらいのものだ。言葉と言葉が相殺しあって、どう脈絡をつけていいのか分からない。メタファーが煙幕となり、コントンとしてイメージが湧いてこない（煙に巻かれた感じ）。中間の歯車が一つ（か二つ）欠けていて上下の歯車が空回りするというか。事情の分からない読者にも分かるように書くのが、「伝達」ということではないだろうか。そのコンテキストが分かって初めて本質は浮かび上がってくる。答えだけではなく、式と答えを書いてくれなければ、困惑（迷惑）するばかりだ。例えば氷山はその大部分を海面下に隠し、露頭する一角だけでは深層は分からない。真相は掴めず、全容は計り知れない。飛躍と省略という技巧を凝らした露頭を飛び石伝いに行こうとしても、脈絡は掴めず、背景は分からず、文字通り路頭に迷う。谷川の飛躍に僕の跳躍は及ばず、あえなく氷海に沈没するだけである。

「東京へゆくな　ふるさとを創れ」（「東京へゆくな」―『大地の商人』母音社、一九五四）という詩行は「政治スローガンよりももっとナマな叫び」（「農村と詩」）であり、何となく分かる気もするが、その理由が「あさはこわれやすいがらすだから」というメタファーが不得要領である。分かっていたはずの「東京へゆくな」も、大正行動隊と退職者同盟の闘争が終わり（後述）、一九六五年に本人が東京へ行ったりするから、やはり分からなくなる。

「ふるさとを創れ」というのなら、たとえ「なじみの薄い故郷」であったとしても、「帰去来兮《かえりなんいざ》／田園将に蕪《あ》れなんとす」（陶淵明）だから、「工場の炉からカーバイドの粉がふりそそぐ安山岩の町」水俣に帰り、石牟礼道子らとともに（あるいは別に）水俣病闘争を闘うという道はなかったのだろうか。椋田修（岡本達明。『聞書水俣民衆史』五巻で、一九九〇年度毎日出版文化賞受賞）は水俣病をテーマに『サークル村』一九五九年八月号に「故郷の貌」を書いているし、石牟礼は六〇年一月号に「奇病」を書いている。水俣は『サークル村』の南の拠点といってもいいところだった（この時点では、石牟礼との関係も壊れていなかったはずだ）。

それは実際検討されたことがあったそうである。父谷川侃二は水俣で眼科医院を営んでおり、細川一チッソ附属病院院長に委嘱され、視神経の萎縮について観察していた（「〈白い眼〉のエロスの隣」—『極楽ですか』集英社、一九九二）。石牟礼道子から相談を受け、谷川は山口伊左衛門弁護士と水俣へ行き、裁判の可能性を探ったこともあると河野靖好は話している。また、水俣には谷川の妻がいて帰れなかった、とも話している（裁判は地元でやることになった。第一次提訴は一九六九年六月）。谷川家は六五年頃、水俣を引き払ったという（現在肥後銀行の駐車場になっている）。それはともかく、本筋に戻る。

谷川の文の分からなさについて、さらに検討する。谷川の文章は大向こう（東京もしくは詩壇もしくは知識人）を意識して書かれている、と思われる。彼は「サークル村の運動をバスケットにつめこんで散歩にでも出かけるようなぐあいに、上京をくりかえした」（森崎「『サークル村』創刊宣言」—『ははのくにとの幻想婚』現代思潮社、一九七〇）。彼の詩や文は抽象化に長け、隠喩、暗喩、謎に満ちたレトリック、シンタックスをずらした語法は、斬新だが、普通人・民衆の理解を超えている。伝達を拒絶しているのではと思えるほどだ。「知識人」にしてもどれだけ分かっているかはなはだ疑問だ。彼の詩に「魅了」されている人がいるそうだが……。

例えば、「星条旗の下の弥生式の都」という一節がある。これが詩人にして知識人の語法である。「農村と詩」（一九五七、『谷川雁詩集』）という詩論の冒頭である。「Y君」という呼びかけで始まるから、私的なものかもしれないが、Y君（安西均）は理解できただろうか、と余計な心配もしたくなる。Y君はやはり詩人だからこのメタファーも分かっただろうけれど、「農村」の人にそんなペダンチックな言い方をしてもおそらく絶対通じない。詩論の中（なの）で種明かしがあるが、「星条旗の下の弥生式の都」とは、（そのこころは）福岡の、板付（弥生遺跡と米軍基地）のことらしい。言われてみれば、なーんだ（そんなら初めからそう言ってくれればいいのに）、と思う。そんな、なぞ（なぞ）のような言い方をしないではおれない詩人気質というのは、一体何なのだろう。前出の「工場の炉からカーバイドの粉がふりそそぐ安山岩の町」、「火山の麓の郭公と狐と合歓の花に祝福された病院」も「農村と詩」に出てくるなぞ（なぞ）である。

（ただこれもコツが分かれば、僕にも出来そうな気がする。「曼荼羅山脈と静かな海に囲まれ、空から爆音が降って来なければよい農村」とか。出来るのは出来るけど、しかし知らない人には何が何だか分からないだろう。種明かしをすると僕の村・宇留津《うるづ》から見ると、南の犬ケ岳と経読《きようよみ》岳《だけ》の中間の笈吊岩《おいづるいわ》の所を中心に、東は国東半島まで、西は企救《きく》半島まで、山々が曼荼羅のようにシンメトリーに連なっている。北は波静かな豊前海（周防灘）、空気の澄んでいる日には対岸の宇部や中国山地も見渡せる、三六〇度の展望です。ただし、築城基地のF15がうるさく飛び回り、ものを落としたり、墜落したりします。最近は米軍機も飛び回ります。)

谷川はある文章で次のように書いている。

「現代日本においてかろうじて有効性をもつ組織論の最低条件とは何か。それは味方にだけ分かって敵には決してよく見えない組織論でなければならないということである。」

「「普通のことばで」などというのは思想の保守性と利敵行為に通じる。」

(「分からないという非難の渦に」)

だが、「味方」にも分からないのでは、話にならない。阿蘇で療養中、農民・民衆を発見した体験はどこに行ってしまったのか。民衆と共同体を媒介する「工作者」は、その断絶(断層)は今のところたやすく解けるきざしはないが、既成組織の組織語より民衆の生活語を使う、と言っていた初心・原点はどうなってしまったのか。しかし谷川に言わせると、暗号の創造力と解読力を備えているのが「前衛」で、解読力しか持たないのは「後衛」で、両方とも持たないのは「我汝と何の関りあらんや」ということである、という。こんな、谷川集中制というか、寄らしむべしみたいな、威張った文章は、滅多にお目にかかれるものではない。「我汝と何の関りあらんや」と民衆の側から突きつけられても文句は言えまい。「大衆に向っては断乎たる知識人であり、知識人に対しては鋭い大衆である」(「工作者の死体に萌えるもの」)と谷川は言うが、結局のところ、大衆に対しても知識人に対しても、谷川はハイブロウな知識人であった。それでは知識人の内輪話になってしまう。そこには民衆の水平的な共同体を夢想した谷川の、小さくはない垂直的意識が垣間見える。「その質は、敵だわ。彼ら階級の、敵よ」(『闘いとエロス』303ページ)と森崎が批判したところに通じるだろう。それは谷川の思い描く民衆のイメージの高さ、というか、人間への要求度が高かったということではあろう。谷川のヒロイズムというべきか。「私の黙示は正確に読まれない」（「権力止揚の回廊」）と言っているが、分からないように書くというのも一つの技術であろうか。

ただこの頃は谷川のなかの「瞬間の王」は死んでいなかったのだろうし、それが谷川の名調子であるのだから、仕方ない面もあるが、一九六〇年以降も、死んだはずの「瞬間の王」が不意に出てきて読む者をメタファーの門の前で戸惑わせる。「瞬間の王」は理解の彼方で浮遊してしまう。

分からないと言っているのは僕だけではない。みんな異口同音に分からないと言っている。分からないという非難は渦のように彼を取り巻いていた。その非難を谷川は「筑豊炭田の陥落池から発生するヤブ蚊のよう」だと言っている。

大分の山南仁治は、従業員が一人か二人の職場で、二七歳でやっと七〇〇〇円の給料の遅配に喘《あえ》いでいる零細企業の労働者であると名乗り、サークル村に参加している人々は大単産のサークルがほとんどで、それもごく一部分のすぐれた理論家と行動家に限られている、と述べ、「てめえらだけが、高度の理論を身につければいいのか。それで大衆を指導できるなんて過信はよもやもってはいないだろうな」と、ナマの声をぶつけている（山南仁治「サークル村は浮いている」―『サークル村』一九五九年三月号）。

谷川は、この山南の文の次のページで（編集者の役得であろうが、山南の文も読んでいるはずだし、読んで対置させたのだと思われる)、こう書いている。「わからない、わかりやすく書け、書けるはずだ、書けないのは犯罪だ」という風に押してくる性急さは「精神の中小炭鉱における坑内夫」としてもっともな復讐と怨恨のなすわざではありましょうが、と言って、それを(上野が書いたように)「闘争の末期症状」ではないかと言う。そして返す刀で、上野の「せんぷりせんじが笑った!」や山代巴の「荷車の歌」を断罪すると言う。こういう作品がある以上、谷川も分かるように書けるはずだという錯覚を植えつけたから、というのである(谷川「女のわかりよさ山代巴への手紙」—『サークル村』一九五九年三月号)。谷川は、分かることは自給自足、現状維持に終わるかも知れないと言う(実のところ、論旨がたどりにくいのだ)が、しかし、これはそんな捻り回したような問題ではなく、単純に、分からないことよりも分かる方が解放に近づくと、僕は思うのだが。

加藤重一は次のように書いている。「それにしても谷川雁という人の書く文章は決してもの言わぬ民衆に直接語りかけることはない。(略)逆説と比喩の嵐に会員たちの多くは辟易した(略)。相手が敵でないかぎり、「当たって砕ける」以外に「砕けて当たる」という手段もあると思うのだが」(「大正闘争五」—第Ⅲ期『サークル村』二〇〇五年秋、第九号)

同感。異議なし。

また、谷川は次のようにも書いている。「生活があり、生活しかない人間の押してくる、あっけらかんとしたとりとめのなさ、無念さをどこでどう受けとめれば生命感にいたるのか。ただそこに石があるから石があるというだけの無比喩の世界のぶきみな表情をむきだしにして、彼(一人の会員＝新木注）は問うのだった」（「サークル村始末記」）

表現の方法として、写実ということがあるのは周知のことであるが、写実は石があるから石があるというような「素人の手すさび」ではない。谷川はそれを「俗流大衆路線」と言いたかっただろう。写実にはそれなりの美学の水準が要求されるのは当然のことである。写実とは、外界に存在するモノ・オブジェ・対象、あるいは想像のモノを見て、その印象《インプレッション》・心象《イメージ》、すなわち脳内でそのように解釈されたものとして現象しているコトを、言葉（コトの葉・端）によって表現《エクスプレッション》することと、すなわちリアリズムである。子規や賢治は言葉で「写生」、「心象スケッチ」をし、モネは絵具で（『印象《アンプレシオン》──日の出』）、ドビュッシーはピアノで（『映像《イマージュ》I・II』）、表現《エクスプレッション》した。

しかし谷川は写実ではなく、隠喩・抽象を表現の方法として称揚した。一ひねりも二ひねりもメタファーとデフォルメとレトリックを効かした表現を、彼は志していた。それは自ずと難解になっていく。難解になったところに、どんなイメージが湧き起こるというのか。彼が言葉（それは既に暗号と化している）に込めた心象を、読者はその暗号化した言葉から解読・再生できるか。「生命感」はあるのか。あるいは正体不明の化石となってしまうのではないか。それで「工作者」は生きていけるのか。

谷川は、「難解なんてあるもんか。わしの文章なんか、表紙（題）だけ見れば、中身なんか直ぐ解る、という連中はいくらでも居るじゃやけん」（小日向哲也「黄藍戦争がやって来る！」──第III期『サークル村』二〇〇五年夏、第八号）とよく言っていたそうだから、かなり気にはなっていたようである。

安保闘争後、谷川は「さしあたってこれだけは」という声明文を起草するが、原案を三〇〇人の若い世代の学者、芸術家、評論家に送ったところ、「言葉づかいが抽象的で何のことをさしているのか明らかでないという批判が多くありました」と自ら書いているから、「知識人」にも難解な文章を書いていたということになる。

吉本隆明だってこう書いている。「おまえの書くものは商売人の文章ぢゃないかと谷川雁はよく書いたり喋ったりしていた。わたしの方は、おまえの文章は実際に何か運動していることと照合しないと何のことか分らないじゃないかといつもからかっていた」(「谷川雁のことなど」―『熊本近代文学館報』六二号、二〇〇三年一月三一日)。吉本はからかいつつも、「好意ある悪口」の中に本心をまぶして言っていたのだ。事実、谷川は「あること」についての感想なり批評なりを書き、肝心の「あること」については書かないのだから、何のことをそう言っているのか分かりにくいということになる。「あること」の状況は書き手も読者も周知のこととされていて、説明も注釈もない。しかし後に読む者は状況が分からず、なぞ(なぞ)だらけで何のことやらということになってしまう。たとえば前提状況が分からなければさっぱり分からない「川柳」がそうであるように。

「鮎川信夫氏や日高六郎氏も私の詩が「難解」だというけれども、私はひそかに「仕方がないじゃないか」と思っている。(略)私の作品はいつもあけすけに言ってしまえば私以外の人に迷惑をかけそうな現実の条件に立って書かれてきた。私自身のことなら、私はいつでも裸になる用意がある。しかし私は浮世の義理を重んじて事実を省略し、裏返しにし、その本質だけを描くにととどめた。これは民衆の素朴な創造方法のひとつである。たとえば川柳を見よ」

（谷川「大げさな正誤表」―『詩学』一九五六年五月号／佐々木幹郎「谷川雁という仮説」―『現代詩手帳』二〇〇二年四月号、80ページから孫引き）

浮世の義理のために背景をあけすけには語れなかった、とあけすけに語っている。なるほど、当事者ではない読者には分からないはずだ。「浮世の義理」とはこの場合、レッドパージや共産党の規律ということである。しかし彼にとって、詩は「瞬間の王」であったはずだ。その詩法・メタファーは「浮世の義理」が生んだものだった、ということになる（何だって！）。

（もう一人、僕がさっぱり分からない詩人に石原吉郎がいる。彼の場合、ハバロフスクの収容所にいて、取締り側が判読できないように暗号のような俳句を書かざるを得なかったという事情があった。「沈黙するための言葉」というエッセイで、「詩を書くことによって、終局的にかくしぬこうとするもの、それが本当は詩にとって一番大事なものではないか」と言っている。この語法は詩にも用いられ、解読を困難にしている。新木「石原吉郎の経験」を参照してください。）

さらに、次のような森崎和江著『闘いとエロス』の冒頭に書かれているエピソードも紹介しておきたい（多分にフィクショナルではあるが、真実がある）。

室井（谷川）と契子（森崎）はサークル村を立ち上げようとして、会員獲得の工作（と書いている）のために炭坑地帯を回っていたが、工作のあと、契子は炭坑の主婦らに、「トイレどこ?」と言っていいのか、「お手洗いどこ?」と言っていいのか分からなかった。「便所」と発音できるようにならなければ、というのがその日の結論だった。そして、新海駅前の宿につくなり、「便所」と書いた木札のかかった戸をあけた。しかし、トイレがない。あったのは男性用の便器だった。契子はバケツを見つけてきて、それを利用して用を済ませた。室井は、「立小便ができなきゃ、女の仲間にいれてくれんよ。君は女を組織するならあれがやれなきゃ」と言ってたしなめた。

5　森崎和江の筑豊

　森崎は努力してきた。一九二七年、朝鮮の慶尚北道大邱に生まれ、慶州、金泉と、植民地の空気を吸って育った森崎は、戦後「わたしたちの生活がそのまま侵略なのであった」こと（大杉栄のいう「征服の事実」）を認識した。森崎は、汗に汚れて働いている人が皆日本人であることにショックを受けた。朝鮮ではそういう肉体労働を日本人はしなかった。「どうころんでも他民族を食い物にしてしまう弱肉強食の日本社会の体質」が自分の中にも流れていると感じ、「わたしはそのような日本ではない日本が欲しかった。そうではない日本人になりたかったし、その核を自分の中に見つけたかった。また他人の中に感じとりたかった」と、書いている（『慶州は母の呼び声』206ページ）。

　谷川に連れられて炭鉱町にやってきたのは引き揚げて一〇年以上過ぎた一九五八年、三一歳の頃である（女専時代に同級生が筑豊の出身で、一度訪ねたことがあったが）。最初森崎は何も知らなかった。

「石炭はどこにあるのでしょうか」と尋ねられた通りがかりの男は、「ほら、聞こえるじゃろ。声が聞こえようが。今、掘りよる」と言った。森崎は「え!?」と応える。石炭は川原の小石のように転がっていると思っていたのだ。男は「この下、地の底」と言って、行き過ぎた。「石炭は人間が掘っていたのか！」森崎は自分の無知と愚かさを恥じた（『精神史の旅2』あとがき／同書「筑豊と山本作兵衛」204ページ）。また、カンラクが何であるかも知らなかった。炭鉱は地下を掘り進むため、地上の家は傾いたし、田んぼや畑が陥没した。そこに水がたまってできた池をカンラクといった。

その後、必死の努力で、森崎は学んだのだ。持ってしまった偏向の果てに、その闇がおのずから輝き出すよう、この町に住むことにした（「わたしのふろ」―『湯かげんいかが』平凡社、一九八二／『精神史の旅2』47ページ）。そして、「権威と縁なく、都市や農漁村とも体質を異にし、男も女も働く日本人に接し」た。そうすることによって初めて人心地がつくように感じた。ここを足場にして炭鉱の元女坑夫と交わるようになり、「スラをひく女たち」（『サークル村』一九五九年七月号から六〇年四月号まで、六回連載）などの聞き書きを書くことになる（「スラをひく女たち」は『まっくら』〔理論社、一九六一〕として刊行）。

「スラをひく女たち　一」は『サークル村』一九五九年七月号に掲載されているが、同じ号には森崎の『無名通信』への参加呼びかけ文「凍っている女たち、集まりましょう」が載っていて、次のように書かれている。

「ながいあいだ、女は水仕事にあけくれました。しめった流し場の外側を、ごうごうと音たてて歴史が動いているようでした。わたしたち女の言いたいこと、叫びたいことをみるまにはじきとばしながら、それでも言いたい、言わねばならないことはあとを絶ちません。たくさんの未醱酵のことばが女の内部には漬物桶のようにくらく並んでいます。いつまでたっても孤独で、あまりながく孤独なのでもうどうでもいいとすてっぱちなすねかたで、これらのことばになっていない怒り悲しみをあつめて、私たち女とははなれたまま動いていく社会につきつけましょう。／文学もことばも女の手もとにはないのです。ひとりではどうしようもありません。言わねばならぬ問題をもっているが書けない者、書く技術だけ知っていて何をやらねばならないか迷っている者、そんな者がよりあって、このように裂けている女の実状を考えましょう。そして個人のものでなく女のものを作り出しましょう。」

父庫次の「女も日に三度の火を起こすだけでは駄目だ／社会的にいい仕事をせよ」という言葉を思い出すし、女たちの自立と共同、解放と社会化、そして「流し場」の外にあった歴史への参画のスタートを記した画期的な文である。特に女たちに顕著だった東洋の無＝沈黙からの解放の一つのあり方と言える。森崎はすでに聞き書きを実行していたのであるが、「言わねばならぬ問題をもっているが書けない者」と、「書く技術だけ知っていて何をやらねばならないか迷っている女たち」とのダイアローグによる集団的創造とも言える。同時に、「サークル村の男たちでさえ、男権主義・家父長的資質を持っていることを身をもって感じ取った女たち」（河野信子「『サークル村』・『無名通信』の思い出」―『復刻版サークル村』付録）がいた。外では民主主義、家では封建主義、というあれである。谷川や上野だって例外ではなかったろう。森崎は、組織するためには生活語を獲得しなければならぬと知ったのである。森崎は「女を組織」しようとして、女たち数十人のサークル誌『無名通信』を創刊する（一九五九年八月～六一年七月、第二〇号）。発行所は中間市本町六丁目、つまり『サークル村』と同じであり、より詳しく言えば、森崎の「台所」もしくは「流し場」で、編集発行したものである。

さらに、『無名通信』創刊宣言「道徳のオバケを退治しよう」で、森崎は、「無名」について次のように書いている。

［わたしたちは女にかぶせられている呼び名を返上します。無名にかえりたいのです。なぜなら……／わたしたちはさまざまな名で呼ばれています。母・妻・主婦・婦人・処女――と。たとえば「母」は、「水」などと同じ言葉の質を持っているはずです。ところが、それがなにか意味ありげなものとして通用してしまいます。まるで道徳のおばけみたいに。わたしたちの呼び名に、こんな道徳くさい臭いをしみこませたのは、家父長制（オヤジ中心主義）です。］（「『無名通信』創刊宣言」―『精神史の旅2』110ページ）

森崎は女たちにかぶせられている母や妻などという枷《かせ》、もしくは刷り込みを解き放とうとしていた。無名は老子の言うところであるが、既成の名を外し、閉鎖性や序列性を超えて、女ではなく一人の人間として、男ではなく一人の人間と相対していこうとした。対話（ダイアローグ）的創造を通して、自分を閉ざしている殻を、自分の手で破り、家父長制の再生産を拒否しようとした。

［私は何かをいっしょうけんめいに探していたのです。そんな私が坑内労働を経験した老女をたずねあるきましたのは、日本の土の上で奇型な虫のように生きている私を、最終的に焼きほろぼすものがほしかったためでした。老女たちは薄羽かげろうのような私をはじきとば

して、目のまえにずしりと坐りました。その姿には階級と民族と女とが、虹のようにひらいているると私には思えました。彼女たちの心の裂け目へ、私は入っていきました。」

（『まっくら』はじめに）

森崎は子どもの手を引いたり、負ったりしながらおずおずと元女坑夫を訪ね歩いた。侵入者をうさんくさそうな目で見、「あんた、だれな？　用はなんな？」と訊いてくるのは農家の主婦で、森崎は頭の中で「おくにはどこですか」と訊く筑後の「村」を思い出していた。農村では「炭坑に働きに行くと人間がわるうなる」として、生活風習の違う炭坑をおそれ、坑夫に閉鎖的であった（「米の力」―『奈落の神々　炭坑労働精神史』大和書房、一九七四）。一方理屈ぬきでぱしりと受け止めるのはヤマの女だった。「あんた、まあそこへ腰かけなさい」と名も素性も問わずにそう言った。（「村」とは対照的に）開放的であった。そしてヤマの暮らしを話しはじめた（「坑底の母たち」―『異族の原基』）。そこには「同種同化＝異種排除」ではなく、「他者の他者性を認めながら連帯を図っていくような」世界があったのである。それは、「かって村落共同体から排除されて底辺労働に追いやられた坑夫の精神」がつくりだした心情であった（水溜真由美「同化型共同性の拒絶」）。

隣近所が親兄弟より親しい。男も女もない。隣が坑内から上がってくるのがおそくなるとガンガンに火を一緒におこしておいてやる。魚を売っとりゃ一緒に煮ておいてやる。どっか行く時は「おい、このゆかた着ていくばい」、「ああ、よか、着ていけ」という風で、人と我を区別せん。人のことが自分のことと同じ苦痛になる。炭鉱ちゅうところは貧乏人の集まりじゃが、人情の厚かところと、元女坑夫は話した。

さらに森崎は坑内の切羽での先山と後山の命がけの労働についても語る（女子の坑内労働は戦後禁止されたから、これは戦前期のことであるはずである）。

［先山さんをよそのとうちゃんじゃと思って出来るような仕事じゃないばい。先山と後山の心がぴしっと合わにゃ、その日の食いぶちは出ん。後山ひとりがどんなに働いても、先山が腕がなけりゃ石炭は出んのだから。二人が一組になって、運び出した石炭で、その日の切賃がきまるとだからね。よその男とひとときになって（一組になって）働くときは、切羽ではふたりはめおとじゃね。切賃だけじゃない、いのちをあずけ合うとるとじゃもん］

（「石炭がわしを呼ぶ」—『奈落の神々』／『精神史の旅2』285ページ）

炭坑には、坑内での性愛は地上に持ち出さないという鉄則があったという。切羽での他人の夫と妻の関係を、地上の夫や妻が問題にすることは恥であった、と言い、また、「この世の地獄は地獄にいる者自身が、人間回復への火を燃やしつづけること以外に、全く、何ひとつ、すくいとなるもののない場である。性愛が純粋に人間主張の、他者へのいのちの火をわけあたえるものとして機能した」と森崎は書いている。この文脈では川村湊も言うように「対の世界」として愛と労働が成立していると言っていいのだろう（川村湊「〝地の底〟からの語り部」—『精神史の旅2』の解説）。

ことは「対の世界」のことばかりではない。この点、上野英信の言葉を補足しておきたい。

［私なども炭鉱で働くようになって何よりびっくりしたのは、きょう入ったばかりのツルハ

シの握り方も知らないような新参坑夫と、何十年も働いてきたベテラン坑夫との間に、いわゆる対立というようなものがまったくないことでした。これは、地上の職能主義の世界とは、根本的に違う点ではあるまいかと思います。たとえば坑内で炭車に乗りましても、ベテラン坑夫が、「おい上野、そんなところに乗っておってはあぶない。オレと替われ」といって、もっとも安全な場所を新参の私にゆずり、自分が危険な場所に移るといったふうです。採炭その他もろもろの技術にしましてもやはりそうで、一日でも一時間でも早く、自分のもっている技術なり力量なりのありったけを、見ず知らずの新参坑夫に教えこもうと全力を注ぎます。／それというのも、一人の坑夫の失策がそのまま、幾百、幾千という労働者の生命と密接不可分に結びついていて、その生死を決定するからです。したがって相手が無知であればあるほど、全力を尽くしてかばってやり、知識や技能を高めてやらねばならんわけです。そこから生まれてくる友情というものは、とうてい口ではいえないほど熱いものです。」

（前田俊彦との対談「骨を切らせて皮を切る」──『潮』一九七三年八月号）

前田俊彦は上野の言葉を受けて、危険な現場であるがゆえの「運命共同体にもとづく思想ですね」と応じ、「これが彼らのみずからのうちに平等観を植えつけ、坑外での生活もやはりそうなるんでしょうか」と述べている。英信もそうだと答えたし、森崎も同じ意見であることは上述のとおりである。

「対の世界」に戻るが、そういうことばかりがあったわけではない。「坑内でおなごが男のいうなりにならねばならんということはなかったばい。同じ仕事ばするとじゃけ。十人に一人は好きな男と逃げたばい。腕の立たん亭主を養うてやらにゃならんほど情けないことはないけんの」というようなこともあったし、「よりよい切羽を得るために売春行為とか強要される行為は常で、女坑夫たちはそれを共働きのための性愛へと引き寄せんとしつづけていた」ということもあった。むろん、「朝鮮人と組んだら安心だった。朝鮮人はけっしていやらしかことはせんから」と言う女もいたのである。またスカブラ（怠け者）もいたし、ケツワリする者も多くいた。ただし、スカブラは「サボタージュ兼道化役者的存在」で、愛すべき存在という面もあった（「坑底の母たち」―『異族の原基』／「石炭がわしを呼ぶ」―『奈落の神々』／「からゆきさんが抱いた世界」―『匪賊の笛』）。

また、家族に死者があった場合（黒不浄）、出産があった場合（赤不浄）、は三日間入坑しない。月経時も入坑しない。汁かけ飯は食べない、坑内で口笛は吹かない、頬かむりはしない、サルという言葉をつかってはいけない、狐を殺してはいけない、坑内のねずみは殺さないなどという炭坑のさまざまな縁起かつぎやタブーなどの民俗については、『奈落の神々』につぶさに記されている。ある女坑夫の心意気を引用する。

「あたいはどんな偉そうなひとでもおそろしゅうない。相手を人間と思うから。あんた、これは大事ばい。役人じゃとか、偉いさんじゃとか思って喧嘩したらつまらん。どんな相手でも、相手は人間ばい。いざとなったら、人間と人間の勝負じゃ。理くつと尻の巣はひとつばい。相手が役人のつらして理くついったら「人間の理くつ言え」とあたいは言うばい。そしてどこまででも、ねじこむよ。人間のつら出すまで。出したらこっちが勝つばい」

（「石炭がわしを呼ぶ」―『奈落の神々』）

森崎には、女たちの内発性とまっこうから拮抗しないニッポン、武士道、もののあわれ、近代などというものに対する反感と憎悪があった。その憎悪を解き放つ方法として、女坑夫の話を聞き、坑内労働の過酷とぎりぎりのところで生きていこうとする人間の力強さを描こうとした。開放的で陽気で真摯《しんし》な共同性が、階級と民族と女とを切り拓くことができると思えたから。それは既成ニッポンへの叛旗でもあった。それは同時に、朝鮮で育ち、帰るところを失った森崎の「かえるところ」となり、自己改造の契機ともなった。「スラをひく女たち」はこうして生まれた。その文章の中では胎児のように、スラをひく女たちの生が息づいている（スラというのは修羅＝そりのことであろう）。

何も知らなかった森崎は、知の先端に立ち、近代日本の光と影を二つながら見据えていた。

僕が言いたいのは谷川雁の方である。彼に森崎をたしなめうるような内実があったのかということである。森崎に立小便ができるようにならないと仲間に入れてもらえんと言うのなら、彼自身大衆に一歩もゆずらぬなどと言わず、もっと民衆に近づいて、理解できるような語りができるようにならないといけないのではないか。「砕けて当たる」必要があったのではないか。繰り返すが、「生活語で組織語をうちやぶり、それによって生活語に組織語の機能をあわせ与えること――それが新しい言葉への道である」（「工作者の死体に萌えるもの」―『文学』一九五八年六月号）と正当なことを言っているが、実際とは矛盾している、と僕は思う。「労働者と農民の、知識人と民衆の」断層と亀裂を乗り越える（創刊宣言）と言うが、それは観念上のことであって、実際には労働者は、谷川を理解できてはいなかったと思われる。谷川は鶴見俊輔に「君の散文はまるきりデフォルメにつぐデフォルメだ。もっとストレートに書けないか」と言われたことがある（「観測者と工作者」）。知識人でさえ、よく理解できていなかったということだろう。『谷川雁　詩人思想家、復活』（河出書房新社、二〇〇九）を読んでいると、谷川の詩・文が分かる人もいるんだなあ、と思うが、その人の文章がまた詩のようにとんでる文章で、僕にはよく分からない。

谷川は、よくもわるくも、「威張っていた」のである（鶴見俊輔「彼がいた」熊本近代文学館『谷川雁の世界展』特別講演録、二〇〇三年一二月六日／第Ⅲ期『サークル村』二〇〇四年春四号）。ただ、兄健一には頭が上がらなかった、と森崎は話している。

それから、森崎の年譜一九六二年の項に、「同居中の谷川雁に生誕地朝鮮への贖罪の思いを伝える。が、無了解、他者との対話を禁じられる」とあるが、谷川が、森崎が朝鮮について苦しんでいることを理解しようとしなかったことが僕には理解できない（「私にも分からない」と森崎は話している）。

森崎は子どもに、「これパパ（谷川）に渡してね」と言って手紙を託した。森崎は、植民地台湾にいたことのある埴谷雄高なら分かってくれると思い、東京の埴谷を訪ね、三一書房を紹介してもらい、一九六五年二月、埴谷の推薦文つきで『第三の性』が出版された。

6　谷川雁の原点

で、僕の分かる範囲で谷川雁の詩と思想を腑分けしてみたい。「或る光栄」という詩がある。これを谷川は「四五年から四八年に至る初期詩編」をまとめた詩集のタイトルにしようとしたが、兄健一の言を容れて、『天山』（国文社、一九五六）にしたという。冒頭の二行は「僕が自分のなかに詩を自覚した最初の二行」である。

［おれは村を知り　道を知り
灰色の時を知った
明るくもなく　暗くもない
ふりつむ雪の宵のような光のなかで
おのれを断罪し　処刑することを知った］

四拍子のリズムが心地よいのであるが、谷川は「村」の何を知ったというのか。村の現実をか、それとも村の理想をか。両方か。「村」といい、「道」といい、「灰色の時」といい、知らない単語は一つもないが、ビッグワードが連ねられて、何をどうイメージしたらいいのか覚束ない。この氷山の露頭の水面下の状態は、おそらく「農村と詩」（一九五七）という文章に記されている。

「僕の意識の底には故郷があり、意識の表には革命があり、それは乱れた像となって重なった」

彼の意識の底にあった「故郷」は、故郷水俣で結核療養中（一九五〇年）、ある実験によって特定されている。眼をつむったまま、ゆうひの赤を瞑想し、「ぎりぎりひとつの色に到着」しようとした。四日目の午後、海と想像される方角に「真円のゆうひ」を幻想した。そして数年後、この故郷から数キロのところに、彼はまぼろしの「あのゆうひ」寸分たがわぬ風景を発見し、言を忘れて立ちつくす。原郷のゆうひ（「原郷のゆうひ」―『北がなければ日本は三角』、「西日本新聞」連載、一九九四→河出書房新社、一九九五）である。モネにならって言えば、「印象‐あのゆうひ」である。谷川の詩と革命のオリジンである。

谷川は「農村と詩」のエピグラフに次の詩句を書き付けている。

「此の中に真意有り／弁ぜんと欲して已に言を忘る」（陶淵明「飲酒　其五」）

デジャヴにも似た幻影の故郷の発見は彼を衝撃し、一つの理想を植えつけた、ということであろう。「この一件あって以来、私はすこし図図しくなり、共同体などと口走るようになったのです」と回想している（「原郷のゆうひ」）。

海に沈む真円のゆうひは彼の根底に至高体験ともいえる心象風景を刻印したのであろう。海に溶け入る太陽だ。イルミナシオン！（ランボー）イルミナシオンとは、雲間からさっと光が差し込むことであり、今まで分からなかったことがぱっと分かるようになることである。それは後に「原点」と呼ばれることになるものの原点であろう。牧歌と言ってもいいかもしれない。ただしその赤の色調は油絵のそれではなく、水彩画のそれであっただろう。「小国寡民」（老子）、「桃花源記」（陶淵明）から続くものであるから（陶淵明の色調であるのだから、河野靖好が「山水画」と言うのは妥当であると思う。なお言えば、山水画とは、現実に不可能な小国寡民の桃源郷を、四神を配して絵に描いたものである）。それは意識の表に至り、共同体《コミューン》という社会的な理想（革命）に展開されることになった。その過程については、いましばらく彼の歩調を辿らねばならない。

が、先に次の「ゆうひ」という詩を参照しておきたい。初期詩集『天山』の中の一編であるが、この「ゆうひ」はあの「原郷のゆうひ」のことであろう。

「ああ　ゆうひ／ひとすじの道をこえ／ありふれた草をふみ
おれの賭けた砂っぽい背骨／死面《デスマスク》／二十代の馬鹿
すべては谷にころげおち／おれは山の高さと谷の深さを／いっしょに見ている
おれの目に狂いがなければ／たしか自由とは／こんなことであろう
おれを射ぬいたものを／おれがやり返した　その日から
そんな自由が住んでいる／古びた火薬庫のような胸に」

やはり僕にはよく分からない詩であるが、こじ開けていくと、「自由」という言葉は、彼の胸を射ぬいた「ゆうひ」に発祥していると思える。彼は結核療養中で、谷にころげおちたような状態だったが、その時「ゆうひ」は彼に山の高さを教えた。その日から、古びた火薬庫のような（結核の）胸に住み着いた「自由」が、二十代の彼に、「共同体」、「小国寡民」、「村」などと口走らせることになった。

前述したように、谷川は新聞社を追われ、また阿蘇に転地して療養生活を続ける中で（一九五一年）、「さびしい乳色のもやに溶けている農民世界を知った」。生活とは、一本の牛乳を分けて飲む三人の男がいるということだ。彼らは、（医者の息子で、五高、東大とエリートコースを歩いてきた）谷川を民衆にした。谷川はそこへ「段々降りて」いった。そうして「原点」を発見し、確立していった。

彼の思考は次のように組み立てられた。谷川の知った「道」と言っていいだろう。

日本の民衆の大部分は農民の出身である。だから日本の文明を蔽っているのは農民の感情である。それは大地に結びついた生産にもとづいている。大地は人間感情の源泉であり、人間は大地の鏡にならなければならない。これがあるべき素朴な農民の姿である。

労働者は前プロレタリアート（素朴な農民）と、都会は地方と、世界は故郷と、かたく結合しなければならぬ。しかるに日本の文明には、この前プロレタリアート、地方、故郷から自己を疎外しようという欲求が強くはたらいている。それは日本の農民が個人を確立してゆく道が閉ざされた結果、主観的に個人確立をめざすためであり、客観的なプロレタリア化の傾向に対して一八〇度の錯覚をうんでいる。かるく解説を加えれば、共同原理の村から、競争原理の村が強調され、倒錯の自己運動を始める、といったようなことである。

日本の近代主義は、完全な形ではまだ存在しない近代を個人の手中に収めようとする願望である。これは大地から追い出された農民が客観条件に逆らって新しい心象風景にすがろうとする盲動であり、倒錯された農民主義である。これ（前プロレタリアートの盲動性）を克服するためには、プロレタリアートの組織性によるほかはない。その場合あくまで前プロレタリアートの発展的契機を継承しなければならず、労働者階級にある労農の結合を理念の面だけ強調するという近代主義からくる盲動をも克服しなければならない。

　谷川はこのように言う。近代主義という虚妄と倒錯を排し、農民が大地に抱く人間感情を元にした発展的契機において、共同原理の村を建設し直さなければならない。理想の村はあくまで東洋の村であった。「法三章（殺人・傷害・窃盗の禁止）の自治、平和な桃源郷、安息の浄土」という古くかつ新しい夢である。老子の「小国寡民」である（「東洋の村の入口で」）。

　しかし、これはとても難しい理論であり、「ねばならない」という言挙《ことあ》げが上手くいったためしはないのであるが。当為は欲望に勝てない。当為は、それができる者は自律すればよいが、できない者、欲望を開放しようとする者、抜け駆けする者には、他律者、つまり法三章以上の法律／権力が必要となる。そこが反動的で、息苦しい。孔子は心の欲する所に従って矩《のり》を踰《こ》えないようになるまで七〇年かかったと言い、「治国平天下」というし、『六法全書』は六〇〇〇ページ、厚さが三〇センチもある。

　谷川の心中にあった「東洋の村」は、はるか遠い記憶に沈んでいる、さきの「原郷のゆうひ」であり、またさらに遠くに沈んでいる「老子」の「玄牝の門」である。

　二〇〇三年、熊本近代文学館で開かれた『谷川雁の世界展』に、谷川が五高時代に使っていた『老子　王弼注』が展示された。この中の第六章の「玄牝」という言葉に、ドイツ語で「Urmutter」

〈始原の母〉という書き込みがあり、これが「原点が存在する」という文章の「万有の母」の原点になったのではと、弟で東洋史学者の谷川道雄が同展のパンフレットで指摘している。

［谷神死せず。是を玄牝と謂ふ。玄牝の門。是を天地の根と謂ふ。綿綿として存するがごとし。是を用いて勤めず。（「老子」谷神不死章）

単なる地方でも大地でもなく、すなわち時と場所のユークリッド的交叉ではなく、淵のようにたたえられたこの世の矛盾の渦の総体を一点に引きしぼったときにあらわれる創造的危機の核、新しい価値形成のるつぼが存在する。凝結する力の終点であり、新しい諸力誕生の起点である陰湿な暗黒が存在する。］（「農村と詩」）

原点が存在する。「矛盾の渦の総体」、「新しい価値形成のるつぼ」ということばは、先に見た「サークル村創刊宣言」を思わせる。というか、時間的にはこの「農村と詩」の方が先である。

［下部へ、下部へ、根へ根へ、花咲かぬ処へ、暗黒のみちるところへ、そこに万有の母がある。存在の原点がある。初発のエネルギイがある］（「原点が存在する」—『母音』一九五四）

谷川のいう「原点」は老子の谷神をふまえた女性／母のイメージである。谷川は「現代の基本的テエマが発酵し発芽する暗く温かい深部はどこであろうか。そここそ詩人の座標の「原点」ではないか」と続ける。さらに、

［いわば革命の陰極とでもいうべき、デカルト的価値体系の倒錯された頂点、（略）この世のマイナスの極限値。それは老子のいう「玄牝の門」であり、ファウストの「母たちの国」ではないか。潜在するエネルギーの井戸、思想の乳房、これを私は原点と名づけた。なぜなら

互いに補足しあい、拮抗しあって渦を形成する楕円の二つの焦点を想定することなしに、深淵の巨視的な運動をなにがしかの古典的な輪郭でとらえることは不可能だからである。」

（「幻影の革命政府」一九五八―『原点が存在する』）

と述べている。「原点」とは、「玄牝の門」といい、「母たちの国」といい、エロスの原点、「革命の陰極」、「新しい価値形成のるつぼ」ということだろう。マイナスの極限値からの存在の根源的始原的エネルギーの発現が、新しい世界を創造する必要条件である。「革命的ロマンティシズム」と言ってもいい。それは（既成の）円の中にもう一つの焦点（アンチテーゼ）を築き、楕円化させ、世界の映像を裏返し、現実を裏返す。「イメージから先に変れ！」（「幻影の革命政府について」）。新しい価値創造は、共通の場を堅く保ったるつぼの中において、楕円の二つの焦点が引き起こす矛盾の止揚によって可能なのである。「るつぼ」は磁場と言い換えてもいい。

これは、先のサークル村創刊宣言「さらに深く集団の意味を」に言う、

「創造と自由への精神に基づき、労働者と農民の、知識人と民衆の、古い世代と新しい世代の、中央と地方の、男と女の、一つの分野と他の分野に横たわる激しい断層、亀裂を乗り越えるには、波瀾と飛躍をふくむ衝突、対立による統一、大規模な交流が必要である。共通の場を堅く保ちながら、矛盾を恐れげもなく深めること、それ以外の道はありえない。そのための新しい創造単位がサークルである。文化の創造は、個人によるのではなく、対立と矛盾を恐れぬ相互的集団的な交流の中にある」

ということと同じことを言っているのである。「新しい価値形成のるつぼ」の中で、共通の場

（磁場）を堅く保ちながら、対立と矛盾を恐れず、労働者と農民、男と女といった断層を楕円の二焦点とし、交流させ、新しい文化を創造することを目指した。それが「工作者」の存在理由である。サークル村がユートピア幻想、もしくは根拠地幻想である所以《ゆえん》である。しかもそれは東洋的な「小国寡民」幻視であった。

谷川は別の文章で、「しょせん文学は個人による未知の領土の占有であるか」と疑問を呈し、弁証法的切磋琢磨という共同のもと、「他人と分離する必要のない世界」をこそ目指そうとした。「私有の形式では絶対に所有することができない者が存在する。私はこれを『原点』と呼ぶ習慣であるが、前衛と原点の結合、ここに回路を建設するものこそ工作者ではないか」（「現代詩の歴史的自覚」）と述べている。サークル村の集団創造とはそういう意味であった。これは近代主義ではない。玄牝の門の中には、革命の原点、東洋の村の原型があったのである。それは同じく「老子」に謂う「小国寡民」であり、その構成員は素朴な農民である。

小国寡民とは、谷川によれば、「無名民衆の優しさ、前プロレタリアートの感情……それらを理念として表現すれば、東洋風のアナルコ・サンジカリズムと呼べばよいと思う」ということになろう。注釈すれば「アジア的無政府的共同組合」ということであろう。「村」がそれ自体で平和の共同体になりうる。「私有の形式では絶対に所有することができない者」として、共同原理の「村」は日本の作った一番いいものだと谷川は信じた。それはあるいは「鶏犬相聞こえる」牧歌であったかもしれない。「コミューン幻視」と言う所以である。

しかしながら、その村こそ所有と保守の原動力であり、それはやがて自我と欲望の拡大を生み、富の蓄積を生み、権力を生み、他者の支配、他の共同体の侵略を方向付け、反動化するという見やすい筋道もある。彼らは自由を望み、やがてそれは他者を支配する自由に成り上がっていく。僕はこれを現世利益の欲望自然主義と呼んでいる。

確かに、谷川が言うように「日本の民衆が執念のごとく罪業のごとく背負っているまぼろしと盲動がある」(「農村と詩」)。その本体は何か。それは、アニミズムという素朴な宗教と、「法三章の自治、平和の桃源郷、安息の浄土」といった原初的な穏やかな状態から、七、八世紀の状況を反映させた政治的な編集によって歴史を神話化し、神話を歴史化し、建国神話を創作し、天皇制権威主義を作為した。明治維新は古代化(王政復古)であると同時に近代化であった。強兵富国をはかり欧米との間の不平等条約を改正しようとする一方、朝鮮との間に不平等条約を結ばせた(一八七六年、日朝修好条規(江華条約))。侵略と連帯をすりかえ、「八紘一宇、大東亜共栄圏、内鮮一体、五族協和、王道楽土」という美辞麗句を旗印に右旋回してゆくサディスティックな圧倒的な流れである。村から村へではなく、村から国へ、国から帝国へ、発展(?)してきた歴史の中で、「大日本帝国」は日露戦争(一九〇四~〇五年)で得た南満州鉄道の権益を拡大させた。「満州に行けば一〇町歩の大地主になれる」とか、「千里の沃野は招く、土の戦士を!」などと喧伝《けんでん》し、農家の次男三男をはじめ、人々はそれに乗り、大陸へ「雄飛」し、そこでの生活が「そのまま侵略なのだ」という認識も自覚もないままに、満州を興し、大地を耕そうとし、一旗揚げようとし、権益を獲得しようとしたのであった。谷川が前プロレタリアートの盲動と呼び、倒錯された農民主義と呼ぶところである。

また、谷川は「民衆の〝軍国主義〟とは民衆の素朴な夢のゆがめられた表現である」と言う（「党員詩人の戦争責任」）。天皇制ファシズムを受容した「草の根ファシズム」と呼ぶ人もいるが、そのようなものはおのれ自身によって克服し、「断罪し処刑」しなければならない。しかし事実は、日本帝国主義は帝国の自給自足（食糧、石炭、鉄などの資源）と防共のためには「満州は生命線」などと身勝手で自己中心的、独善的であつかましい論理をふりかざし、関東軍の武力を背景に満蒙領有をおしすすめ、傀儡国家満州を建国した（一九三二）。「友達」のような顔をした「建国の理想」は、「侵略の事実」によってことごとく裏切られていたのだが、民衆はその甘言に乗り、「盲動」した挙句、敗亡の憂き目を見ることになった（山室信一『キメラ――満洲国の肖像増補版』〔中公新書、二〇〇四〕／佐高信『石原莞爾　その虚飾』〔講談社文庫、二〇〇〇〕／吉見義明『草の根のファシズム』〔東京大学出版会、一九八七〕などを参照した）。

「敗亡の歴史はその源流に帰ることによってしか快癒しないのだ」と谷川は言う。村は郷愁であり、理想の源泉であったのである。

さらに谷川は「下級の共同体こそ専制に対する有効な抵抗の土台となり、アジアの諸芸術発生の震源地ともなった」と続ける。しかし小国寡民は小国／村でなければ不可能なのだ。大帝国にそれを望むのも、大帝国がそれを望むのも、すでに不可能なのである（「不可能」にはランボーからの引用符を付けてもいい）。彼が同志と呼んだ毛沢東にだって、不可能なのだ。

「おれは村を知り　道を知り／灰色の時を知った」という露頭する二行には、以上のような海面下の状況があったのである。この二行は谷川が「自分のなかに詩を自覚した最初の二行」であった。しかし、村の理想は法三章の小国寡民ではあっても、二〇世紀の村の現実はすでに大帝国との主従関係になっていたのである。しかし、谷川はそれを錯誤として認めず、彼の信じるところ、小国寡民の夢を追おうとしたのである。「谷神は死せず」だから。そこが彼の「原点」であったから。「尾をふるものは詩人ではない」し、「根源的でないものは創造的ではない」(「原点が存在する」)から。谷川は「サークル村」でそれを目指したのであった。「今日は資本主義によって破壊された古い共同体の破片が未来の新しい共同組織へ溶けこんでゆく段階であって、そのるつぼであり橋であるものがサークルである」。共同体的契機によって階級的契機を克服、止揚することを目指したのである。それは、たしかに困難な、「灰色の時」であった。

村といえば家父長制の因襲的な村しか思い描けない人もいるようなので、ここで念のために言っておけば、定義の問題がある。人間は群れて生きる生き物なのだから、何らかの共同体は必要である。谷川の言う「村」とは上述のとおり、原点の源泉であり、小国寡民の「他人と分離する必要のない世界」のことであり、「日本の作った一番いいもの」だったが、「村」の他面は所有と保守と権力の現在地である。この二つを区別しようとして、前田俊彦(一九〇九~九三年)は、「村」とは私有制が前提の、叙述された行政的体制秩序であるが、「里」は賃労働と私有制が否定され、人間がそれぞれの志を陳述し創る(天下ではなく)地上である、と言う(『瓢鰻亭通信』七期一三号、一九八二年一一月一日)。そしてそれを地域コミューンといわなくても「里」と呼べば十分であるとも言う(『瓢鰻亭通信』五期八号、一九七二年一月一〇日)。

一九五九年初夏、谷川雁は鹿児島県十島村の、一四戸六〇人の住む臥蛇島《がじゃじま》を訪れ、「びろう樹の下の死時計」(『中央公論』一九五九年八・九月号/中央公論文庫、一九五九/『工作者宣言』潮出版社、一九七七)を書いている。そこは極限の島、あるいは離島苦に苛まれるユートピアであった。

なぜ、臥蛇島に行ったのか。その理由は以下のとおり小国寡民の現実を見るためである。

[これ以上減耗するか、遮断されるかするなら、もはや存在することのできない極小の人間世界。そこは私たちにとってまぼろしと破片でしかなくなった共同社会がまだ生きた基本原理としての色彩と音響をもってうごめいており、その意味で私たちの「妣の国」であるばかりではない。きわめて緩慢に注ぎこまれてゆく現代文明とそれの接触過程における混乱・変質・融合の高速度写真を追体験できる稀有の場所であるからである。]

交通手段は月一回の村営船一隻。それも台風や時化《しけ》で不定期になり、蘇鉄飢饉などが起こる原因となる。数十メートルの断崖が取り巻く島の北部に港がある。畑では玉蜀黍、キャベツ、甘藷などが作られている。十島村(一〇の島からなる)には五台の自転車がある。そのうち一台は壊れている。「島に渡ったら宝探しをしなければならない」。石器や土器が発見されたから、島の歴史は相当古いのである。しかし、一一八五年、壇ノ浦で敗れた平氏が落ち延びてきた村という平家伝説(貴種流離伝説)がこの村の支柱もしくは架空の権威であり、その背景には傷つけず、奪わず、独占しない一種の共和体制が存在する。薩摩支配の頃も今も、権力への従属に見せかけて、密かに優越感を感じている。

[この二重構造は大洋のただなかに現実の根拠をもった体系として生きているのである。そ

れは従属の姿をとった抵抗であり、したがってまた抵抗の形をとった従属である。（略）小社会の自立性をなるべく大きく確保するために、上級の権力にできるかぎり小さく所属する方法である。」

その村の灯台にテレビが入ってくる。テレビの持つ情報力は強大である。東京の様子が映し出される。それを見るために中之島から二九キロの海を渡って二十数名がやって来る。一方十島の鰹漁を潰滅させたのは内地の資本である。現代の熱い文明との接触は不可避であった。そして熱い文明は「小国寡民」の牧歌に混乱と変質をもたらした。このことは谷川の詩（「瞬間の王」）の終焉に大きな影響を与えたと考えられる。

「私はこれをきわめて生産力の低い初期社会主義への自然発生的な実験として今日的意義を与える必要があろう。（略）いわばこのような擬似社会主義の実験を「日本にもある人民公社」という形で大衆が盲目的かつ散発的にふみきりはじめた事実、この事実のなかに一九五八、九年の日本を象徴する時点があるのではないか」

と谷川は戸惑いながら結語している。しかし、これ以上減耗すれば存在することのできないこの島は、一〇年後無人島となった。彼が見たのはその直前の、一四戸六〇人の限界状況であった。小国寡民とはいえ、村は小さすぎても、「不可能」なのである。現代の谷川たちの生きる社会ではすでにまぼろしと破片でしかなくなった社会の共同原理が、この島では虚妄と倒錯を免れてまだ生きているという期待は、残念ながら裏切られる。上級の権力に、より小さく所属する方法は、急速な崩壊過程をたどる最中だったのである。

一九四〇年に最大人口一三三人を数えた面積約四平方キロの臥蛇島であるが、一九五六年簡易水道が完成、六一年学校水道・学校発電装置完成、六三年教職員住宅新築完成という設備投資の状況があった。一方、貨幣経済の流入、集団就職による若者の離島など原因はさまざまあるのであろうが、一九七〇年七月、四世帯一六人は全員この島を離れ、以来無人島となっている（インターネットより）。

これは何を象徴する出来事なのであろうか。「自然によって強制された現代のコミューン」は、熱い文明により滅ぼされたということではないか。都市で熱い文明（近代化・欧米化）が貪欲にのさばるのは、冷たい文明を呑み込んでいくことにほかならない。裏から見れば冷たい文明の亡びの姿である（同じことは、アラスカでも起こったし、パラオでも起こっている、と前田俊彦が報告している）。

「大東亜戦争」に敗れた日本人は、一九五一年、アメリカと日米安保条約を結び、その上で通商・貿易国家になって経済的発展をはかり、農業から工業へという路線・方法をとった。「満州」をでっち上げずにすませるために。ただしその代償は、決して小さなものではなかった。

政府は一九五二年、重油の統制を解除した。エネルギーを石炭から石油へ転換し（エネルギー革命）、経済的発展、高度成長、所得倍増という手法がとられた。そのために筑豊四郡（遠賀郡、鞍手郡、嘉穂郡、田川郡）は激震に襲われ、大きな犠牲を蒙ることになった。炭鉱合理化政策によって三〇〇以上あった中小炭鉱の閉山が相次ぎ、離職者・失業者、すなわち「追われゆく坑夫たち」は、筑豊や全国の炭鉱地帯に溢れ、「去るも地獄、残るも地獄」と言われた状況であった。

「なべ底景気」（一九五七年下期～五八年下期）から「岩戸景気」（一九五八年下期～六一年下期。『サークル村』発行期間に重なる）という状態で、石炭から石油へのエネルギー革命が成長期に入ったのである。一九五七年、スバル360が登場しマイカー時代が始まり、五八年、関門国道トンネルが開通し、西鉄ライオンズが日本シリーズでジャイアンツを破って優勝、稲尾投手は日本シリーズだけで四勝二敗、「神様、仏様、稲尾様」と呼ばれ、五九年、テレビをはじめ電化製品の家庭への普及が目覚しかった。六〇年、核家族化が進み「マイホーム主義」が流行語になり、六一年の実質経済成長は一四・五％であった（中村政則編『年表昭和史』岩波ブックレット、一九八九）。六二年、全国総合開発計画がまとまり、九月若戸大橋が開通し、六三年二月、五市合併で一〇〇万都市北九州市が誕生した。六四年はオリンピックの年である。

石油文明が上昇線を描く一方、石炭文明は下降線をたどる。五九年、三池争議が始まり、六〇年九月二〇日、豊州炭鉱で河床陥落・坑道水没という事故で六七人が亡くなり、また六一年三月九日、上清炭鉱で坑内火災のため七一人が死亡という大事故が起き、石炭業界は斜陽化に拍車をかける。炭労は石炭政策転換闘争を組んだ。山本詞らは六一年九月二五日から一〇月一八日まで、東京まで徒歩とバスを乗り継いで、炭鉱の現状を訴えて行進した。その山本詞が三二歳の若さで、古河目尾炭鉱の狭隘な坑内で鉱車に轢かれて亡くなったのが六二年三月三〇日であった（上野英信「生きざまの歌」。松井義弘『黒い谷間の青春』九州人文化の会、一九七六）。六三年一一月九日、三井三池炭鉱では炭塵爆発で四五八人が死亡という大事故が起こっている。六四年一二月、大正鉱業が閉山になり、六五年六月一日には三井山野炭鉱で二三七人が亡くなり、二七人がCO中毒になるガス爆発事故が起きている。

上野英信は、『上野英信集3　燃やしつくす日日』（径書房、一九八五）の「あとがき　死ぬるも地獄、生きるも地獄」と、『写真万葉録・筑豊 第7巻 六月一日』（葦書房、一九八五）の表紙裏と裏表紙裏に、一八九五〜一九八五年までの間の、三〇人以上の犠牲者の出た全国の炭鉱事故の一覧表を書き連ねている。事故数七九件、八四〇〇人にのぼる。三〇人以下の事故は、それこそ枚挙に暇がないほどであった。五万トンの石炭を掘るごとに、または、硬山が一メートル高くなるごとに、坑夫が一人死ぬと言われた。「これほど多くの人命を奪った産業を、『産業』という名で呼ぶことは不遜であろう」と上野は書いている。

石油文明という「熱い文明」の勢いはさらに加速し、高度経済成長の時代となった。農家の長男は兼業化し町へ働きに出た。二男三男は農村から町へ移り住み（核家族化が進み）、工場の労働力になっていった。産業の主力は農業から工業へ重点が移り、たとえば、八幡製鐵の城下町で製鉄に勤めるということは一つのステイタスであった。工場は七色の煙を撒き散らしたが、それを公害と認識する社会状況ではなかった。村の行事より勤務を優先させた。人々の経済的基盤は村にはなく、村や地域も商品経済に呑みこまれ、大量生産・大量消費の大衆社会が出現した。人々は商品経済の合理性に馴れ、日常生活用品はもちろん、葬儀や祭でさえ商品化された。業者が何でもやってくれて楽であった。町に移住した人々は故郷（墳墓の地）を捨て、お墓の引越しというのも盛んに行われている。散骨希望の人もいる。

さらにアメリカ帝国主義の主導でグローバリズムとかいう経済合理主義が跋扈《ばっこ》し、町外れに駐車場完備の大型スーパーができ、かつて賑わった町の在来の店は軒並みシャッターを下ろし、地域社会は衰滅した。大型スーパーは世界を相手に戦っているのである。

それがヴァニティーフェアであろうと、フールズパラダイスであろうと、大衆は回帰すべきであった「原点」に回帰しようとはせず、戦争責任や倫理より現世利益を求め、目の前に人参をぶら下げられた馬のように、勝ち馬になろうとし（あるいは乗ろうとし）、欲望を煽る資本主義とともに走ったのである。これもまた、谷川に言わせれば近代主義の宣伝に盲動する大衆の姿ということになろう（吉本隆明は「歴史の無意識」と呼んでいる。埴谷雄高が「行動的ニヒリズム」と呼ぶものであろう。僕は「欲望自然主義」と呼んでいる）。確かに「すべき」とか「ねばならない」という当為で欲望自然主義を統御・克服できる人は少ないのである。

しかし、それにもかかわらず、心ある少数の人たちの中で、「小国寡民」の幻想が亡び去ることはない。「敗亡の歴史はその源流に帰ることによってしか快癒しない」から。谷神は死せず、だから。そこが「原点」だから。

負けた人の生き方として、「城下の人」の生き方があった。谷川雁が石光真清著『城下の人』を読んで思い出したのは彼の母方の祖父であった。祖父は、一九歳で西南戦役（一八七七年）に熊本隊として参加して敗れ、一九四四年に八七歳で亡くなった。谷川は熊本中学に通っていた時、祖父と一緒に暮らしていたが、祖父が「私は好かんな――我が剣はすでに折れ、我が馬は倒るなんて」と言っていたのを思い起こしながら、「生きながら殺されてはたまらない。それは自分が敗北を認めた瞬間からはじまる状態なのだ。それを認めてはならない。認めさえしなければよいのだ」、祖父はそう叫んでいたのだ、と思い至る（「『城下の人』覚え書」―『思想の科学』一九五九年六月号）。負けるにしても、負け方がある。

谷川雁は一九六〇年一月、『谷川雁詩集』を国文社から刊行した時、そのあとがきに、「私のなかの『瞬間の王』は死んだ」と書き、詩作を止めてしまった（詩の「不可能」を知り断念したランボーのようだ）。詩を葬ろうとして一冊の詩集を刊行するというのは、最悪の方法であろう（だがその過程を開示することは無意味ではない）。それは、（ランボーのように）「原点」としての詩の「不可能」を知ったからではないのか。だが、これを敗退とは決して言ってはならないのだ。「饒舌をもって饒舌を打つことが老いるにはまだはやい私のみすぼらしい戦闘である」と言って、谷川は時々、あるいは核心を言う時、詩語を使う「工作者」の道を行くことになる。断念ではなく、残念だったのである。

一九六〇年六月、九州サークル研究会は、『サークル村』の休刊を内外に通知した。サークル村は五月号で休刊となる。一年九カ月、二一号を刊行した。会員は約二〇〇名、会費の集まりが悪く、五月号の「後記」には「お金が足りません」と訴えている。何より、上野英信が福岡に移り、実務担当者の出入りが激しく、友成一や平野滋夫などまともに事務ができる人がいなかった。友成は不馴れな事務と共産党からの過重な活動要求で神経衰弱におちいり、平野は再三の助言や警告にもかかわらず、怠慢を極め、混乱を招いた。三・四・五月号は送本事務さえ乱脈になり、終いには事務を放棄してしまった。しかも一片の誠意を示さないという無責任ぶりであった。責任は谷川にある（と谷川自身が書いている〔「再出発のために」―第二期『サークル村』一九六〇年九月号／森崎『闘いとエロス』121ページ／谷川「サークル村始末記」〕）。また安保闘争、三池闘争の時期と重なり（五月号の特集「三池から吹いてくる風」で谷川ら一〇人が書いている）、そちらに力点が移っていったことも一因であろう。政治の季節、安保阻止運動をはじめとする政治行動に「ただ毎日を忙しく送っているだけではないのか」（草場俊介「『サークル村』私論」―『サークル村』一九六〇年五月号）。原稿がなかなか集まらなかった。『サークル村』が以上の理由により、その後の闘争を記録できなかったことは大きな思想的損失である（五月二〇日未明、新安保条約を自民党が単独で強行採決。六月一五日、安保改訂阻止第二次実力行使。樺美智子が国会前のデモで死去。六月一九日、自然承認）。

谷川は「サークル村始末記」（一九六二）において、「五八年九月から六一年秋まで発行された『サークル村』をめぐる運動がどのような意味で『ユートピズム』の一変種とみなされるのか、私にはよくわからない」と書いてすっとぼけているが、「さらに深く集団の意味を」の中で、「共同態の眼で見るならば、政党、労組などは一種の戦士共同体であり、青年婦人の組織などは会議共同体、協組や文化サークルは生産共同体であるといえよう。そして階級の緊張がうすれてゆくにつれ、これら異種の共同組織の境界もとり去られてゆき、しだいに融解しあってたゞ一箇のコンミューンになってゆくであろうことは充分に察せられる」と書いていて、この「コンミューン」とユートピアは限りなく近い位置関係にあると言えよう。述べてきたように、サークル村が谷川のあの「ゆうひ」を見て以来の「原点」をめぐっての文化（革命）運動であったことは明白である。

またサークル村は「動物村」をもじったものであると言っているが、ジョージ・オーウェルの『アニマル・ファーム』がモデルであると言うのなら、デストピアは見越されていたのであろうか。「不可能」であることを彼はあらかじめ知っていた、ということであろうか。確かにそれは自ら言うように、「違算を知りながら、あえて違算を犯すよりほかに道がないユートピズム」、しかも「悲観的ユートピズム」(「サークル村始末記」)であった。

7　大正行動隊と大正鉱業退職者同盟

大正行動隊と大正鉱業退職者同盟の軌跡を、第二期『サークル村』、第Ⅲ期『サークル村』、谷川雁の文章、森崎和江著『闘いとエロス』(三一書房、一九七〇。自身と沖田活美の保存した資料に拠っている)、大正炭鉱退職者同盟編刊『筑豊争史』(一九七二)、加藤重一(一九三六年〜)が保存した「大正鉱業退職者同盟関係資料」(福岡県立図書館蔵)などを参照し、多少詳しく追ってみる。

『闘いとエロス』は、フィクションの部分とノンフィクションの部分が交互につづられている。「この書はフィクション化して記すほかにない時期の書です」と森崎は新木の質問の回答で書いている。フィクションの部分では、室井腎と契子という人物が出てくるが、この二人は谷川雁と森崎和江のことである。室井腎と谷川雁が同時に出てくる場面もあるが、それは森崎のレトリックである。

上野英信が書いた長崎県江口炭鉱の水没事故のルポルタージュである「裂」は、はじめ『月刊炭労』一九五八年九月号に発表されたが、炭労(日本炭鉱労働組合・総評系)を批判した部分が、著者に無断で削除されて掲載された。削除されたのは次の部分である(道場親信「上野英信『日本陥没記』その二　倉庫の精神史」―『未来』二〇〇六年一二月号)。

「どだい最初からヤル気はなかったんだ。某大労組の幹部が水没事故のニュースを聞いた時、思わず「しまった！　早く切っておく（炭労除名の意）べきであった」といったそうだが、それが正直な本音さ。なにもかも仕組まれた芝居なんだ。少しでも階級的な良心のあるオルグはアイソをつかして帰ってしまう。それ以外にみちがないじゃないか。／またある役員はいう。こんな状態で闘争を続けることは、真剣にたたかおうとしている江口の労働者に対する裏切りであるばかりではない。現地に派遣された傘下組合役員を堕落させるために闘争をしているようなものだ。貴重な組合費からまわされた渉外費が、ボス交渉の飲み食いばかりに湯水のように使われている。こんな闘争は一日も早く打ちきることこそ罪を償うみちだ」

このために『サークル村』一九五八年一〇月号に全文が掲載された。削除された部分が炭労にとって都合の悪いところであったことが明るみに出て、上野とサークル村の仲間の炭労への不信感は一挙に高まった。

一九六〇年三月二七日から二九日、谷川雁は三池闘争での「すばらしい激突」を見て考えた。一九五三年の一一三日間の整然と統制の取れた闘いにはお上品なきれいごとの感じがあった。その後、その統制の隙間から第二組合が誕生し、会社と暴力団と第二組合の三位一体が完成した時、労働者は扮飾をかなぐりすて、坑夫としての地金をむきだしにした。そして今度の三池闘争である。旗の、はちまきの、腕章のめまぐるしく流れる赤が、今日ほど冴えかえったことはない。

「いま街角に立って、さまざまな風俗が熱い泥のように渦まいているのを見ると、われわれの革命がどんな物音や匂いをもってやってくるか、もはやこの映像力からさほどへだたるものではないと断定的に信じることができる。」（谷川「熱い泥の激突」）

それは、突然の組織的行動であったと同時に、なりふりかまわぬアナーキーに達した力の蓄電池であった。問題もある。社会党や上級の労組幹部には妥協の色が見て取れる。共産党に状況を左右する力はない。革新政党への不信は拭いようもない。

［だがこの一種のサンジカリズムに近い空気を単にマイナスとだけ考えてはならないだろう。なぜなら、それは、大手労働者がポツダム風の天下り的な観念性を捨て、組織に対する自立的な応接によって、従来汲みとられなかった集団と個人の実存状況を整理してゆく過程であるのだから］（同書）

これが谷川の三池闘争の分析である。坑夫としての地金をむきだしにして、自立した闘いを貫く労働者に、新しい展開を告げる閃光を見るかどうかは軽々しく判断できないが。

一九六〇年六月、地区細胞であった谷川雁は安保闘争を契機に共産党を脱党／除名された（年譜）。みずから「前衛」を乗り越えたのである。谷川は二〇字の離党届を出し、一三年間の党生活に終止符を打つ。「共産党は前衛的エネルギーのなりふりかまわぬ扼殺者となった」（「定型の超克」）。そして、「そのとき以来、私はまだ出現していない、不可視の党にいかにして今日的に所属するかという、ややこしい課題をいだくようになった」（谷川『戦闘への招待』現代思潮社、一九六一、あとがき）。

七月四日、谷川らは、安保闘争の中で、全学連第一六回定期大会宛に、「闘う学生の旗はすでに坑夫の胸にひるがえっている。六・一五バンザイ。さらに前進せよ。共産党大正細胞」という激励電報を送った。谷川は、共産党を批判して「はじめから『手のかかる弱い組合』を支援して問題を追及する気組みはまったくなかった」（「定型の超克」）と書いている。党は谷川を「修正主義的偏向」と攻撃し、谷川だけでなく、九州サークル研究会の中の共産党員全体も攻撃された。『サークル村』を読むこと自体に攻撃を加えるようになり、党外にまで悪罵をまきちらした（「再出発のために」―第二期『サークル村』一九六〇年九月号）。

八日、日本共産党遠賀地区委員会から招集状が届いた。大正細胞の行動は最近の地区の諸決議と相容れぬものであり、規律違反容疑があるというのである。一二日に細胞員全員が査問を受け、一四日、再び招集状を受けたが、全員欠席した。一五日、大正細胞の杉原茂雄、小日向哲也、沖田活美は共産党から除名処分を受けた。理由は、トロツキスト集団の行動と方針を積極的に支持し、党の方針に反し、闘いをぶちこわすためにわざと混乱を持ち込む挑発者、人民の敵、ということであった。他に四人が集団離党した。八人はともにサークル村の会員であった。

同じく上野英信もサークル村の会員として党の査問委員会にかけられ、離党する。上野の党への不信感は早く萌《きざ》していた。上野は炭労に不信感を抱いていたが、共産党にも不信感を持っていた。そして「党を択ぶか、全学連を択ぶか」という問いを党から突きつけられた。上野は党と人民は対立するはずのないものと考えていたが、これは、「党を択ぶか、人民を択ぶか」ということと同じだとして、上野は当然ながら人民を択んだのである（座談会「前衛をいかにつくるか」での上野の発言―第二期『サークル村』一九六〇年一二月号）。同じ座談会で古川実は、「五月六月の全学連の行動に対する批判にしても、『トロツキズム』というレッテルだけで抹殺してしまおうとする態度や、最先端に立たねばならない瞬間にそうできない党につくずく愛想がつきたんですが」と発言している。前衛といいながらその役割を果たしていない。共産党にその魂がなくなった（ビラ「これでも人民の敵か？」一九六〇年七月二九日）ということである。

一九六〇年七月三〇・三一日、九州サークル研究会は第三回総会を開き、除名問題を討議した。共産党は今もって階級的前衛政党であるか、それともわれわれが人民の敵であるのか、というテーマに集約される問題で、一人を除いて、共産党の処分は不当であるという結論に至った（「第三回総会から」─第二期『サークル村』一九六〇年九月号）。前衛（共産党）は乗り越えられなければならない。新たな前衛をいかにつくるかがテーマになってきた。八月一一日、「三池をしめくくる夕べ」を終える。「燃えかすを取り除き、この灯をより新しく大きな炎にする」ために、党や炭労から独立し、共産主義者同志会（大正行動隊の前身）を結成した。

伊藤伝右衛門（一八六〇～一九四二年）は嘉穂郡大谷村幸袋《こうぶくろ》（飯塚市）に生まれ、魚の行商などをした苦労人であった。二瀬村の牟田炭鉱で得た利益を元に、一九〇二（明治三五）年、鞍手郡西川村新延（鞍手町）の泉水《せんすい》炭鉱を取得、一九〇五年、遠賀郡長津村（中間市）の中鶴鉱業所、一九〇八年、長津村の新手鉱業所などを取得、一九一三年には一三カ所の鉱区を有した。一九一四（大正三）年、新手炭鉱株式会社を嘉穂郡大谷村幸袋から中間に移し、大正鉱業株式会社と改称した（『中間市史 下』二〇〇二）。麻生・貝島と並ぶ地場の大手炭鉱に成り上がった。

どういう経緯からか、その見合い話を持ち込んだのは三井鉱山の実力者であった。一九一一

（明治四四）年三月、伝右衛門（五〇歳）は柳原燁子《あきこ》（白蓮、二五歳、大正天皇のいとこ。一八八五〜一九六七年）を妻に迎えた。結納金二万円（現在の金で二億円程度）、結婚の総費用三〇万円（同じく三〇億円程度。以上、加藤重一による）。飯塚市幸袋の大邸宅に住み、福岡市天神にはあかがね御殿を新築し、歌壇のサロンを開き、「筑紫の女王」などと呼ばれ、大分県別府にも別荘が建てられた。歌集『踏絵』（一九一五）から、いくつか引いてみる。

「よるべなき吾が心をばあざむきて今日もさながら暮らしけるはや
悲しけれいよよつらかれ天地の運命呪ひて命果つべく
ゆくにあらず帰るにあらず居るにあらで生きるかこの身死せるかこの身
吾なくばわが世もあらじ人もあらじまして身を焼く思もあらじ
風もなく雲も動かず天地の寂寞の中の胸のとどろき」

こういうわが身の不幸、天涯の孤独を嘆く短歌をよむと、見かけと違って、四囲に塀と門を廻らした豪壮な邸宅もどこか外界遮断の施設のように思えてくる。あるいは自尊のゆえに自ら引き籠もったということか。そこは燁子の不幸の舞台であった。結婚当初から「愛と理解とを欠いて」いた（「絶縁状」―「大阪朝日新聞」一九二一年一〇月二三日付。これは、燁子の書いた原文に龍介の友人が書き直したもの）。そこには「単なる主従関係」以上の女性がいた。燁子は伝右衛門が厭わしかった。

「あはれこの売婦に似たる偽りを言ひうるほどの世なれ人なれ」（『幻の華』一九一九）

という短歌を作っているが、これを言い換えると、「娼婦と同じ行為。それならば今、自分が課せられている行為を娼婦が代わってしてもいいことではないか」（林真理子の小説『白蓮れんれん』集英社文庫、一九九四、130ページ）ということになるのであろうか。サディストの考えることは自分勝手である。京都からユウという女性を呼び寄せ、夜の身代わりをさせていた。また博多からふな子（加藤てい）を、燁子公認で呼び寄せた。ユウやふな子や他の人の人格的尊厳はどうなるのか。

燁子は哀しい女だった。自分のしていることの非道を自覚していた（はずだ）。「指鬘外道」（『解放』黎明会、一九一九）は、『仏教聖典』に掲載されている阿含経のエピソード「指鬘外道」を題材に…「指鬘《しまん》外道」を題材に、燁子が書いた戯曲であるが、序文に「これは祈りと化粧を事として一生を終るかの如くに置かれた果敢《はか》ない女の指先から生れたものです」とある。

鴦掘摩《アングリマーラ》は、敬愛する婆羅門の師の妻に言い寄られたが、これを拒んだために妻の讒言にあう。師は彼に道を極める修行のために、百人を殺すように命じる。彼は殺した人間の指を切り取って鬘（首飾り）にした（勲章のように）。しかし百人目が自分の母であったことから、この殺人鬼は悩みはじめた。そこへ（遅まきながら）釈迦が現われ、彼は仏弟子になり、人々に指弾されながらも救われる、という物語である。自分が生きるために、もしくは自分の利益のために、他者の人格的尊厳を犠牲にするサディズムというふうに本質を抽出することができる。

この作品は出版されることになり、一九二〇年一月、序文を依頼するために、編集者として別府の別荘に現れたのが宮崎龍介（一八九二〜一九七一年）であった。龍介に真実の愛を見出した燁子（三六歳）は、一九二一（大正一〇）年一〇月二二日、（計画通り）伝右衛門を東京駅で見送り、龍介の元へ出奔した。翌日、「私は全力をあげて女性の人格的尊厳を無視するあなた（伝右衛門）に永久の訣別を告げます」と、絶縁状を新聞に公表し、スキャンダルをまき起こした。燁子にとって、この幸袋の豪邸から脱出しないことには真の幸福はなかったのである。一九二三年、宮崎龍介と正式に結婚した。（永畑道子『恋の華　白蓮事件』新評論、一九八二／『柳原白蓮展図録』朝日新聞社、二〇〇八）

伝右衛門は、労働者や燁子に対しては「指鬘外道」であっただろう。燁子はユウや伝右衛門や他の女たちに対して「指鬘外道」であっただろう。龍介は救いのヒーローか。それはともかく。

伊藤伝右衛門に子はなく、甥の八郎（燁子が育てた）が養子となって社長を継いでいた。大正鉱業は中間市大根土と中鶴に炭鉱を有し、月産四万五〇〇〇トン、従業員三〇〇〇人の規模を誇っていたが、一九六〇年には三十数億円の負債をかかえていた。経営悪化を理由に近代化資金の融資を、主力銀行であり一〇億円の債権を持つ福岡銀行から拒否され、行き詰まっていた。給料の遅配、未払い、賃下げが続く中で、会社側は二月と四月に合理化案を出してきた。三四〇人の希望退職者募集、入れ替え採用中止、賃金三年間据え置きと社内預金化であった。大正鉱業労組はこれに激しく抵抗し、二四時間ストで抗議した。が、希望退職者三三五人が出た。しかし賃金の遅配はなお続いた（六月には安保闘争があった）。

一九六〇年八月一〇日、福銀の意を受けて会社の再建、債権の回収を目指して、田中直正副社長が就任した。

三池をしめくくる夕べ（八月一一日）が開かれた後、九州サークル研究会の事務局は大正合理化問題の対策を話し合う場になっていた。会員の多くが炭鉱労働者であるから、現下の問題に取り組むことに比重が移った。杉原茂雄を隊長に、大正鉱業労働者危機突破隊を組織した。突破隊は組合青年部である大正鉱業青行隊と重なっており、合理化反対・賃金獲得闘争を展開した。

『サークル村』は五月号（第3巻第5号）を出してから休刊状態であったが、七月三〇・三一日の第三回総会での討議を受けて、九月一〇日、事務局谷川雁、阪田勝、沖田活美、加藤重一、編集長中村卓美（一〇月から）、編集委員に、香月寿、古川実、小日向哲也、村田久、千喜田春夫、上野英信、福森隆という陣容で、第二期『サークル村』九月号（第3巻第6号）がB5判ガリ版刷りで再刊された。形の上では連続しているが、九月号の冒頭には「再出発のために――第三回総会への参考資料」（七月二〇日付）と「第三回総会から」（七月三〇・三一日の討議の報告）が置かれ、これまでの『サークル村』の総括を行っている。「第二期」という言葉はないが、編集委員・会員とも、これまでとは違い、共産党を離脱し、「前衛をいかにつくるか」（一二月号掲載の座談会のタイトル）という期を画する意識があった（後に第二期と呼んだのは村田久である）。誌面は文化誌というより目下の問題を取り上げた形になった。一九六一年一〇月まで、一四カ月に一〇冊が出された。上野も谷川もずっと関わり、執筆もしている。

谷川は一九六〇年一月には『谷川雁詩集』（国文社）を刊行し、「私のなかにあった『瞬間の王』は死んだ」と言って、詩作を止めるのだが、散文（しかも詩語が混じった難解な文）は書いていたわけで、完黙したわけではない。八月には声明「さしあたってこれだけは」を起草し、発表している（『サークル村』一九六〇年一〇月号にも転載）。吉本隆明、村上一郎と『試行』を創刊するのが六一年、その他『思想の科学』や「日本読書新聞」などにも書いていたし、大正闘争が始まってからは各地の大学新聞などにも度々文章を書いている。

一〇月二八日、労組は二度目の二四時間スト。二九日、三池青行隊と交流。三一日、福岡県庁、福岡銀行本店に融資をするようデモ隊一五〇人がおしかけた。一一月一日、七二時間ストに入る。一一日、大正青行隊は大正行動隊と改称し、条件闘争をせず、変な幕引きをしないことを決定した。しかし、一二月二日、他の経営陣からの反発を受けて田中直正副社長が辞表を出すと、自分では資金調達できない会社は、経営陣、職員組合、市長、農協、商店街、商工会、取引業者などとともに労働組合からも慰留に動いた（田中直正『大正鉱業始末記』一九六五、27ページ以下）。慰留者のリストに、田中は労組を最初に挙げている）。二六日、職組と会社は「平和協定」を結ぶ。二九日には、労組と会社も覚書を結んだ。労組はスト中止指令を出し、期末手当は一〇七五〇円他で妥結した。

大正行動隊主要メンバーは先に共産党を除名になった谷川雁をはじめ四人と離党した四人、新たに加わった五、六人の計一三、四人であった（上野は入っていない）。隊長は杉原茂雄。大正鉱業の組合員三〇〇〇人の中で、この一三、四人はあらゆる面で他の組合員に率先することを標章とした。行動隊の組織原理は、①やりたくない者にやれとは強制しない、②自分がやりたくないからという理由でやる者をじゃましない、③やらない理由ははっきりさせる、④その理由への批判は自由、⑤意見がちがってやらなかったからといって、そのことだけで村八分にはしない、というものであった。三池闘争のような労組が分裂して相争うことのないようにするためである。行動隊の新機軸「自立した直接民主制を生かすこと」（谷川「自立組織の構成法」）は、三月からの三池闘争に学びながら、次のような状況認識から生じたものである。

［党を一切の価値の次元で優越せしめる官僚の論理はどこにも民主々義の片影だにとどめない。「民主集中制」の大看板をふりまわし、彼個人の意志はすなわち機関の決定なり、機関の決定は党の基本意志であるというヘーゲル的倒錯、いやもっと率直にいえば、『上官の命令は朕の命令』という天皇制論理とむきだしに一致する。］

（「再出発のために　第三回総会への参考資料」―第二期『サークル村』一九六〇年九月号。無記名であるが書いたのは谷川雁であろう。）

老朽化した類型的発想にもとづく「民主々義」は、ようやく自立しつつある大衆の下からの新しい民主主義の登場を抑える役割に変質してしまった。多数決の原理によって、個人は組織に、少数は多数に、下級は上級に従うという「民主集中制」は、闘争の論理の主体化を阻害する（「民主集中制の対極を」）。組織の上部決定に諾々《だくだく》と従うのでなく、下部労働者の言論の自由を守るため、少数意見を唱えて「民主集中性」のバケモノに対抗した。彼らは労組から相対的に「自立」して闘う人たちであった（加藤重一「大正闘争」―第Ⅲ期『サークル村』二〇〇三年冬、第三号）。根底には共産党や炭労に対する不信感があった。

この行動は安易な統制になれきった炭労幹部の心臓を氷の刃で突きさした。組合の言う長期柔軟ストではなく、無期限ストの構えを作れという行動隊の提案に、半数を占める一坑の組合員の八割以上が署名した（CQ「炭労幹部お手あげ」―第二期『サークル村』一九六〇年一一月号）。

一二月四日、大正鉱業労組は大会を開き、執行部は総辞職した。一〇日、改選が行なわれ、行動隊から副組合長に杉原茂雄、一坑指導部長に大山政憲が当選した。一四日の中央委員選挙（定員三〇名）にも五名が当選した。行動隊は大正労組の中に進出していった（第二期『サークル村』一九六〇年一二月号）。行動隊隊員は徐々に増え始めた。杉原隊長に対する信頼と私的な権力欲のない若々しさにひかれて、共産党とは縁のない、組合運動とも無縁な若者たちが多く集まってきた（『闘いとエロス』141ページ）。

森崎和江は大正行動隊の特性を次のように評価している。

「（略）大衆の抵抗のエネルギーは政党や中央集権化する労組の大組織主義に統合されることで抑圧されるケースが、目にあまるほどになっていた。とはいえ生活や生産の場でなまなましく突出する大衆の反抗を、その意図を殺すことなく結集する組織者は現れない。大正行動隊は戦後の解放運動をたたかいつづけてきた谷川雁によってその思想の具体化として顕現したのである。それはみずから政党にとってかわることや、労働組合的統括を目標にした集団ではない。どこまでも生まな個体の綜合的な開放をめざし、たたかいの過程も目標もその一点に終止《ママ》した。集団としての規約を持たず隊員を行動隊に拘束しないことを原則とした。」

（『闘いとエロス』135ページ）

一九六一年一月一二日、伊藤八郎は社長を退き会長になる。一四日、田中直正代表取締役再任。しかし、田中の強引な合理化方針は組合員ばかりか経営陣からも反発が起こり、五月三〇日には辞任。以後翌年一月まで社長が決まらず、運転資金の調達に支障を来し、八月には福銀は融資を停止したため、給料が支払われなくなった。

一九六一年五月、山崎里枝事件が起こる。ドストエフスキー的な事件だと言う人もいる。行動隊隊員山崎一男の妹里枝が家で眠っている時に、何者かに強姦され絞殺されるという事件が起こった。里枝は森崎の『無名通信』の印刷発行を手伝っている一人だった。両親は大分に田植えで帰郷して一〇日目、一男は三番方で出勤中、中学生の弟は新聞配達で代理店に泊まっており、小学四年の妹が一緒に寝ていたが、全く気付かなかったという。一男が朝方帰ってきた時、表の戸が開かないので声をかけたが返事がない。裏口から入るとカギがかかっていなかった。

行動隊への怨恨か謀略かという思いとともに、犯人は隊員の中の誰かではないかという噂も広がった。すぐにビラを出すか出さないかで話したが結論が出ない。出すには、疑いを否定する充分な説得材料が必要だが、これまでの活動が何よりの証拠だ、同志を信じないのかという意見があった。雁さんの意見を聞こうということになった。

谷川はこれまでの討論の経過を聞きもせず、一分でも早いがいいな、と言い、尚早論をこき下ろした。「行動隊は自分のために闘う組織だ。自分が恥ずしめられて黙っている気かね。自分で自分が犯人でないと思うならビラをだすべきだ。もし万一隊員のだれかが犯人だったら、行動隊は解散してその原因を考えつくしてから再出発すべきだよ」眉をつり上げて本気でどなりだした谷川を見ているうちに、だんだんみんなの気分がほぐれてきた。その場でビラの原稿が出来上がり、ガリを切ってしまい、夜明けとともに配布した。これで、行動隊への無責任なデマはあらかた消えた（「大正行動隊日記抄　二」―第二期『サークル村』一九六一年五月号／第Ⅲ期『サークル村』二〇〇四年夏、第五号に転載）。

谷川は動揺する隊員たちに向かって演説した。大正行動隊という組織は、成員一人ひとりの間の全人間的な信頼にもとづいて成り立っている。女性を暴力的に犯し、殺すなどという非人間的な行為に出る人間はわれわれの仲間には一人もいないというのが、われわれの関係を成立させている自明の大前提なのだ。もし万が一、隊員の中にいたということが事実になれば、もはやそういう絶対の信頼という前提が崩れることになるからその時は隊を解散すればよい、と語ったと松原新一は伝えている（松原新一『幻影のコンミューン』201ページ）。これは、先の谷川の言葉のパラフレーズだろうか。

しかし、警察は行動隊員を捜査の対象とした。捜査に名を借りた弾圧には断固闘うと警察に申し入れたが、犯人は行動隊の中にいるという噂は根強かった。森崎にはこの事件は仲間内の行為だと反射的に思ってしまうものがあった。森崎は「すぐ皆を集めて性について話し合おう」と谷川に言った。「どんなに無力であれ、性観念の不平等さについて語り合うきっかけを今こそ作りたい。強姦死などめずらしくもないからこそ、まず、身近な男たちへ問題提議したい。そのことで、娘（里枝）とその親へ詫びたい」と。谷川も組織内外に似た不安を抱いていることが分かった。二人は仲間の思想性の低さとそれを超えていく困難に直面した。

森崎はさらに、「たとえ一時後退してもいいから人間にとって根源的な地点での闘いの思想化を図ろう」と谷川に言ったが、谷川は「それが正しいけれども、彼らにそれを分からせる力がない。君の気持ちは分かるが、今は不可能だ」と涙を流しながら言った。警察はこの事件を手がかりに大正行動隊を潰滅させようとしていた。「今が山場だ。この事件に足をすくわれるわけにはいかん。外部の事件として間髪をいれずに対応して世間の目をそらすほかない」。谷川はそのように政治的判断を下したのである（森崎『いのち、響きあう』95ページ）。

六月一五日深夜（三日月と射手座が見えていた）、行動隊を訪問して帰る途中の谷川自身が、暴漢三名に折れ釘を一本くっつけた古いタルキで襲われ、左肘を三カ所骨折するという事件が起こった（治療にギプス六週間）。加害者が謝罪の意志をあきらかにしたので権力への告発はしなかった。事件は右派社民主義とわれわれの対立に根を持つものであり、壊走しつつある炭鉱労働戦線の内部の頽廃・腐敗を反映する半ば意識的、半ば盲目的な「坑夫の崩壊現象」の一典型である、と谷川は書き、「軍隊は営倉を、占領軍は解雇を、共産党は除名を、そしてあんちゃんは棍棒を」と、報復のパターンを列挙している（第二期『サークル村』一九六一年七月号／「骨折前後」―「日本読書新聞」一九六一年八月一四日付）。簡単に言えば、友信会系の男（この春まで大正鉱業の御用組合中央委員だった二二歳の男、今は京都でバーテンをやっている）に襲われ、痛い目にあわされたということであろう。この大正行動隊の活動は、常に一筋縄では行かない暗い部分に付きまとわれている。

山崎里枝事件の犯人はやはり隊員の中にいた。一二月一一日に逮捕されたのはN・Sであった。室井（谷川）は犯人に会った後、契子（森崎）に言った。「あいつは殺人犯だよ。これっぽっちも組織のものではない。いまぼくらが考えねばならぬことは、たった一つだ。この瞬間を組織ごと沈黙におちこませぬことだ。ことにあいつの兄貴をその沈黙に近づけぬことだよ。彼がそこへ近づかぬなら、組織は救われる」（『闘いとエロス』158ページ）

谷川は組織を救うために、この事件を思想の空洞とは見ず、またドストエフスキー的事件とも見ず、破廉恥罪として片付けようとし、この事件もまた「坑夫の崩壊現象」の一つだと切り捨てた。ここは、松原が述べる理由とはかなりの乖離があるが、松原が語る理由を続けるなら、谷川は、現在の家父長的一夫一婦制のもとでの婚姻生活にあっては夫婦間の性もまた強姦に等しい、という一つの詭弁を弄し、行動隊を解散しなかった。苦境ではあったが、行動隊はすでに引き返せない地点に来て反合理化闘争を闘っていた。

しかし森崎は深く傷つき、心と体の芯まで凍っていた。安保闘争のあとの虚脱感のためということもあっただろうが、森崎は事件の衝撃から立ち直れず、エロスがぱたりと失せてしまった。谷川の言うような破廉恥罪であるのなら、なおのこと徹底した話し合いがなされねばならなかったのだ。それなのにエロスとは何かを問うことを先延ばししてしまった。そのことを心と体が納得しなかった。そのために起こった体内自然の反逆だった。

さらに不幸が襲う。一九六一年一二月二五日、殺された里枝の兄山崎一男が香月線の谷川と森崎の家の前の踏み切りで列車に投身死した。炭労の政策転換闘争反対、合理化反対の座り込みの現場から、室井（谷川）への報告に歩いてくる途中のことだった（『闘いとエロス』165ページ）。山崎は谷川に言いたいことがあったのだ。

森崎は起床不能に陥り、体調不良が続き、性交不能が続き、ある日買物に行きつつ下血した。流産だった。谷川と二人で医院へ行き、処置後の麻酔が覚めていく中で涙を流した。谷川も森崎のからだにしがみついて泣いていた。森崎は『無名通信』七月号を出したきり、続刊できず、ついに廃刊にしてしまった（『いのち、響きあう』96ページ）。（その後、河野信子は同名の『無名通信』〔一九六七年三月〜八二年六月、全五六号〕を発行する。）

森崎は病み、数年間は毎年五月になると体の調節機能がくるいだし、熱と吐き気と低血圧に襲われた。走ってくる車に吸い込まれそうになる恐怖で、道が歩けなかった。立ち止まれば気が遠くなるような、時間と空間から生理もろともすべりおちるような感覚。内科、婦人科をまわり、医師は精神科ゆきと言った。「あいつ、藪ならん」（『第三の性』3ページ）。その後九大の池見酉次郎医師が創立した心療内科へ通い、診察を受けた。病気は心身症だった。

一九六一年八月、福銀が融資を停止すると、大正鉱業は経営危機に直面し、七月と八月分の給料を金券で支払った。鉱業所内の売店でしか通用しない私幣である。行動隊は福岡銀行への直接行動に出ることを決定し、大正労組にも同じ方針で臨むよう要請した。労組が組織的行動に移らない場合は、行動隊は二八日以降具体的に独自行動をおこす、と申し入れた。労組は中間市内の街頭情宣、福岡市での情宣ビラ配布をした。行動隊も二九日「吸血鬼福銀をたたこう！」という独自のビラを配布した。福銀側も、三一日反論ビラを出した。九月一三日、行動隊は再び「企業再建で血をすいアセをしぼる——福銀は吸血鬼か」というビラを出し、①賃金の優先支払い、②

福銀の吸い上げの大幅削減、③労働者への犠牲転嫁反対を訴えた。企業は再建を口実に労働者に賃下げや首切りなどの犠牲を強いている、金融資本福銀は危機企業に融資をしないどころか、資金を吸い上げようとしているというのである。しかし、行動隊の独自行動は炭労の中で問題視されるようになった。

炭労は政策転換闘争に切り替えた。基本的要求は、①雇用と生活の安定、②石炭産業の安定的発展、③離職者の完全救済、④産炭地経済の振興と住民の福祉の四点である。各地から炭鉱労働者を上京させ、国会に陳情したり都内デモを行なった（山本詞も参加した）。大正鉱業の件もこの方針の中で闘うということである。会社側の再建案に労働者の要求を対置させた方式だった。行動隊は九月二六日、「対置要求交渉は自殺行為だ！」「炭労と山元の指導は根本的にあやまっている！」というビラを出し、これを批判した（谷川「百時間」）。

会社側は福銀が融資拒否を貫くので、社長人事が決まらず、再建のための経営態勢が整わない。近代化資金の貸付も白紙に戻り、いよいよ給料支払いの目途が立たなくなった。一二月一二日の期末手当団交でゼロ回答であったため、行動隊はストライキを決行する。

［企業危機打開とわれわれの闘争とを同時にはかろうとする（炭労）指導部の方針は誤りである。企業危機が打開されるときは労働者の敗北の時だ。ただちに闘争態勢に入れ！　そのための大会を早急に開催せよ！　ストライキを背景に福銀を包囲せよ！」

（「行動隊ニュース」一二月一四日）

一二月二〇日、大勘定日、五〇％支払い。あとは二五日に一五％、二九日に一七・五％、残りは三〇日に清算する。三〇日、ようやく会社は期末手当一万三〇〇〇円、一時金一〇〇〇円、年内支給三〇〇〇円、金券一〇〇〇円で解決。残額は来年三月から七月まで、五カ月分割払い、ということになった（加藤重一「大正闘争詳細年譜一九六二」―第Ⅲ期『サークル村』二〇〇六年春、第一〇号）。

一九六二年一月二〇日、佐藤通産大臣の斡旋により田中直正が再度社長に就任したが、福銀の手形割引は再開されない。一月の賃金は一律四〇〇〇円と一人当たり一〇キロの米購入券だった。労組は未払い賃金の支払いを要求。容れられない場合は労組として閉山するという決定をした。が、これは炭労大会で、企業放棄につながるという理由で否決された。労組はこれに怒り、臨時休業戦術を行なうことを決定、二月七日から二〇〇〇人の労組員が一斉に休業し、同時に福岡市の田中邸と福銀に大規模な攻撃をかけた。そして全組合員一六〇〇世帯が中間市に生活保護を申請した（『闘いとエロス』201ページ）。また、上京した三人が学生らと、日銀と福銀東京支店にデモをかけた。

谷川は、井上光晴、杉原茂雄らと、北九州労働者「手を握る家」建設期成会を結成した。峠の腰かけ石のように自由に利用・寝泊りできる施設として、追われた坑夫たちや、仕事につき部屋を探し引き移るまでの最大一カ月間の寝所と粗食を確保できる設備として考案したものである。一九六一年一一月一日、東京の「後方の会」はカンパを呼びかけた。「後方の会」の会員には、大沢真一郎、定村忠士、谷川公彦（雁の弟）、アナーキスト山口健二がいた。建設賛同者には井上俊夫、奥野健男、木下順二、武井昭夫、林光、浜田知章、長谷川龍生、日高六郎、吉本隆明、関根弘、黒田喜夫らがいた。「後方の会」は通信『火点』を発行して筑豊のニュースを伝えた。一九六二年四月一五日、筑豊電鉄の線路の脇に一五坪の「手を握る家」は完成した（内田聖子『谷川雁のめがね』山人舎、一九九八）。

一九六二年頃から、安保闘争後全国へ散っていった学生たちが大正闘争の支援に入ってきており、この「手をにぎる家」で寝泊りしていた。早稲田大学を中退した河野《かわの》靖好（一九三九年〜）もその一人である（以下、ゴシック体は河野からの引用）。

［17　河野は、奇しくも、六一年の暮、「全学連本部事務局」で、「共産主義者同盟（ブント）」から、「革命的共産主義者同盟（革共同）」へ「全学連権力を譲渡する現場」（宮廷革命）に、こころならずも、立ち会うという体験をした。当時、河野は全学連文化部長として、執行部の中でただ一人、派閥から自由であり、全学連の対外闘争支援を一人で荷っていた。それらの一つ、六一年の「新島ミサイル基地反対闘争」の事務連絡のために、一人で仕事をしていた時、突然、ブントと革共同の最高幹部が現れた。「革共同」の最高幹部（早稲田新聞のボス・本多某）が「ブント全学連」の最高幹部（委員長の唐牛健太郎と書記長北小路敏）に尋ねた。

「ブントは何故崩壊したのか？」

唐牛健太郎が即答した。「ブントはプロレタリアートが何であるか理解していなかった」。

そして本多某が宣言した。「よろしい。今日から革共同が全学連を指導する」。

そして、彼らは書記局事務所から立ち去った。私は二度と「全学連本部書記局事務所」には行くことはなかった。文化部長も自然退任になった。その後の全学連と新左翼の舞台は、「内ゲバ」の全勢時代に突入していく。」

河野は、谷川雁という人の文章がよく分からないので、ひとつ近付いて、近くから声を聞いて勉強しようと、一九六二年中間にやって来た（「ドブロク祭通信」二〇〇三年五月）。河野は退職者同盟の書記になり、多くの帳簿を整理し、「行動隊ニュース」、「同盟ニュース」の発行・配布も担当した。ニュースは杉原が大要を書き、それを河野がガリ版のビラに構成、印刷した（そのビラは加藤重一によって福岡県立図書館に寄贈されている）。

一九六二年三月一日、大正行動隊は「行動隊ニュース№38」を発行し、次のように訴えた。「大根土一帯を蜂の巣城に　犬死にしなくてもすむ保安をやれ、労働条件を下げるな、賃金をちゃんと払え、辞めた者、辞めたい者には退職金を払え」

蜂の巣城とはその頃（三池闘争後）耳目を集めていた、松原・下筌《しもうけ》ダム反対闘争で、室原知幸が拠っていた砦のことである。

五月、会社側と炭労との中央交渉で妥結した案は次のものであった。①向こう三カ年労使は平和協定を結ぶ、②当面の出炭規模を月産四万八〇〇〇トン、能率三一トンとする、③鉱員三〇〇人を希望退職とし、退職金は半額切捨て、残額は一四回分割払いとする、④賃下げは二〇％とし、その額に一方につき六〇円引き上げる、などであった。これに対し、五月二二日、行動隊は直ちに「行動隊ニュース号外」を出した。

［炭労の裏切りと脅迫に屈服するな！（略）生・死の運命をかけたぎりぎりの闘いにたいし、強盗的田中政策の片棒すらかつごうという、労働者とは全く無縁のクサレ切った指導性が自らの手によって暴露されてきたことだ。炭労は百余日にわたる俺たちの闘いをどこまで裏切れば気がすむのか！　どこまでフハイし、転落すれば気がすむのか！　全国の炭鉱労働者を金融資本のエジキにすることは、大正闘争を契機にして、もう許されてはならないのだ。（略）炭労を脱退してでも斗うぞ！」

六月一日、中間市公会堂で大正鉱業労働組合は、炭労幹部を交え、全組合員大集会を開いた。異様な熱気と怒声の中、杉原行動隊隊長が炭労の真意を問い、そして一般投票に持ち込んだ。結果、賛成が八三五票、反対が八五六票で、炭労の妥結案は否決された。

ところが、開票にミスがあり、結局賛成が八七五票、反対が八六六票、白紙五、無効一八となり、可決となった。「手を握る家」に集まっていた者らは不正投票だといきり立ち、組合本部へ駆け出した。その夜のうちにニュースが発行され全戸に配布された。「賛成者の諸君に訴える再投票してともに闘おう！　十億円の金をみすみす棄てるな！」

六月三日、臨時大会が開かれ、再投票について裁決がとられ、五二対四七で再投票が決まったが、さらにもめにもめ、結局、希望退職募集で残留か退職かを各人が決めることになった。炭労はこの分裂が避けられぬならば残留者には再建の責任を持ち、退職者への退職金獲得で協力するということで決着した。希望退職の受付は、一七日から一九日までであった。これを受けて行動隊はニュースを発行した（『闘いとエロス』212ページ）。

［地獄行きの付き合いは御免だ！　炭労案反対者は全員退職で闘おう！（略）
炭鉱労働者の基本権・生活権の総てをかけた独占資本との闘いであった大正闘争は、独占擁護の片棒をかつぐ炭労ダラ幹共の脅迫と裏切りの指導によって圧殺された。（略）彼らは、今後発生するあらゆる条件を最大限に、徹底した収奪体制を達成する攻撃手段に利用するであろう。四万八千トンの石炭が出なければ出ないで攻撃の手段になる。（略）必ず近い将来、閉山——会社解散整理——第二会社へというコースをまっしぐらに進むであろうことはみえすいているのだ。（略）我々は妥結案と田中体制とに断乎として闘うために、退職金全額獲得を目標にして今後も闘争を継続する。この道が真に敵の攻撃と挑戦に対する唯一の方向だと確信する。（略）
一九六二年六月一八日　大正行動隊］

大正鉱業は合理化路線の中で三〇〇人の希望退職を募った。会社側は約三〇〇人の退職者に退職金総額の二分の一、三〇〇〇万円を七月一〇日に支払い、残額は一一カ月分割で支払う計算だった。ところが、労働者は組合大会後、一八〇〇人中一〇七一人が「今しか退職金は取れそうにない」として辞表を提出した。（大正行動隊員をはじめ）戦闘的な部分だけ追い出そうとしていた会社は、あわてて管理職を派遣して慰留につとめた。「課長がわざわざおれんとこにきた」と言って辞表を撤回したものもあり、結局退職者は八六四人、残留者一〇一九人ということになった。炭労と大正労組は、激化する資本の攻撃の前に屈服し、無限の後退と自滅へのコースを辿り、御用組合化し、残留者は「ドレイ労働」を続けることになるだろう。二月七日の一斉休業以来一三六日ぶりに、大正鉱業の労働者は袂を分かった（『闘いとエロス』215ページ）。

約三倍の退職者が出て、会社側は再建に必要な体制（一三五〇人必要）を組めなくなり（「西日本新聞」一九六二年六月二〇・二一日付。『福岡県労働運動史 第三巻』西日本新聞社編、福岡県刊、一九九八）、退職金の支払いもできなくなった。

行動隊は、「大正鉱業退職者同盟」（以下、同盟と略記する）を結成する呼びかけを行ない、六月二二日、（右翼的御用団体友信会系を除く）七五九名が集結した。企業を退職することで、企業の殺人的合理化を粉砕する闘いの道が発見された（『筑豊争史』8ページ）。

「（略）吸血鬼の福銀――田中と鉄面皮の炭労指導部が仕組んだ芝居の幕はおりたのではない。（略）われわれは自身と誇りをもって断言する。われわれこそ真の炭鉱労働者であり、この同盟こそはもはやダラ幹どもの鉄ワクにしばられないで闘うことのできる真の労働組合である、と」と、結成宣言は述べている（一九六二年六月二二日）。委員長は小柳繁之。同盟は会社と刺し違えるつもりだったのであろう。

一方、職場に復帰した者たちは、大正労組として労働条件改善闘争を継続した。会社側は、三池労組のように第一組合と第二組合に分裂して互いに嚙み合うことをねらったが、「別々に進んで、同じ敵を撃て」という労働者側の見事な戦略によって乗り越えられていった（河野靖好「地底のコミューンから地表のコミューンへ」―『洞海公共労組　三十二年の歩み』二〇〇二）。

当時、大正鉱業退職者同盟の書記であった河野靖好の注釈を差し挟む（新木は河野に本稿の初稿の段階でチェックをお願いしたところ、かなり長い注釈を書いてくれた。重要な証言だと思うので、事象に従いゴシック体で全文を引用する。冒頭の数字は河野が書いた順番。原文にはほとんど改行がないが、読みやすくするために適宜改行した）。

［4　そもそも、退職者同盟は七グループほどの組合内勢力の連合体として結成された。同盟結成の根回しは大正行動隊の隊長であり、かつ大正労組副組合長でもあった杉原茂雄によっておこなわれたが、結成にあたって大正行動隊は、背後に退いていなければならなかった。

委員長は大正労組のサークル連合の代表小柳、副委員長は中鶴一坑の元組合長高野のグループから杉山、事務局長は社会党員井上、財政部長は大正行動隊員の沖田、事業部長岩橋、厚生部長丹羽は中間派、組織部長、情宣部長は行動隊員の土井と小日向という具合であった。元組合長で生産協力員であった実力者原梅生と、同じく元組合長六期のベテランで中鶴一坑に勢力を持つ高野正兵衛、元大正労組副組合長杉原茂雄とが顧問として名を連ねた。この時点では、谷川雁の名はない。

退職者同盟には指導部が二つあった（楕円の焦点）。平和時には、同盟執行部（委員長・事務局長・財政部長・専門部長・書記）が業務の中心であった。しかし、闘争の時は、闘争現場の指導部（杉原顧問を中心とした行動隊）が戦術的な行動を決定し、同盟執行部はそれに従って後援体制をつくった。現場指導部（行動隊）は、大正労組の時の大正行動隊とは編成が変化していた。

退職者同盟結成を期して行動隊に新たな勢力が参加していた。この新たな勢力は、谷川雁の直接の「思想指導の臭み」を嫌って「大正行動隊」には加入しなかったが、常に「大正行動隊」の周辺にいて、「大正行動隊」の闘争原理（喧嘩のやり方――棒の先にウンコをつけてはしりまわる――「血族集団」の一人、廿《はたち》直司の言葉）を注目し、自分たち（筑豊の流れ坑夫）の生活原理（筑豊の坑夫気質）と共鳴するものを感じ取っていた。

この新たな勢力の「同盟行動隊」への参加は、谷川雁にとって、「行動隊の坑夫意識の更なる転調」の実現の好機であった。谷川雁は、そのことを、「大正行動隊」の中で、明確に説明しなかった。あるいはしたかもしれないが、「大正行動隊」は「危機」の方は理解しても、「希望」の方は理解できなかったのではなかろうか？」

［5　大正闘争・退職者同盟の闘争に、社会的・政治的な次元を超える「思想的な意味」があるとすれば、同盟結成以前の行動隊――労組内にあって、組合運動を乗り越えようとする社会的・政治的活動の経験と不敵な知識人である谷川雁との討論や付き合いをとおして、「形成された意識の上昇・拡大」において、労組内部では前衛であった――と「筑豊百年の坑夫気質」の原点により近い「筑豊の流れ坑夫」の「暴力の思想と執拗な権力意志と強固な血族共同体意識」をもつ新たな行動隊メンバー（森崎和江のいう血縁集団）との内部葛藤（楕円の二つの焦点）をなにがしかの形で「止揚」することができるか否か、ということであったと考えられるのではなかろうか。」

［10　筑豊には多くの「被差別部落」が存在する。また、ここに居住する人々は零細な農

業を営むと同時に、炭鉱の最下層で「組夫」として労働するか、「組」を組織して、鉱外の雑務を請け負っていた。組を率いたのは組長であり、親分であり、小さいながら「社長」であった。彼らは「遊び人」でもあった。あるいは、「組長」、「遊び人」との間を行ったり来たりした。多くの「組長」と「遊び人」とは「血族」で結ばれていた。一方、太平洋戦争敗戦以前の筑豊の炭鉱は、「納屋制度」（企業内部の請負制度）あるいは「大納屋制度」によって支えられていた。「納屋制度」は、一種の「労働下宿」であり、「監獄労働」であった。筑豊炭鉱労働者の悲惨と残酷と巨大な資本蓄積とはこの生産関係の結果であった。過酷な労働からの「けつ割り（脱走）と再就労（血族の縁が必要であった）」のくり返しから「流れ坑夫」の「生活文化」が形成されていった。「流れ坑夫」は、単なる被害者であるばかりでなく、炭鉱を「食いもの」にするたくましい根性（筑豊坑夫の思想——地獄を生き抜く技術）をも形成したのである。「納屋制度」では多くの「被差別部落」の人々は坑内労働に従事していた。あるいは納屋の親分として、また現場の監督として働いていた。戦後、納屋制度は廃止され、「被差別部落」の人々と女性は、坑内から排除された。しかし筑豊以外の地方から出身地を偽って就職した「被差別部落」の人々は、坑内坑夫として残っていた。また、「流れ坑夫」たちもかろうじて筑豊の大手の炭鉱の中にも生きのこっていた。戦後の炭鉱が「被差別部落」以外の地方の農村からの「出村者」、都市の下層生活者、大陸からの引き上げ組（この人々には高度の教育を受けた者もまた多くいた）等々から構成されていたことは言うまでもない。こうして、筑豊の「被差別部落の生活文化」は筑豊の独自の「炭鉱生活文化」（上野英信の仕事）に転調していった。「大正行動隊」の若者たち、「血族集団」の若者たちは、このような「炭鉱文化」の申し子たちであった。杉原は士族出身の都市下層民の出身である。沖田活美、小日向哲也は都市下層民の出身である。」

「11　「大正行動隊」の若者たちに比べて、「血族集団」の若者たちの意識は少しだけ「流れ坑夫」の意識に近かった。「大正行動隊」の若者たちは、雁を通して、「コミュニズム」の思想的洗礼を受けていたが、「血族集団」の若者たちは、「退職者同盟の闘争・運動」をとおして血族意識を超える機会を意識していた。じっさい、「同盟行動隊」はそれ自身が「思想集団」でもあり、「血族集団」でもあった（「大正行動隊」の若者たちもまた血族意識を超えていたわけではないし、「血族集団」の若者たちもまた、初めは「利権」ではなく「思想（喧嘩の仕方）」に惹かれていたのである（棒の先にウンコをつけて走る――廿直司）。「血族集団」の若者たちにとって、谷川雁はもう一人の「叔父貴」として、「新しい世界認識（血族意識を超える）」の教師でもあった（俺たちは雁から喧嘩の仕方を教えられた――廿直司）。しかし、谷川雁の組織原理は、「融合」ではなく「対抗」であった。（楕円の二つの焦点）。」

これらを要するに、七つのグループのそれぞれが、退職者同盟の中でポストを得たということである。特に重要になってくるのは、新たな参加者、「血族集団」（森崎のいう血縁集団）である。谷川の思想指導の臭みを嫌って大正行動隊には加入しなかったが、常に行動隊の周りにいて自分たちの闘争原理や生活原理と共鳴するものを感じていたグループであり、また、「筑豊百年の坑夫気質」により近い、「筑豊の流れ坑夫」の「暴力の思想と執拗な権力意志と強固な血族共同体意識」を持っていた。

「流れ坑夫」とは、筑豊炭鉱の「納屋制度」のもとで悲惨と過酷な労働からの「けつ割り（脱走）と再就労（血族の縁が必要であった）」を繰り返していた労働者のことである。「流れ坑夫」は、単なる被害者であるばかりでなく、炭坑を「食いもの」にするたくましい根性（筑豊坑夫の思想――地獄を生き抜く技術）や生活文化をも形成したのである。その中に「血族集団」もいた。廿S、N、Hの三兄弟と、彼らに絶対的な力を持つその「叔父貴」原梅生である。谷川は彼らにとって、利権だけでなく「（喧嘩の仕方としての）思想」を学ぶもう一人の「叔父貴」という位置にいた。

「棒の先にウンコをつけて走る」というのはどういう意味であろう。血族集団にとって「棒」とは、彼らの従来の喧嘩のやり方で、その先の「ウンコ」とは谷川の「思想」のことであろうか。しかし、谷川にとっては、「棒」が「思想」（当然こちらが主）で、「ウンコ」が現実的な「退職金獲得闘争」のことであっただろう。その本末の隔たりが、埋まることはなかった。谷川はこのグループとの内部葛藤を「止揚」できず、敗れていくことになる（後述）。

一九六二年八月二三日、退職者同盟は福岡地方労働委員会から労働組合法による正式の組合として認可を得た。争議権（スト権）を含む規定である。このことがとても重要である。田中直正社長は、地労委が会社や自分から意見を聞くことなく認定したと怒っている。地労委は「ストは労務を提供するものの争議行為で、労務を提供しない退職者はストはありえない。従って同盟の組合規約の中のスト行為は死文化したものだ。形式的なものだというので削除しなかった」と説明した。田中は、死文化した条文なら削除するのが当然だと怒った。田中は経営者として、同盟を、炭労や労組のように企業は守った上で闘う組織とは思っておらず、「この連中はヤマを見捨て、ヤマを焦土と化しても一円でも多くの退職金をかちとろうという、やぶれかぶれの一派」であり、「アナーキスト的な一派」であり、「難敵とか強敵とかいうよりも、むしろ『手に負えない徒党』ともいうべきもの」と見ており、同盟に組合資格を与えたことを、「正に『気違いに刃物』である」と再三批判する。あれさえなければ、と繰り返し言う。月四万六〇〇〇トンのスミを出せれば採算ラインであるが、同盟のストのために二一〜三万トンしか出炭できず、赤字が嵩んだと経営者は言うのである（田中直正『大正鉱業始末記』大正鉱業清算事務所刊、一九六五、193・211・394ページ）。同書には谷川の名は一度も出てこないが、同盟に谷川がいることは百も承知であった。

正式の組合として認定された退職者同盟は、翌二四日、大正鉱業に対し退職金の支払い要求を行なった。同盟側の要求は、①頭金三〇〇〇万円の無条件支払い、②未払い賃金と期末手当、公私傷全額二五〇〇万円の一〇月までの支払い、③退職金残額二億五〇〇〇万円の手形保証、④緊急の場合や県外移住者への退職金の内払い、⑤一〇月に予定される政府融資二億円が確保できず、退職金が支払えない時は、全重役が退任し、同盟のいかなる行動にも異議がないことを約束するなど七項目であった。

会社側は、総額三億円のうち頭金三〇〇〇万円（一人当たり約二万七〇〇〇円）を確保しながら、社宅退去と残額の約五〇カ月払いを主張し、①政府の整備資金獲得の時まで業務妨害となるような退職金闘争を行なわないこと、②退職者の中から復職を希望する者の再雇用を承認すること、③社宅を入れ替え、退職者は中鶴一坑社宅に移ることの三条件を申し入れた（『大正鉱業始末記』）。つまり、社宅退去を条件に、頭金を支払う（社宅退去の後、その土地を売って退職金に充てるつもりであった）と言うのであるが、組合との協定書（六月四日）に「各人の就職その他の条件を勘案し個別に協議決定する」という一文があり、田中は退去はすんなりとはいかないだろうとにらんでいた

社宅を退去するなら頭金を支払うと会社側は言うが、同盟は無条件で退職金を支払えば社宅を出ると言う。交渉は全く進まなかった。退職者にしてみれば、退職金の全額（平均三〇万円）を支払うというのならともかく、今（一九六二年）の世の中で、本来の金額の一割、二万円か三万円で家を立退くことは不可能なのである。

同盟は七項目の要求実現を求めて争議権を行使する。九月五日午前六時、同盟員は鉱業所前に集結し、石炭捲上機を占拠し、ピケをはり、労働者の入坑を阻んだ。大正労組はこのままでは山・街がつぶれると抗議ビラを出した。会社も福岡地裁に妨害排除の仮処分申請を出した。九炭労も労組を支援し、同盟と対決した。福岡通産局は会社に対して退職金の頭金三〇〇〇万円を早急に支払うよう勧告した。炭労は、やれることは全部やった、同盟のストは実力で排除すると語った。九月八日、同盟は地労委に斡旋を申請、実力行使を一時中止した。地労委の斡旋案を同盟は

受け入れたが、会社側がこれを拒否したため、九月二〇日から実力行使を再開した。

同盟のピケは、田中直正には退職金のかけらすら支払う意志がないことを確認し、退職金債権者として、一〇月一三日から一〇月二二日まで、二五名、一〇日間の坑底座り込みまで敢行した。二五名は「がんばろう」（森田ヤエ子作詞・荒木栄作曲）の歌に送られて炭車用坑口から二〇〇〇メートルの地下へ下っていった。さらに三〇日間の生産阻止ストライキを行った。一〇月一三日は、政府の石炭政策が、大手優良炭鉱に資金を投入し、中小不良炭鉱は閉山させるという、スクラップ・アンド・ビルド政策に転じた日である。大正鉱業は「一部増強を含む現状維持群」に分類されていた。大正鉱業としても会社の存続がかかった正念場であった。

河野靖好の注釈を差し挟む。一〇日間にわたる坑底座り込みの坑夫たちの士気を高めたのは、坑内と坑外の激励状の往復（『筑豊争史』所収）の他に、「血族集団」の一人が次々と繰り出す「下ネタの話術」であった。地底の坑夫たちは何時間も笑い転げた。

［6　第二次実力行使の「戦闘的後退戦術」の結果としての「坑内座り込み闘争」は、現場の指導部の決定として実行されたが、その構成メンバーは、「かつての行動隊」、「新たに参加した行動隊（血族集団）」、「副組合長Sとそのグループ」、「なにも知らないで杉原に従った若者たち」であった。しかし中心は二つの焦点をもつことになった「新たな同盟行動隊」であった。］

［7　一〇日間にわたる坑底座り込みの坑夫たちの士気を高めたのは、血族集団の一人で

あった。次々と繰り出される「下ネタの話術」に地底の坑夫たちは何時間も笑い転げた。一つのエピソードがある。坑底座り込み闘争の最終段階で、同盟執行部は福岡地方労働委員会の斡旋を受け入れることを決定し、坑底の行動隊に闘争の終結を指示した。しかし、坑底の行動隊は、要求実現が保障されていないことを理由に坑底から動くことを拒否した。そこで同盟執行部は、二人の元組合長を坑底現場に下がらせて、説得することにした。杉原、谷川以外の二人の顧問、そのうち一人は血族集団の「叔父貴」で、血族集団に対しては絶対的な支配力を持っていた。この「叔父貴」の説得に対して、血族集団のメンバーは拒否することができなかった。しかし、ここで「叔父貴」の説得に応じたら、血族集団は「かつての行動隊」に対して一歩引き下がることになる（根性で負けることになる）。血族集団の行動隊員は切羽つまった。これを見た「かつての行動隊員」が、「猿芝居はもうたくさんだ。おれたちを説得することはできないぞ」と行動隊の意志を代弁した。坑底行動隊は全員が沈黙で同意を示した。二人の顧問は地上にひきあげざるをえなかった。このエピソードは、同盟行動隊内部の二つの集団の競り合いと助け合いの複雑な絡み合いを表現しているものである。

このエピソードには、続きがある。それから数年して、開発就労の労働組合が結成され、「叔父貴」が委員長に、「猿芝居はたくさんだ」と発言した「かつての行動隊員」が書記長になった。委員長は書記長をことごとに陰湿にいじめぬいた。その理由がだれにも理解できずにいた。四〇年後のある日、その書記長は、「河野さんだけに言っておくが、僕がHさんにいじめられたのは、あの時の発言のしっぺ返しだと思う」と語った。

坑底座り込みは、その後、医師団が健康診断のため派遣され、「ドクターストップ」によって終結した。坑底座り込み行動隊は、同盟内部で英雄になった。英雄の筆頭は杉原を別にして、杉原とともに「威力業務妨害罪」で逮捕された「かつての行動隊員」吉武敬之助と「血族集団」の一人廿直司の二人であった。」

その後、地労委の斡旋で、一九六二年一一月三日、労使協定調印にこぎつけた。①協定成立三日以内に退職金の内払いとして一人二万七〇〇〇円を支払う、②世帯主である二一五名に限り、一〇カ月以内に一坑社宅に移居する場合は、さらに一万五〇〇〇円を内払いする、など。しかし、田中社長は上京したが金策に行き詰まり、退職金資金二億三〇〇〇万円のうち一億円しかできないらしい（政府が筑豊の一角における暴発を鎮静化するために貸出した整備資金。これもうやむやになったらしい）。一一月六日、やっと退職金の頭金一人当たり二万七〇〇〇円を受け取った。しかしその翌日の七日、ピケから二週間後に杉原茂雄副委員長、吉武敬之助、廿直司が威力業務妨害などで逮捕された（が、一九六三年一月二七日に無罪判決がくだされた）。

同盟側でも会費月二〇〇円の支払い滞納が目立ちはじめ、委員長、事務局長や他の委員も県外や関西に就職し、体制が揺らぎ始めていた。杉原茂雄が委員長代行になった。

一九六三年四月三〇日、杉原は市議選で同盟公認候補として立候補、第二位で二期目の当選を果たした（初当選は五九年四月、唯一の共産党公認候補。谷川が戦術指導、応援演説をした）。杉原は市議会で市政に同盟の意図を反映させるべく努めた。同盟は、個人名で退職金仮払い仮処分申請を地裁小倉支部に出し、また労働基準法二三条違反として、田中社長の告発状を八幡労働基準監督署に出した。

これら民事・刑事の訴訟手続きを一手に引き受けたのが山口伊左衛門弁護士であった。山口は、キリスト教無教会派矢内原忠雄の直弟子で、エレミア風の預言者の風格があった。大正闘争の労働者をヤコブやヨハネ等のイエスの弟子たちになぞらえていた。ただし、谷川を救世主とみなしていたかどうかは分からない。威力業務妨害の刑事事件の弁論の中で、「炭労幹部の思想は赤色帝国主義というべきではないか」と主張した、と当時山口弁護士を手伝っていた河野は語っている。（山口は水俣病裁判の可能性をさぐり、谷川に同行して水俣に行ったことがある。）

同盟結成以来、一年が経った。しかし退職金は頭金の後、ほとんど支払われない。一九六三年六月二三日午前五時、非常警戒中の勤労課、お抱えの「お兄さんたち」、警察のパトロールの眼をかすめて、同盟は再び捲場を占拠した（第三次実力行使）。

河野の注釈を差し挟む。

［8　第三次実力行使が終結し、自力建設が始まる前の時期に、「大正行動隊」は最後の会議を「手を握る家」で行なった。出席者は谷川、河野を含めて一一人であった。「大正行動隊」は「大正退職者同盟」（自立労働組合）から、更に「大正退職者同盟シンジケート」（自立コンミューン）に発展する。「大正行動隊」はその仕事をおわった。一人ひとりが自由に自分の道を選ぶことができる、これから進む道をそれぞれが考えて行動しなければならない、

ということであったと思う。このあと「大正行動隊」の会議が開かれたことはない。このとき雁から、「また、学習会でもするか」という話があったようにも思うが、確かではない。

ここに一つの問題が残っている。第三次実力行使までは「大正行動隊」は実体があった。その上で「同盟行動隊」が新たな参加者を含め、会議なしに、「杉原の指示に従う」という形で存在した。ところが、自力建設に当たって「大正行動隊」は独自行動を停止した。そのために、退職者同盟指導部として、杉原委員長の独裁体制が機能することになった。

谷川・杉原を除いて「大正行動隊」は同盟内分派として機能すべきであった。しかし、自立主義をかかげながら「大正行動隊」は谷川・杉原なしには集団として機能できなかった。「大正行動隊」は個々バラバラになった。そして、谷川・杉原に対する感情的な怨恨に囚われていったと思われる。同盟執行部（指導部）に就任している「かつての行動隊員」と、それから外れている「かつての行動隊員」の間の交通が途絶えた。」

〔12「坑底座り込み闘争」から、「自力建設闘争」にかけて、二つの若者グループは、暴力的な「対立」をせず、しかし雁の組織原理にしたがって、根限りの「対立」をしあった。このことは、自力建設の現場において、次のような形で表れた。「班長」と一般同盟員との労働関係において、「大正行動隊」の若者たちは、自分を「経営の立場」に立つ「職制」ではなく、同盟員の先頭に立つ「先山（指導者）」であると考えた。自分から率先して働いた。

しかし、「血族集団」の若者たちは、自分を「経営の立場」にたつ「職制」として、同盟員を管理・監督することが当然であると考えた。このような考え方の違いは、労働現場にはしばしば小さな紛争を引き起こした。「経営の立場」に立つ「血族集団」の若者たちは、それゆえに、総指揮者である杉原に近かった。「大正行動隊」の若者たちは、かつての隊長を頼りにできなかった。

この時雁は彼らの「近く」にはいなかった(?)。まだ「東京へ行ってしまった」わけではないが、彼らは雁に相談することをしなかった。あるいはできなかった(?)。はっきりと断言できないが、わたし(河野)の記憶では、この頃、谷川雁と森崎和江との間に「エロスをめぐる葛藤」が始まっていたのではないかと思っている。ある女性が中間市に現れ、「私こそ雁の正妻である」と宣言し、彼女の名前で「大正闘争にカンパを送れ」と中央の「文化人」たちに「檄」を送ったりしたことがある。文化人の一人は、その「檄」をそのまま封筒に同封して谷川雁に送り返したと言われている。その女性は森崎和江本人とも直接「対決」したと噂されていた。雁は「地元」に近づけなかった時期があった。雁はこの女性を恐れ、したがって、森崎をも恐れた。〕

〔13「大正行動隊」の若者たちは、雁と杉原なしに、企業組合内部の闘争を組織しなければならなかった。たとえば、「企業組合内の同盟員労働組合を結成」すべきであった。河野は、それを若者たちに提言することを何度も考えた。この状況を打開する方法はそれしかないのではと思われた。企業組合は、労働者の共同組織であって、いわゆる「会社組織」ではない。しかし資本主義社会の中で生存しようとする限り、「企業」の一つとして、資本の論理にしたがう。その中で労働者が生きるためには、楕円の二つの焦点が必要である。

杉原と「血族集団」が一つの焦点を形成したのであれば、もう一つの焦点は、「大正行動隊」の若者たちが形成しなければならない。このことを、若者たちが気がつかないはずはない。しかし労働組合の結成はすぐれたリーダーシップが必要である。若者たちはそれを持っていなかった。同盟指導部にいた「年配のかつての行動隊員」たちこそ若者たちと連合すべきであった。しかしそれは実行できなかった。ここでは、指導部の「かつての行動隊員」たちに「保身意識」が働いたと批判されてしかるべきであろう。若者たちは孤立し、疲労して、「班長」を投げ出しただけでなく、同盟運動、自立建設闘争自体から脱落していった。若者たちには、雁、杉原、指導部の「かつての行動隊員」に対する、批判と怨恨だけが残った。「雁と杉原とそれにやしなわれているやつらは俺たちを裏切った。やつらと『血族集団』は、俺たちと同盟員を犠牲にして、運動の『うまい汁』を独占した。彼らは俺たちだけでなく、労働者を裏切った」。この事態を雁がどこまで自覚していたか、不明である。しかし、同盟運動内の「二つの焦点」はなくなったわけではない。」

［14　指導部内の「かつての行動隊員」のメンバーは、労働部門は「血族集団」に譲りはしたが（実際には大山政憲が依然として総指揮者であった）、同盟運動の「コンミューン化」をめざして必死で働いた。「二つの自由労働組合を結成し」、「部落解放同盟中間支部の結成を助け、連携し」、「筑豊厚生事業団を構想し」、「博多人形の絵付け作業所を立ち上げ」、「アルミの再生工場を立ち上げ」、「塗装業を立ち上げ」、「水俣病闘争支援」や「スモン病訴訟の応援」に組織的に取組んだ。多くの局面で、「血族集団」を役員として飾ったり、参加させ

たりしていたが、すべての主導権は「かつての行動隊員」にあった。
「同盟委員長・杉原は資金繰りと政治活動にはしりまわりながら、毎朝、毎夕、自由ケ丘の子供たちを、ファミリアのライトバンに満載して通谷の「同盟保育園」への送り迎えを実行していた。うまい汁を吸いながらふんぞり返っていたわけでは決してない」。雁はこの時期、新しい労働者運動の全国規模の構想を練っていたと考えられる。」

要約すれば、第三次実力行使(一九六三年六月二三日)以降、大正行動隊は会議を開かなかったため実体が失われ、会議なしで杉原に従うという形になった。自力建設に当たっても行動隊は独自行動を停止し、杉原の独裁体制が出来上がった。大正行動隊の若者たちは、自分を「経営の立場」に立つ「職制」ではなく、同盟員の先頭に立つ「先山(指導者)」であると考えた。しかし、「血族集団」の若者たちは、自分を「経営の立場」に立つ「職制」として、同盟員を管理・監督することが当然であると考えた。このことが、労働現場にはしばしば小さな紛争を引き起こした。「経営の立場」に立つ「血族集団」の若者たちは、それゆえに、総指揮者である杉原に近かった。「大正行動隊」の若者たちは、かつての隊長杉原を頼りにできなかった。一方、谷川は(「はっきりと断言できないが」)この時期「女性問題」を抱え(この女性は「ゆきずりの女詩人」)、「地元」に近づけなかった。また、まだ「東京に行ってしまった」わけではなかったが、頻繁に上京し、「自立学校」の可能性を探っていた。

であれば、大正行動隊の若者は独自に「企業組合内の同盟員労働組合」を結成すべきであった。

そうすれば楕円の二つの焦点ができ、同盟が立ち上げようとしていた筑豊企業組合の中でも労働者として生きることができる。しかし、若い行動隊員にはその力がなかった。同盟指導部にいた「年配のかつての行動隊員」たちこそ若者たちと連合すべきであった。若者たちは孤立し、疲労して、「班長」を投げ出しただけでなく、同盟運動、自立建設闘争自体から脱落していった。若者たちには、谷川、杉原、指導部の「かつての行動隊員」に対する、批判と怨恨だけが残った。

一九六三年七月一六日、この事態（第三次実力行使）に斡旋に乗り出してきたのが、中間市長添田八尾亀（大正鉱業の元課長）と中間市議会議長岡部忠治と、大正鉱業の下請け業者であった中村組社長中村道太郎であった。中村は「お兄さんたち」の「親分」で、山田市長を一九五二年から五六年まで務めたことがある。遠賀川の上流部に勢力を持っていた。

一〇月一五日、中間市長、中間市議会議長と中村の三者による斡旋で、第四次斡旋案を、同盟、会社双方が受諾した。一年四カ月が経っていた。七五九名で発足した大正鉱業退職者同盟はこの時点で三六〇名であった。一〇・一六協定は次のようなものである。

① 会社は一一月協定にしたがって、未払い金の月割り四～七月分二〇〇〇万円を協定成立後一五日以内に支払う。

② 社宅明け渡しと同時に左の通り支払う。イ、退職金一〇万未満の者に対しては全額。ロ、一〇万以上二〇万未満の者に対しては一〇万。ハ、二〇万以上の者に対しては二分の一額。

③ 中間市との住宅協定に基づき、社宅居住者は一二月三〇日までに社宅を退去する。

④　社宅退去後、一坑社宅地区の土地を売却し、その処分代金によって三カ月以内に退職金残額を支払う。

⑤　退職金以外の未払い債権は会社再建の見通しがついた時に支払うものとし、その間同盟は請求行動を起こさない。

中間市と同盟の間で取り交わされた住宅協定は次の通り。

①　五〇戸の低家賃住宅を建設して退職者を入れる。

②　自立建設する同盟員に市有地を払い下げる。

③　①、②の住宅建設に関し、整地、道路、上下水道などの工事計画につき協議する。

この斡旋案について、「同盟村をつくろう」というビラは、デタラメで不合理だと言いながらも、「ケッて闘うことへ通じる闘いが、斡旋案受諾によって可能だ」、「自立・自営の生活体制の土台を築かなければならない」、「同盟村をつくろう、そして退職金以上のものを、退職金にかえられないおれたちの財産をつくろう」と呼びかけていた（『闘いとエロス』273、290ページ）。

谷川雁はこの退職者同盟の闘争を「プロレタリアの権利は無限であるという立場に立つ革命的退却主義の花を諸君はやがて知ることができよう」と言っている（『火点』一九六二年一〇月六号）。また「われわれは筑豊炭田の終末期における『掉尾《とうび》の一戦』に突入しようとしている」とも書いている（谷川「退職主義の発火」―「日本読書新聞」一九六三年（六二年となっているが）六月一七日）。『試行』の同人であった吉本隆明は、谷川のこの「退職主義」を、「谷川雁がいま大正炭坑でやっていることは潰滅の敗軍のしんがりの戦いです。敗けるにきまっていると知りながらやっている。谷川もこれが全後退戦の最後の戦いだから、そこで出せるものを全部出そうと考えていると思います。彼がやっていることが終った時、運動の痕跡さえも終った時だ……」と一九六二年の暮れの座談会で述べている（そうだ）が（「編集余滴」―『谷川雁の仕事Ⅱ』河出書房新社、503ページ）、この闘争が近隣の炭鉱に与えた影響は想像以上に大きく、また、「痕跡」は「自由ケ丘」や筑豊企業組合という形で残ったのである。

河野の話では、谷川には、この退職者同盟が炭鉱の営業権を買収し経営する（EBO＝employee buy-out）ということ、生産手段を労働者が手に入れることも考えていたということである。しかしそれは、石炭から石油への時代の流れの中で無理だった。代わりに退職者が生きていくための生活基盤と仕事作りが当面の課題となった。政府が炭鉱離職者の自己企業に対して、約三〇億の予算でボタ山処理事業をおこすと発表していたので、それを見越した形で、一九六三年六月一六日に建設業法に基づいて「筑豊企業組合」を発足させ、一〇六人の同盟員が加入していた。理事長は原梅生。大規模なボタ山の処理事業や運河（堀川）の浚渫事業などの仕事をすることを想定していた。筑豊企業組合は自立建設事業をはじめ、堀川浚渫工事、団地造成、家屋新築、鉱害復旧工事、水道工事などを行なった。後には組合を母体に、土木関係の三船建設、建設関係の宮原建設、建設塗装の共同ペイント、六九年に昭和建設工業が設立された。

一九六三年一〇月三一日、同盟は、協定どおり未払い退職金のうち、月割りの四〜七月分をようやく手にし、一一月一日、中間市との協定どおり自力建設の住宅や低家賃住宅建設のための整地や水道工事などに取り掛かった。一一月二九日、中間市の中心街から約二キロ離れた通谷の原野の中で、通谷団地の起工式が行なわれた。同盟は同盟共同村を作り、労働者自身による自立自営の事業体を作ろうとした。

一九六四年二月、同盟は、筑豊企業組合が自力建設で作り上げている住宅の立ち並ぶ丘（中間市岩瀬）を「自由ケ丘」と名付け、ここを拠点に、退職金闘争の継続を図った。谷川は最初「自立ケ丘」という名を提案した。名が示すように、谷川の「自立学校」（後述）の精神を植え込もうとしたのであろう。「退職金以上のもの」としての、一つのコミューンもしくは根拠地の建設の意図があったのである。

四月には自由ケ丘の三七戸が完成、通谷市営住宅八〇戸も建ち（そのうち五〇戸に中鶴一坑から同盟員が移住）、五月、企業組合によって建てられた通谷共同保育園も開園、通谷共同福祉会館も完成、同盟員によって商店や理髪店もできた。六月、同盟は自由ケ丘に八八戸の自力建設を完成させ、自由ケ丘公民館も活動開始した。闘争期間中放任されていた子どもたちのために同盟自立学校が設立され、河野靖好書記と学生たちが勉強を教えた（が、長くは続かなかった）。翌六五年一月には、アナーキスト副島辰巳の協力による博多人形工場も業務を始めた。六五年、同盟は失業対策事業就労対策に取り組み、中間革新自由労働組合を結成した。同年、「十五カ月ぶりの挨拶」に言うように筑豊厚生事業団の構想をたて、身体障害者や就労不能者の授産施設、児童厚生施設の創立を図ったが、中間市の協力が得られず頓挫した。六七年、アルミ工場建設のための準備に取り掛かり、一〇月には九州金属工場が火入れ式を行なった（が、交通事故のため作業員が足りなくなって、六八年六月に休業を余儀なくされた)。

しかし、(一九六三年一一月以来) 自力建設で自宅が建ち (それは多く業者の手に拠っていた)、木や花を植えることに対して、大正行動隊以来の思想集団の苛立ちがあった。当初の思いと微妙にずれていく現実があった。五〇戸を超える住宅建設は大事業である。資金の調達は、これまで対立していた金融機関を利用することになる。また今まで対立していた地方ボスとの取引を覚えさせた。小所有者意識、小権力意識、保身意識などを身に付けさせた。企業組合は一時期その軸となった一血縁集団 (という言葉を森崎は使っている) の名義に変えられるなどして、立て直しを図った。それは私物化に他ならなかったが、一血縁集団のもつ技能や力関係に頼るしかない実情でもあった。やがて筑豊企業組合は解体した (『闘いとエロス』280ページ)。

右の節は森崎の見るところである。「自分の力で自分に到達している」と見えた労働者であったが、自主建設に際して、自立的な行為は認められなくなったという評価である。しかし河野靖好の言うところはことごとく違っている。河野によれば、大正行動隊―退職者同盟闘争の自力建設の模様は次のとおりである (傍線=河野)。

〔1　自由ケ丘地区における自力建設事業は同盟の直接事業であり、他の業者は全く関与していない。杉原茂雄をはじめとする同盟執行部の多くも、書記の河野靖好も、多くの同盟員とその家族が、日当五〇〇円 (書記手当は三〇〇円) で、休みなく働いた。土木工事も、大工仕事も、左官工事も、屋根工事も、電気工事も、そのほとんどを同盟員だけでやった。

炭鉱というところはさまざまな職業の体験者がおり、また炭鉱自体がさまざまな職人を抱えていたのである。建築の指導は、数人の坑内大工の経験者が当たった（木や花を植えることはなかった）。

資金調達に金融機関を利用することはできなかった（金融機関が手を出すはずがない）。地方ボスとの取引もなかった。地方ボスは事態を静観していた（中鶴一坑の団地開発と大正鉱業の資産処分をめぐって、地方ボスが活動することになる）。自力建設の資金は、五〇〇万円の退職金の仮払い金と、同盟員が手にした退職金の一部支払いや社宅立ち退き金から情け容赦なく天引きした。

自力建設は、中鶴一坑の空き家（長屋）を、退職金の残額で買い取り（その分退職金は減額した）、そのまま自由ケ丘地区に運んで組み立て、そこに同盟員が引っ越し、引っ越した後の空き家（長屋）を解体して自由ケ丘に運んで組み立てる、というまさに自転車方式であった。空き家（長屋）には内風呂がなかったので、全戸に石炭風呂を付け足した。どうしても必要な建築資材は、退職金が全額支払われることは確実だと、中間市長が斡旋人である協定書を見せて、業者からつけで提供してもらった。同盟指導部の最大の仕事は、買掛金の請求を理由をつけて引き延ばすことであった。

中鶴一坑から自由ケ丘地区への移動の順番は、同盟指導部（杉原）が資金繰りが有利になるように決定した。できるだけ退職金の多い順に移動した。また本坑（大根土）社宅に居住する退職金の額の高いものを何人か移動した。そして本坑の空き家（長屋）には、中鶴一坑の同盟員が引っ越した。そうすれば資金調達が助かったからである。自力建設といっても、炭鉱の長屋をそのまま移動しただけである。小所有者意識など生まれる余地はなかった。

杉原委員長は、「此処が最終の住居と考える必要はない。長距離バスに乗っていると考えてほしい。家の下に車輪があると思ってくれ」と説明した。じっさいに、十数年後に行なわれた「鉱害復旧工事」によって、自由ケ丘地区の長屋は大部分が一戸建ての立派な住宅に生まれかわった(同盟員は自己資金で自宅を新築したり、杉原の助言に従い長屋を切り離して一戸建てに復旧した)。

また、同盟員の移動は、資金調達と家族構成によって、経済合理的に決定されるので、小権力意識もまた生まれる余地がなかった。まして住むための家を確保し、最低の生活を維持すること以外の保身意識(全員が失業保険で生活している)などはどこにもはたらく場所はなかったと思う。

企業組合は、「血族集団」の「叔父貴」が理事長であったが、最後まで血族集団に名義が変えられることはなかったし、解体することもなかった。また「血族集団のもつ技術や力関係に頼るしかない実情(森崎和江)」などはまったくなかった。「血族集団」は「流れ坑夫」出身であり、坑夫仕事以外の技術はもたなかった。土木作業は、筑豊の奥から、彼らの友人を連れてきたが、その友人も、土木技術者というわけではなく、筑豊の小さな下請けの経験者というだけのことであった。まして、資金繰りや人材収集に力関係をもっているわけではなかった。企業としての事務や会計事務、企業としての交渉技術や地元社会との力関係は、

「大正行動隊」のほうがはるかに有能であった。

「血族集団」が企業組合の軸になった事情は別に説明しなければならない。六四年九月、中鶴一坑の同盟員八五戸は全員が社宅明け渡しを完了した。ここで説明が必要なのは、中鶴一坑の同盟員であくまで立ち退きに反対するグループもあった。すなわち同盟の自力建設に同意しなかったグループである。このグループは、同盟を脱退し、同盟の顧問の一人であった元組合長高野正兵衛を会長にして、「大正鉱業離職者協議会」という新しい組織（組合員一一〇名）を結成して、中間市を相手に同盟とは別の活動を始めていた。同盟はこの協議会を兄弟組織として、全面的にバックアップした。同盟と協議会は方針は異なっても、対立することはなかった（楕円の二つの焦点）。したがって中鶴一坑には多くの居住者が残っていたにもかかわらず、協定上の同盟員の全員立ち退きは履行されたのである。協議会は中間市と交渉し、三〇戸は通谷の市営住宅へ、一〇戸は中鶴一坑跡地の一部に自宅を建設し、残りの六〇戸は、やはり中鶴一坑跡地に建設された低家賃住宅アパートに移住した。

同盟はただちに退職金残額をすべて支払うよう会社に要求した。しかし不運というべきか、六四年九月、大正炭鉱はついに閉山し、全財産は債権者会議の手にゆだねられてしまったのである。この時点で、大正鉱業の長屋の買収価格を含めて、獲得した退職金は約四〇パーセント、退職者同盟がかかえた資材業者に対する買掛金の残額は約二〇〇〇万円もあった。同盟は自由ケ丘地区の自力建設者たちから、毎月二〇〇円から七〇〇円を家屋代金として、回収することを決定し、その作業は財政部長の沖田、当時の事務局長の大山、書記の河野の三人が行なった。自立建設八五戸の平均建設費は約二五万円。毎月、同盟員の家を回る度に、「杉原は退職金を必ず全額取ると約束したが、その約束はどうなったのか」とあきもせずに質問する同盟員が何人かあった。多くの同盟員は家屋代金をだまって支払った。同盟は、当時売りに出ていた通谷の原野を買い取り、団地に造成して売却し、三〇〇万円ほどの利益を得て、建設費から差し引き、同盟員の平均建設費を約二三万円に下げた。

資材業者の買掛金残額は、その後の杉原委員長の超人的な交渉と、政治的活動の多くのエネルギーを費やし、長期間かかって解決していった。詳しい内容は書記である河野にも知ることはできない。これが、退職者同盟が、建設業者にも、金融機関にも頼らず、八五戸の自立建設事業をなしとげた顚末である。」

［2　通谷地区の市営住宅の建設は業者の一般入札で行なわれたが、八〇戸のうち数戸はできたばかりの筑豊企業組合が建設した。「隣の業者のやり方を見ながら、そのまねをして工事をした」と実際の業者から聞いたことがある（河野）。建設された市営住宅（二戸建て）八〇戸のうち五〇戸に、同盟員で退職金が少なくて自力建設ができない者が入居した。あとの三〇戸には離職者協議会の組合員（元同盟員）が入居した。］

［3　自力建設に関して、「大正行動隊以来の思想の集団にいらだちがあった。当初の思いと妙にずれていく現実があった」というのは、正確ではない。］

［9　自力建設は、ある日、「同盟行動隊」（かつての行動隊員と血族集団が主体である）が、スコップとリヤカーで、後に「自由ケ丘」と呼ばれることになるボタ山の麓の整地作業

から始まった。車両はなかった。少し後に東京の「後方の会」から、トヨエースの六人乗りの一トントラックが、東京から支援者の運転によって走ってきた。同盟員は、この最初の機動車を「クラブ車」と名づけた。

ここでどのように、企業組合の労働現場が組織されたかを語らねばならない。理事長は「血族集団」の原梅生であったが、現場の実権は同盟の委員長かつ企業組合事業担当理事としての杉原がにぎっていたのであるし、現場の行動隊が、「かつての行動隊」と「血族集団」の連合であるからには、原梅生の理事長は当然である。杉原は、現場の指揮者（筆頭監督）として、「かつての行動隊員」で、事務能力と交渉能力と管理能力を持つ大山政憲を選んだ。大山政憲は、大正炭鉱に接した農村部の出身であり、彼の叔父は中間市の建設課長であり、彼の従兄弟は中間市農協の幹部であった。すなわち、同盟と炭鉱外の地域を結ぶ唯一人の人材であった。つまり、「技術と力関係」は「かつての行動隊」側にあった。「血族集団」は、これに対して、血族の中で最も頭脳明晰で、かつて「遊び人」の経験を持つHを大山政憲の脇につけて、瞬時も眼を離さなかった。

杉原の指示を現場で実行し、有無を言わさず同盟員を移動させ、また働かせたのは、大山政憲であり、同盟員の不満は彼が一身に引き受けた。彼なしには自力建設事業の進行はありえなかった。

杉原は、さらに現場の「班長」を「かつての行動隊員」と「血族集団」から数人指名した。これらの「班長」は、「坑底座り込み」の英雄であり、かつ「自力建設の初期」に献身的に働いた者の中から選ばれた。「かつての行動隊員」からは、吉武敬之助、岡田道人、矢野定彦（彼らは親の代から炭坑夫であり、大正行動隊の中核であった）。「血族集団」からは、先に挙げたHの実の兄弟のNとSが選ばれた。あるいは自ら希望して認められた。また「班長」とは別に、「運転手」、「大工」、「左官」、「石垣積み工」などの「技術者グループ」がいた。このようにして、企業組合の現場体制が組織された。

この時点では、自力建設は、共同企業体の共同事業であり、監督も班長も技術者も役割分担にすぎなかった。しかし、ここからも決定的な問題が発生することになった。それは「筑豊百年の坑夫の精神」の「位相の差異」の問題であった。」

森崎のいうところと河野のいうところは全然違うのである。自力建設に、他の業者は全く関与していない。資金調達に金融機関を利用することはできなかった。地方ボスとの取引もなかった。小所有者意識など生まれる余地はなかった。小権力意識もまた生まれる余地がなかった。まして住むための家を確保し、最低の生活を維持すること以外の保身意識などはどこにもはたらく場所はなかったと思う。最後まで血族集団に名義が変えられることはなかったし、解体することもなかった。また「血族集団のもつ技術や力関係に頼るしかない実情」などはまったくなかった。そう河野は書いている。自力建設は文字通り、当初、見様見真似ではあったが、「自立建設」と言ってもいいもの、というのが河野の評価である。

河野は、「大正行動隊以来の思想の集団にいらだちがあった。当初の思いと妙にずれていく現実があった」と森崎がいうのは、正確ではないと書いているが、少なくとも、森崎には「いらだち」があったのであろう（ここは両論併記ということにする）。

谷川は「工作者」として、サークル村、大正行動隊、退職者同盟という形に労働者を組織し、指導してきたが、一方、「全国交流誌」の構想は立ち消えになっていた。同じ時期に谷川は、「自立学校」を構想していた。河野が「新しい全国規模の労働者運動」と言っていたものである。谷川は『サークル村』が出来ると、それをバスケットにつめて、その都度上京し、知識人たちに配布していた。そうした中で出会ったのであろうか、発端は、アナーキスト山口健二（一九二七〜九九年）から、「東京で過激思想学校というものを計画したことがある」という手紙が来たことである。谷川は「家を建てたいから、金をあつめてくれませんか」と返事を書いた。山口らは「後方の会」をつくり、一九六一年一一月一日、カンパを呼びかけた。六二年四月一五日、「手を握る家」（『闘いとエロス』では「手をつなぐ家」）が完成する。「手を握る家」を作るためのカンパをたのめるほど、東京の知識人との連絡は密であった（一九六〇年一月の『谷川雁詩集』で東京の詩人に衝撃を与えていたし、六一年九月には吉本隆明、村上一郎と『試行』を創刊しているから、かなり以前から東京の知識人とのつながりはあったのである。というか、谷川は東京、知識人を常に意識して詩・文を書いていた）。

一九六二年四月、谷川は、「あなたの中に建設すべき自立学校を探求しよう」を書き、自立学校を構想し、実際に画策していた。

［自立学校は、永久に存在することのできない学校です。矛盾の枠、逆説の華。名づけようのない人間になるための、ありうべからざる学校です。もしそんな学校があるとしたら……ということを構想し、力いっぱいそれに接近しようとする悪戦苦闘だけがこの学校の唯一の教課なのです。／だから、この学校の授業料はとびきり高くつきます。ひょっとすると、あなたの生涯のすべてをもらうことになるかもしれません。よし、くれてやろう。そのかわり、既成の価値をためこんで、精神の領域における独占と帝国主義を、何くわぬ顔で強化しようとするやつらを、まずこの学校であたるをさいわいノック・アウトしてやる。そうしなければ労働者だのインテリだの、ちょろいレッテルがおれの顔にはりついて息ができない。／そういう人はいませんか。それがつまり入学資格です］

（「あなたの中に建設すべき自立学校を探求しよう」）

既成の価値をノック・アウトし、矛盾の枠、逆説の華を両手にかざし、権力止揚の悪戦苦闘だけが唯一の教課だというのは、『サークル村』の精神を引き継いでいると考えられる。詳細は「権力止揚の回廊――自立学校をめぐって」（『試行』一九六二年一〇月）に書かれているが、この文章はより具体的というよりはより抽象的に過ぎて、「生徒」はどれだけ理解できるか心もとないものがあるが。

［自立とは、むろん唯一神を斬る法である。だがそれは汎神論によってでもなければ、神なきミスティックによってでもない。生きている思想には、しょせん一つの確乎たる約束事がある。すなわち、その思想の全域のどこか一箇所だけ、表から見ても裏から見ても符合の変

わらないまぎれもない一義性があたかも一個の自然のように存在していなければならないということがある。それが究極のところ自然であるかないか、またはいかなる性質の自然であるかは、いま問うところではない。ものを斬るには、このところを相手にあてるよりほかないのである。」

（「権力止揚の回廊」——『影の越境をめぐって』57ページ）

「一個の自然のような一義性」とは、つまり谷川のいわゆる「原点」のことであろう。権力の止揚という人間社会における最大の難問は、楕円のもう一つの焦点、革命の陰極、原点からの照射において、可能であるかもしれない。これが谷川の見通しである。これも、谷川のユートピア幻想と言っていいだろう。谷川は、権力を否定するにあたって、別の権力を対置させ、争闘ののち、新しい権力が生まれ、その後、新権力の死滅をはかるという回路をとらず、新権力によって支配をうばいとるという脈絡よりも、むしろ支配されないという脈絡にアクセントを置き、すべての思想外的な力の強制に対する拒絶に積極的な力の源泉を求める立場をとる。それによって、「外的権力」と異なる質、異なる方法をもって、支配と被支配の円環関係を想定することができる。これを、谷川は、「学校」と呼んだ（この言葉は、谷川流の詩語《メタファー》である）。

さらに、「学校」は、外的権力からもっとも遠く、支配・被支配の円環性にもっとも近い。この円環性から無限の距離に遠ざかろうとする力を、「自立のエネルギー」と呼んで、もう一つの軸を組み合わせる。

すなわち、「自立者」と「外的権力」の拮抗関係を媒介するものを「学校」とみなし、「自立・学校」という矛盾をあえて実体化しようと、谷川は言う。矛盾の粋、逆説の華を駆使することによって、権力対置論、あるいは単純否定論を止揚しようというのである。

［運営委員団、講師団、生徒団、という三つのパートを編成し、それぞれ外的権力、学校、自立者に対応する役割をになうことにした。指示義務の秩序からすれば、運営委員団――講師団――生徒団とめぐって運営委員団に帰っていく回路があり、拒否権の秩序からすれば、生徒団――講師団――運営委員団と逆流する回路がある。二つの回路をはっきり区分し、運用することによって、どの構成単位の内部にも、また個人の内部にも、思想外的な強制に屈しない思想的円環性を建設しようと努める。いわば権力の擬制をさめた意識のもとに人工的に構成し、この擬制を真性の権力のモデルたらしめようとする営為をつづけ、このような自覚的永久擬制主義とあくまで間一髪の距離を保つ永久自立主義とのはげしい競りあいを具現しようと試みるのである。］（同書、62ページ）

既成の権力と切り結ぶには、その権力が擬制＝フィクション＝幻想にすぎないことを、誰よりも権力者自身に、そして民衆に自覚させることが要諦《ようてい》であろう。そうすれば、自ずと権力は相対化され、支配者は必要以上に支配しようとせず、また被支配者も必要以上に支配されようとはしなくなるだろう（それでも支配したがる逆どれい根性の輩も、支配されたがるどれい根性の人もいるだろう）。依然、人間の組織は権力を必要とするかもしれない。であれば、その権力は、「民主集中制」を否定し、指示と拒否の円環性を確保し、民衆の自立性を保障するものでなければならない。自立は、人間の原点に根ざしたものでなければならない。お互いの幸福、これが原点からの光である。谷川はこれを退職者同盟の闘いのさ中に構想し、現場の事象と「自立学校」とがどう切り結ぶのか模索していたのである。

一九六二年九月一五日、自立学校開校集会に、吉本隆明、埴谷雄高と参加、狐拳式の学校運営法を提案した。狐拳式とは、運営委員団／講師団／生徒団の円環的じゃんけん的三すくみということであろう。


一九六三年から六四年には、谷川雁は以前に増して東京に出ることが多くなった。自立学校を拠点にした全国レベルでの労働者の組織が目的である。サークル村創刊宣言「さらに深く集団の意味を」で言っていた「全国のサークルを幹線とする総合雑誌の計画」として「全国交流誌」の発刊が準備されていたが（『サークル村』一九五九年四月号）、進展しないままだったので、それに代わるものということであろう。

しかし、そうなると、自分たちの居場所が危うくなると察した退職者同盟、特に「暴力の思想と執拗な権力意志と強固な血族共同体意識」を持つ「血族集団」の反発にあい、谷川の構想は上手くいかなくなった。仲間が、自立学校についてどれだけ理解できていたかが、もう一つの問題である。そうした状態を谷川はあせりながら、収拾できずにいた。つまり、自立学校の構想に仲間が叛旗を翻し、さらに企業組合などの構想も共同意識にずれを生じてきていた、ということになる。

［室井「おれの組織だ。あれはおれの私兵だ。おれの私兵をこそこそ組織するな。分派を形成して何をやる気だ！」

契子「ばかなことを言うのは止して。組織を私有視するものではないわ。あなたがそんな発想にとどまっているから、彼らが離れて行くのよ。

室井「おれには分るんだぜ。彼らがなぜおれに叛旗をひるがえすような小生意気な心理を得たのか」

契子「あなた間違っています。（略）みんな、指導されながら自分を見つめてきたのよ。自分の力で自分に到達しているのよ」

室井「ふん！　奴らを掌握したと思ってのぼせるな」」（『闘いとエロス』282ページ）

この部分は、この時期の状況を映しているのだろう。当時、谷川の開こうとした会議には集まりが悪く、森崎が開くとみんなが集まったということがあった。それを、「おれの私兵をこそ組織するな」と息巻いているのであろう。「おれの組織」、「おれの私兵」というのが谷川の運動の意識レベルを窺わせてものすごい。かつて軍隊で、「お前のようなのが私兵をつくる」と言われたことを思い出してしまうが、契子（森崎）は、労働者たちは「自分の力で自分に到達している」と、みんなをかばい、谷川を批判する。

ことは労働者との間だけではなかった。室井は契子に対して、労働者に会うことを禁止すると言い、それは契子を愛しているからと言うが、それを契子は、「あたしとても侮辱された感じがのこってるだけだわ。あなたはあたしを愛してるような錯覚があるだけなのよ。あなたはあたしではなくてご自分を愛してらっしゃるのよ。ご自分の感情を押しつけたいのよ。あなたの中にあなたの描いたあたしを飼っていたいだけなのよ」と言って、室井の心理を解析している。他者を思い通りに支配しようとする、これが室井の心の現実であり、労働者ばかりか契子まで、「私兵化」しようとしているのだ。

［室井は「手をつなぐ家」を封鎖し、隊員を追い出した。「おれに従わんやつに、勝手に使わせるわけにはいかん」

契子「(略) あなたの私有物ではないわ」

室井「あそこが叛旗の巣になってるんだ。意識は不明朗なくせに心理的にさからって全体をゆがませてるんだ。そんな奴らに組織の設備だけを利用する権利はない」

契子「設備だけ利用しているのではありません。あなたが内部の異論を成長させようとなさらないから手足のない彼らがくすぶってるだけじゃありませんか」］

(『闘いとエロス』302ページ)

谷川の考える一筋——退職者同盟から自立学校への延長——を受け入れる層と、それとは別に、筑豊には川筋気質(という層)があり、その「筑豊百年の坑夫気質」の革命は、谷川をもってしても一筋縄ではいかなかったということであろうか。具体的には、企業組合や住宅自立建設の中で、谷川とは別の方向性を自分の力で身につけるものもいたし、それが谷川には「叛旗」と見えるということか。斜陽の続く筑豊産炭地で、現実の動きに流されていく者や、筑豊を離れる者も多くいた。それを見ていた谷川は労働者の再組織を目指し、「自立学校」を模索して東京へ出ることが多くなっていった。

谷川が山口健二を通じてテック(東京イングリッシュセンター)の榊原陽と出会ったのはこの

時期（一九六三、六四年頃）であろう。山口は榊原と山梨の結核療養所で知り合い、榊原のところ（「梁山泊」と内田は言っている）に出入りしていた（内田聖子『谷川雁のめがね』風濤社、一九九八、124ページ）。

いつか谷川は東京に毒されていった、ということであろうか。谷川は月の半分を東京で過ごし、中間には時折帰ってくるという状態であった。生活費を借りてくるといって上京していた。そして「東京に移るなら、今なら家があるがどうするか、おれは会社の経営を手伝ってくれと頼まれて忙しくなってきたから、今までのように月半分だけ東京というわけにはいかんけど」（『闘いとエロス』306ページ）と契子に言っている。「家」は兄貴の家が空くからということである（この時兄谷川健一は平凡社で、初代編集長として『太陽』の創刊に向けて仕事をしていたはずである。『太陽』の創刊は一九六三年六月）。

文中「会社の経営を手伝う」というのは、すでに榊原に上京を勧められていたことを指していることが分かる。「谷川が上京したいと言えば榊原は、すぐに切符を送り、宿の手配をした」し、「榊原は大正炭鉱（退職者同盟のことであろう＝新木注）に当時のお金で六十〜八十万のお金を注ぎ込んだ」ということである（『谷川雁のめがね』133ページ）。

大正鉱業は、一九六四年八月、田中直正が社長の座を伊藤八郎に返し、伊藤が社長になったが、経営能力はなかった。他に引き受ける者もないまま、九月には操業を停止、一二月一四日、臨時株主総会を開き、会社解散を決議し、五一億円の負債を抱えて閉山した。結局、退職金の支払い

・獲得は、約六割であった（残りの退職金はどうなった、と今でも言う人がいる）。

河野《かわの》の注釈を差し挟む。文中河野はビラを発送したのは「六六年四月ころのこと」と言っているが、六六年は、谷川は既に東京に行っている。「十五ケ月ぶりの挨拶」のビラには、「六五年三月二〇日」の日付が入っている（それより十五カ月前というのは六四年一月ころで、自力建設で自由ケ丘に家が建ち始めた頃である）。「事件（クーデター）」が起こったのはそれ以降であり、その後（六五年秋）、谷川は「東京に行く」ことになる。

〔15　谷川雁が大正闘争から、具体的に排除される決定的な事件が起こる。いわゆる「血族集団のクーデター事件」とひそかにささやかれてきた事件である。わたし（河野）はこの事件の直接のきっかけは次のことであったと考えている。

自由ケ丘地区の自力建設が一応終了し、自由ケ丘地区が発足して間もないころ、退職者同盟の名前で、「十五ケ月ぶりの挨拶」という「ビラ」が全国の大正闘争支援者に発送された。「ビラ」の内容は、闘争支援に感謝するため、中間市内で「大正闘争の報告会」を行うので、是非出席していただきたいというものであった。この「報告会」は実際に行なわれ、多くの支援者が全国からあつまった。「十五ケ月」というのは多分、大正鉱業の閉山を起点にしていると思われる。閉山は六四年九月であるから、「ビラ」が発送されたのは、六六年の四月ころであったと思われる。

「血族集団」はこの「報告会」に激しく反応した。行動隊の若者たちの脱落を意識していた「血族集団」は、この事態に雁が何らかの対抗手段を打ち出すものと深読みしていたのではないだろうか。すなわち、行動隊の若者たちの脱落の穴埋めのために、雁が全国の支援者の中から有力な活動家を補充すると読んだわけである。この「深読み」が的を射ていたか、全くの誤解であったか、今になっては不明である。少なくとも河野はそのような情報は得ていなかった。

しかし、雁が大正闘争を起点に全国的な労働者運動を構想していたとすれば、事実構想していたのは間違いないのであるから（「自立学校」のことであろう＝新木注）、彼らの深読みはあながち見当はずれではなかったのではなかろうか。「血族集団」にとっては、今この時が、谷川雁を排除する潮時であった。」

［16　事件の真相は次のようであった。「報告会」が行われたしばらく後のある晩、同盟事務所で沖田活美と河野とが事務処理の残業をしていた所に、突然、原梅生と血族の幹部が現れた。「雁と杉原を呼び出せ」と命じられた。沖田活美が電話で連絡し、二人はすぐに同盟事務所に現れた。

原梅生は穏やかな声で、落ち着いて谷川雁に話しかけた。

「わしはあんたを尊敬もしているし、これまでの指導に感謝もしている。だが、これからは、あんたと一緒にやることはできない。ここから出て行ってもらいたい。もしもあんたが出て行かないならば、わしの一族はすべて手を引かせてもらう」。

声も穏やかであるし、話の内容もなんら強迫的ではないが、「血族集団」の最大限の「どうかつ」であった。一瞬、「血族集団」は本当にここから手を引き、同盟運動から引き上げるのではなかろうかと思わせる口ぶりであった。かなり長い間沈黙のにらみ合いがあった。だれも声をださなかった。

しばらくして、雁が答えた。

「お話はわかりました。原さん、私はあなたが好きでしたよ」

それから雁と杉原が帰り、一族も引き上げた。

翌日からこれまでと全く変わらない日常が戻ったが、谷川雁は同盟事務所に現れなくなった。その後、「血族集団」の三兄弟の長兄Sが、「三船組」を結成して、企業内請け負いをはじめた。また次兄Nは中間市の指定塵芥処理業者として、個人的な営業を始めた。最後の弟Hは大山政憲と二人で、「昭和建設工業株式会社」(社長大山政憲)を設立し、その専務になった。また、「三船組」は土木請負業「三船建設」になった。これらの個人企業グループは、他の業者と共に、「杉原茂雄市会議員」の後援会の一部として活動した。」

この退職者同盟の「クーデター事件」(宮廷革命)について、河野は前述の一九六一年暮れの全学連本部事務局での「宮廷革命」を思い起こし、二つは「どこが同じでどこが違うのだろうか。ともかく河野はこの二つの宮廷革命の目撃者であり、証人である。たいした意味はないのかもしれないが、二つとも記憶に鮮明である」と述べ、さらに次のように続ける。

「17　退職者同盟における「宮廷革命」は暴力的対立と崩壊を避けることはできた。しかし、私の記憶では、これら二つの「宮廷革命」の以前には、全学連・新左翼の政治・社会運動の中にも、筑豊の大正鉱業をめぐる労働者運動の中にも、確かに「思想革命の燦然《さんぜん》たる輝き」があったのである。」

原が谷川に「ここから出て行ってもらいたい」と言ったあと、長い沈黙の間、谷川は何を考えていたのだろうか。

全国規模の労働者運動（「自立学校」のことであろう）を構想していた谷川にとって、筑豊はその拠点の一つとなるはずだっただろう。しかし、「血族集団」は、全国の支援者の中から有力な活動家が筑豊にやって来ると、自分たちの立場が危うくなるのではと読み、それに反発し、筑豊は俺たちのものだという考えから、「クーデター」（「宮廷革命」）を起こし、谷川に出て行くよう求めた、ということであろう。原は谷川に学び、また独学で知識と論理を持つようになったが、現実的でもあった。思想運動の描く理想と企業集団の現実との齟齬《そご》ということであったのかもしれない。「暴力の思想と執拗な権力意識と強固な血族共同体意識」を持つ彼らの「どうかつ」に恐れを感じたかもしれない。左肘が少し痛んだかもしれない。「やることはやった」という潮時を感じたのでは、と河野は言う。また谷川は「東京」のことを考えもしただろう。この場合の「東京」は、テック社のラボということになる（後述）。

谷川は、原に「あなたが好きでしたよ」、と言い、手を打った。が、それは谷川にとって敗北であった。谷川雁は尊敬されながら追い出されたのであると河野は言うが、それは「筑豊百年の坑夫の精神」の「位相の差異」の問題であった、とも述べている。谷川は、この「血族集団」との内部葛藤を「止揚」できず、「筑豊百年の坑夫気質」を思想運動に転調させる風合いの闘いは「停止」せざるを得なかった。東京へ出て行くことになる。

自立学校のテーマは幻となり、一九六五年秋、谷川（四一歳）は（前述のように、ふるさと水俣へは帰らず、あるいは、妻のいた水俣には帰れず）、子供への語学教育を通し、革命は子供の頃から始めなければならないと考え、「東京へ行った」のであろう。「子どもを救え」（魯迅）ということか。

『闘いとエロス』の「十三章　雪炎」に次のような決定的な亀裂のエピソードが書かれている。一九六四〜六五年の冬のことであろう。すなわち大正鉱業が閉山し（一九六四年一二月）、退職金が取れる見込みが薄くなった頃のことであろう。

室井腎と契子（谷川雁と森崎和江）の住む家に、一人の炭鉱夫がやって来、室井の前に立ちはだかって、「きさんのごたる奴は、死ね！」と家にあった庖丁（持参のドスともいう）につかみかかった。彼は言う。

「きさんの話が信用さるるか。きさんのことばが信用さるるか。おまえ自身が信じきらんことばを、おれが信じられるか。（略）ああ、おれは信じたよ。おれはきさんのことばを信じたばい。きさんの人間は信用しとらんが、きさんのことばを信じた。信じたばっかりに、おれはもう少しで労働者で失《の》うなるとこじゃったばい。それが分かったから、おれはきさんを殺しに来た。きさんが男なら、男らしゅう、殺されっしまえ。（略）きさんの命をとったっちゃ、なんならん。そんなもん、きさんにくれてやる。たった一つ、約束しちゃんない。あんた、二度と労働者ちゅうことばをいわんでくれんの。それだけば、おれに約束してくれんな。ほかの話はいらん。そして二度と労働者の前に面出すな。たのむ……」

（『闘いとエロス』313ページ）

そして長いこと泣き、黙って出て行った。

森崎は突き立てられた包丁を土に埋めてしまった。この労働者が誰であるか、二人は分かっていたはずだ（新木がそう尋ねると、森崎は小さく頷いた）。「きさんのことば」が具体的に何を指すのかは不明であり、確かなことはいえないのであるが、大正行動隊―退職者同盟を指導し、革命の同志として学習してきた谷川雁の方針を指すのかもしれない。その谷川が度々東京に行き、自分たちを置き去りにするつもりかと思ったからかもしれない。また、その分かりにくい言葉ということかもしれない。より直截的に退職金が取れないかもしれないということなのかもしれない（河野は、そうではないと言っている）。

この他にも、「この前の夜」、室井（谷川）の留守に、「きさまら、労働者を食いもんにしたじゃないか」と言って怒鳴り込んできた労働者がいたという。「きさまら虫のええこつばっかりいいくさって、いよいよとなりゃ、けつわるじゃんか」。契子（森崎）は、「けつわる？　いつわたしらがけつわった。室井が東京で重役になったからって、逃げたとでも思うの？　他人の痛みを推量もできずに甘えなさんな」と言って応酬した（『闘いとエロス』314ページ）。

これは、「室井が東京で重役になった」ということばがあるから、一九六五～六六年の冬のことである。前のから一年くらい経っている。契子は「いつわたしらがけつわった」と向きになっているが、六四年の時点で、谷川の心はすでに東京にあった、とか、谷川が東京に行ったことを、筑豊を「見限った」（色川大吉）とか「うらぎり」とする評価もあるわけで、「クーデター」の後、六五年秋、谷川は（水俣病の闘いに参加せず）東京に出るしかなかったであろう。またこの他に、森崎は谷川に「もう来ないでね」と言った、と話している。いずれにしても、「東京に行くな」と言っていた谷川が度々東京へ出かけ、ついに行ってしまったことへの反発は、谷川の支持者にも強かったのである。東京に行くまで、谷川は五八年から住んだ家を動くことはなかった（この家は今も健在であるが、かなり縮小改造されている）。

（河野靖好の話では、313ページの男が誰か〔O〕、314ページの男が誰か〔Y〕、特定できるということである。そのあたりは河野自身が書くことになるだろう。）

この時期のことを僕なりに時系列に整理してみると、次のようになる。

一九六三年一一月一日　中間市との協定で自力住宅建設に取り掛かる。
一九六四年一二月　大正鉱業が閉山。
一九六四年一二月か翌年の冬　313ページの男がやって来て、庖丁を突き立てる。
一九六五年三月二〇日　「一五カ月ぶりの挨拶」発送。
一九六五年　大正闘争の報告会が開かれる。
一九六五年　原が谷川に「出て行ってもらいたい」と言う。
一九六五年秋　谷川が東京に行く。ラボの専務になる。

一九六五〜六年冬　　　　　314ページの男が来る。

ただ、この時期、森崎の家の外の坂道を、「ドスを手に幾人もの炭鉱労働者がうろついていました。この書（『闘いとエロス』）はフィクション化して記すよりほかにない時期の書です」と新木への回答で書いているから、いつのことというのは問題が薄いのかもしれない。

森崎は中島岳志との対談（「中島岳志的アジア対談」―「毎日新聞」二〇〇八年九月二二日）で、この時のことを振り返っている。中島が、『サークル村』「創刊宣言」を引いて、労働者と農民、知識人と民衆、中央と地方、男と女などの断層と亀裂を乗り越えようとして、共通の場を持とうとした、と語ると、森崎は次のように応じた。

「（略）結局、『サークル村』は労働者に触れられなかったんですね。（略）そう、参加する労働者も労働者内のエリートだけ。だから反感も持たれて、労働者が夜中に突然、家を襲ったこともありました。雁さんは留守。刃物を持った男性が、玄関のガラスを割って入ってきた。「お前らは労働者、労働者って言って、労働者って何な」と、ドスをテーブルに突き立てた。「私もその話がしたかったの」って歓迎して、湯飲みにお酒をついで「かんぱーい」。「労働者って言うけど、あんたたちは酒ばっかり飲んでいて、女の方がずっと労働者よ」。そんな話を明け方までしたんです。」

谷川が留守だったのなら後者の時のことであるが、ドス（包丁だったが）が出てくると前者の時のことになる（「非日常的しぐさ」（『いのちの素顔』岩波書店、一九九四、164ページ／『精神史の旅5』272ページ」にも同様の記述がある。混同があるようであるが、いずれにしろ森崎は、最初「お前ら口ばっかり」と言っていた労働者とは、最後はうち解けた、と言っている。「結局、『サークル村』は労働者に触れられなかった」と森崎は言うが、その原因の一端は、(前述のような)難解な文章を書く谷川にあったのではないだろうか(話す言葉は分かったという証言はある。谷川に差し向けられたある「刺客」の男は、谷川に説得されて、翌日から谷川の「用心棒」になったという。ならば、そのような言葉で書いてほしかった、と思う)。

退職者同盟は一九六六年、中間市中尾にあった「北九州労働者手を握る家」を売却し、その資金で自由ケ丘公民館の新館を建設し、「手を握る家」の活動を継承した。毎年夏には盆踊り大会を行ない、通谷や大根土地区や、隣接の「未解放部落」にも友情巡業した。公民館では日曜ごとに「自立学校」が開かれ、子どもたちの学習会や書道教室が行なわれた。老人クラブ睦会も発足し、地区活動の中心となった(『筑豊争史』)。大正鉱業のボタ山から流れ出る鉱害水によって引き起こされた米の減産の補償(弁米補償)を要求するにはどうすればよいかという相談を受けて以来、退職者同盟は被差別部落の人々と交流し、部落解放同盟中間支部の結成を組織をあげて支援した。また六八年、市内に県の失業対策現場ができると、共同で「中間革新自由労働組合」を結成し、一般失業対策事業の開始を中間市に要求した(河野靖好「瓢鰻亭の人民思想・覚書」—『生誕一〇〇年　前田俊彦を肴に集まる会』二〇〇九)。

一九六七年には生活センター構想を立ち上げ、「自立主義を高くかかげ生活と思想の根拠地をつくろう!」というニュースを発行した。「自立とは、まず生活の自立であり、精神の自立(根性）であり、政治的自立であります。そして自立のためには共同の力が絶対必要であります。（略）同盟は通谷、自由が丘、大根土の三地区に『生活センター』（生活相談所）をもうけ、一切の生活問題に対して、共同の力で解決するための作業の場とします」（「同盟ニュース」146号、一九六七年五月一三日）。九月、新しい通谷会館が完成し、生活センターの活動も始まり、生活の再建は二歩も三歩も前進する。

一九六七年、同盟委員長杉原茂雄が中間市議選で三期目の当選を果たし、大正跡地開発特別委員長に就任する。杉原は添田中間市長とともに東京、福岡を奔走し、福岡銀行（債権者代表）・福岡通産局等と精力的に交渉した。七〇年七月、中間市が中鶴一坑跡地を買収し、産炭地域開発就労事業として再開発が行なわれることになった（失業対策事業は打ち切られた）。北九州のベッドタウンとして、通谷地区と合わせて住宅建設がその柱となり、他に道路や公園整備などの事業を行なった。中鶴一坑の残留離職者の立ち退きについては、立ち退き組合が作られた。一〇月、同盟は、産炭地振興法の施行により、同盟員の職安登録に取り組み、中間公共事業自由労働組合を結成し、就労に努力したが、これは洞海職業安定所の管轄地域が中間・遠賀から八幡・若松を含む地域であったことから、福岡県洞海公共事業自由労働組合に改名発展し、元同盟員だけでなく、炭鉱離職者の職場確保の闘いの中心となった。中間市内だけで工事箇所六九カ所、総事業費五九億円の事業を行なった。市外も含めるとこの倍以上の事業を行なった。組合とか共同体（コミューン）はやはり、構成員の経済や政治などの基盤が等質のところでできやすいものであろう。サークル村―大正行動隊―大正鉱業退職者同盟―筑豊企業組合―洞海公共自労という一連の動きを、「地底のコミューンから地表のコミューンへ」と河野靖好は書いている。そしてその絆のありようは、次のようであった。

「人の倍働いても　人の半分働いても　賃金は同じ　誰も文句は言わなかった
俺たち私たちの班の共同の仕事　共同の責任　できるものができないものを
カバーするのが当たり前　それがコンミューン　それが共同体
できないものも　一生懸命働けば　誰も文句は言わない　それが我々の誇り（略）」
（河野靖好「350人の仲間たちよ」――『洞海公共自労　三十二年の歩み』二〇〇二）

一九六五年秋、谷川雁が東京へ行ったのは大正闘争に敗れ、もう何も書かないためだ、と解する者が多くいた。これに反論して、谷川は次のように述べている。これが谷川の一連の闘争の総括であろう。

「勝利などという観念からどれだけ離脱できるかを賭けた行動に、どのような質の敗北がありうるかをまず想像してみるがいい。事実は、筑豊百年の坑夫気質をはるかな彼方まで転調しつづけるという闘いの風合いが、ある地点で停止しただけである。（略）ぼくの敗北は、ぼくの精神の転調の持続に関わる。だが、それをただちに表現の放棄に結びつけるのは早とちりと言うほかない」
（「虚空に季節あり」――『文藝』一九八二年七月号）

敗北ではなく、転調であり、表現の放棄などではないということである。「生きながら殺されてはたまらない。敗北を認めさえしなければいいのだ」と言った祖父の言葉を思い出したかもしれない。認めさえしなければ闘いは続くのだ。谷川は確実に筑豊に足跡を残したし、この闘争が近隣に与えた影響は大きかった。谷川は、一九八四年に『無《プラズマ》の造型』（潮出版社）を刊行した時、あとがきとしてより詳しく次のように書いている。闘争への「献花」だという。

「私が大正闘争について語ることをやめたのを契機に、闘争そのものの敗北を云々する者が輩出した。もちろん大衆闘争の勝敗を測るものさしは多岐にわたるでろう。しかし退職者同盟は二十二年の星霜を経て精神的連帯を失わず、みずからの事務所を持ち、そこから発生した筑豊企業組合の後身にあたる企業や洞海公共事業自由労組をふくめ、さまざまの地域活動を継続しているのである。みずからの退職金獲得は平均六二％で停止しているとはいえ、なおその権利は放棄されておらず、この激越な炎上は閉山まで残留した労組に対しても、同一水準の退職金を保証する結果をうんだばかりでなく、この闘争が近隣の、あとに続いた閉山に与えた影響は測りしれぬものがあり、ついにそれは「臨時措置法」の制定をうながし、退職金の一部を公的に保証せしめることとなった。このような事態を単純に敗北とよぶ者に、一片の労働者運動の経験があるのかどうかを私は疑う。」

（「献花　一九八四年三月二二日（黒姫山麓・雪の九尺層から）」―『無の造型』潮出版社、一九八四／第Ⅲ期『サークル村』二〇〇七年冬、一二号〈終刊号〉に再録）

閉山を乗り越えて、自己救済の道として、生活の再建を画策し、筑豊企業組合から洞海公共事業自由労組へと継続した同盟の方向性を高く評価している。その故に、大正闘争を「単純に敗北と呼ぶ者に、一片の労働者運動の経験があるのか」と反問している。しかし、谷川個人は、先に見たように、血族集団との内部葛藤を止揚できず、「筑豊百年の坑夫気質」を思想運動に転調させる風合いの闘いは停止せざるを得なかった。谷川は、「村」の理想と現実を知り、「灰色の時」を知ったのである。

谷川がランボーとパリ・コミューンについて一九五四年に書いた文章がある。これを谷川が憶えていたかどうかは分からないが、一つの運動はその停止あるいは敗北の時点で終わるわけではなく、新しい「道」への一里塚となることはあらゆるケースに当てはまることである。

［（略）目前の景色に未来の光輝を認めることのできる者こそ「見者」であったのです。（略）なぜランボオが労働者詩人であるか？　それは彼が階級の内側の眼を持っているからです。もちろんコンミューンは短かった。敗北した。ブランキー主義の未熟な、無政府的な思想は敵味方を厳密に判別し得ず、決定的な進攻の時期をのがし、農民との同盟を忘れて孤立した。この衝動性、はねあがり、連帯感の希薄さはランボオの全作品を貫いています。しかもなお彼は支配者俗物への完膚なき嘲笑、戦争への抗議、平和へのあこがれ、労働の意義、自然と人間の夢みるような調和などでコンミューンの感情の代弁者であります。（略）彼の詩作の放棄が敗北したコンミューン後の西欧世界に対する一の抵抗、一の絶縁状であったこと、彼のアフリカへの逃亡が、たとい逃亡であるにせよ、再びコンミューンの太陽に相似した極地の光をとらえんがための空しくも悲壮な努力であったことを信じてはならないでしょうか」（「欠席した人々へ――ランボオについて」―『開墾』一号、一九五四年一二月→『汝、尾をふらざるか』）

一八七一年一月二八日、普仏戦争（ウィルヘルム一世+ビスマルク対ナポレオン三世）が休戦になり、国民議会で行政長官になったティエールの政府は、プロイセン（ドイツ）にアルザス、ロレーヌ地方を割譲し、五〇億フランの賠償金を支払うという条約を結んだ。この屈辱的な事態に反発したパリ市民・労働者は（農民との連帯を怠りながらも）国民軍を組織し、三月一八日、ティエール政府による武装解除・大砲撤去の奇襲作戦に抵抗し、押収した大砲を引く馬を用意していなかった政府軍を襲い、パリの西一・五キロのヴェルサイユに追い払った。

パリでは選挙が行なわれ、パリ二〇区から選ばれた九〇人の代議員が自治政権（コミューン）を組織、二八日、かりりと晴れた青空の下、パリ市庁前に二〇万人が集まり、パリ・コミューンを宣言した。財政、軍事、司法、保安、食糧供給、労働・工業・交換、外務、公共事業、教育の九つの委員会を設け、①徴兵制と常備軍を廃止し、人民による国民軍の設置、②家賃の支払いの一時延期、③吏員の俸給の最高額の決定、④宗教財産の国有化、⑤工場主の放棄した工場の労働組合による管理、⑥負債の支払猶予と利子放棄、⑦労働者の最低生活の保障など、社会主義的な方針をとった。しかし金融を押さえなかったので、フランス銀行はティエール政府の振り出した手形を引き受けた。やがてコミューン内部ではブランキ派、インターナショナル派、ジャコバン党など路線に関する内部対立が表面化していった。この間に、ドイツ軍との交渉で捕虜の解放を取り付け、態勢を立て直したティエール・ヴェルサイユ政府軍は四月にはパリに反撃を開始した。

コミューンの中にルイズ・ミッシェル（一八三〇〜一九〇五年）がいた。ルイズはオートマルヌ県の田舎で育ち、道に棄ててある犬や猫の子をそのまま見棄てて行くことがどうしてもできなかったほどの慈愛の持ち主であった。また、犬が自分を殴り殺す者に噛みつくことを、鞭で打たれて血を流した馬が仕置き人をひっくり返すことを願うという人柄であった。詩を書き、小学校教師となり、共和主義者であった。一八五六年にパリに出、七一年、パリ・コミューンに参加し、モンマルトル地区の代表となった。ヴェルサイユ政府軍が反撃を開始すると、ルイズはイシイの砲台やヌイーのバリケードやモンマルトル周辺の市街戦で銃を執って闘った。

政府軍は五月二一日、パリに入り市街戦を展開した。二八日まで白色テロが荒れ狂い（「血の一週間」）、虐殺された市民の数は一万五〇〇〇人とも二万五〇〇〇人ともいわれる。パリ・コミューンは七二日間で壊滅した。その後も追討や処刑が行なわれた。ルイズは死刑を宣告されたが、フランス領で最も遠い南太平洋のニューカレドニア島に流刑となった。ルイズはその四カ月の船旅で海や風や太陽や星を楽しみ、詩をつくり、その船中で無政府主義者《アナーキスト》になった。

カール・マルクス（一八一八〜八三年）は『フランスの内乱』でパリ・コミューンを、民衆の自発的蜂起、新社会の光栄ある先駆者と高く評価した（桂圭男『パリ・コミューン』岩波新書、一九七一／大佛次郎『パリ燃ゆ 上下』朝日新聞社、一九六四／大杉栄・伊藤野枝『二人の革命家』序文、アルス、一九二二、序文／『大日本百科事典』、『マイペディア』などを参考）。

ジャン＝ニコラ・アルチュール・ランボー（一八五四〜九一）がパリ・コミューンに参加したかどうかは必ずしも定かではない。シャルルヴィルからパリまで約一五〇キロ、ランボー（一七歳）はこの時期家出を繰り返すが、三月一八日にはパリにいなかった。四月一七日から五月一三日の間ならパリにいることができるというものである（その前後はシャルルヴィルから手紙を書いている）。参加説が有力であり（少なくとも心情的に参加していたとする意見もある）、五月一三日付イザンバール宛の手紙に書かれている「盗まれた心臓」はパリでの体験が素材になっているという。「泥酔したコミューヌの兵士たちの、目を覆いたくなるような卑猥な無軌道ぶりは、純真な少年にとってひどいショックだったにちがいない。心に思い描いていた革命の志士のイメージは無惨に壊れてしまったことだろう」（野内良三『ランボー手帖』蝸牛社、一九七八）

ランボーはパリ・コミューンに希望と幻滅の両方を味わったのだ。そして逃げるように故郷へ戻った。ただこの解釈は谷川のものではない。谷川はランボーの作品に、「支配者俗物への完膚なき嘲笑、戦争への抗議、平和へのあこがれ、労働の意義、自然と人間の夢みるような調和などでコンミューンの感情の代弁者」を見ている。

この希望のコミューンに、谷川の大正闘争との関わりとの相似形を見ることはできないだろうか。闘いは、敗北に終わったといえども、何かの痕跡を残し、マイルストーンとなり、次にそれを受け継ぐものが必ず出てくる。答がすぐに出ると思って運動をする者はいないだろう。未来、その積み重ねが蘇生する時が来る。革命と反動は螺旋状に入り組んで、段階的な歩みを続ける。

谷川の東京はランボーのアフリカであろうか。ランボーは、その後『地獄の季節』（一八七三）や『イルミナシオン』（一八七五頃）を書き、ある時点で「不可能」を悟り、断念したのであろう。二〇歳の詩人は詩を捨て、ヨーロッパやアジアを放浪した後、一八八〇年、南を目指し、キプロスからアデンに向かい、バルデー商会の職員となった。一二月、エチオピアのハラルに派遣され、アフリカの大地で探検家となり、モカコーヒーや毛皮や武器を商い、地獄を地獄のまま生きていくことになる。

一八九一年、ランボーは右足の激痛により、帰国を決意した。五月、マルセイユの病院で癌性腫瘍と診断され、右足の切断手術を受けた。一一月一〇日、コンセプシヨン病院で三七歳の生涯を閉じた。

谷川はランボーのアフリカでの行動を「再びコンミューンの太陽に相似した極地の光をとらえんがための空しくも悲壮な努力であったことを信じてはならないでしょうか」という評価をしているが、こののちの谷川の営為もそのような意味あいを持つと自身信じたであろうか。ランボーが詩と革命を「断念」したのに対し、谷川は、しかし「残念」だったのだろう、思い残すことがあり、再びの歩みへ転調することになった。「目前の景色に未来の光輝を認めることのできる者こそ『見者』である。子どもたちに英語を教え、人体交響劇を広める中で、「太陽に相似した極地の光」として、一つの革命を仕込んだ。「悲壮な努力」であったかどうかはともかく（後述）。


一九六四年春、上野英信が鞍手町新延《にのぶ》に「筑豊文庫」を立ち上げるのを見て、谷川は何を思っただろうか。この時、上野と谷川の関係は崩壊していた（谷川と石牟礼道子との関係も崩壊することになる。石牟礼が水俣病の記録を書くのに、先導者赤崎覚の名が出てこないことを谷川は不信に思っていた。後に石牟礼は猛烈に谷川に講義したという）。

大正行動隊が四面楚歌の孤立陣地をあえて選んだ時、上野は「あれはルンペン・プロレタリアを集めた雁さんの遊びだ」と言ってまわった。上野はどこかで間接的な話を聞いてそう言ったのであろうが、上野がそう言っているということを谷川も間接的に聞いて、怒ったのであろう。谷川は上野が退職坑夫を追ってブラジルにまで赴いたことを、「それをいうなら、退職坑夫の尻を追いかけ、方方から餞別を集めてブラジルへいった彼のほうがぴったりだとおもうが、私にはルンペンを糾弾する気持ちはない」と書いている。そして、（先走るが、）谷川は上野英信の死（一九八七年一一月二一日）に関して、「自分もルンペンとして葬式を無視しただけのことです」と言って、弔意を表しなかった（谷川「〈非水銀性〉水俣病・一号患者の死」―『極楽ですか』河出書房新社、一九九二、55ページ）。

これはまた厳しい言いようではないか。上野が大正行動隊をルンペンと言ったのは、渡り坑夫という層を組織し、かっとなればやるが、あとは無責任に暇さえあれば花札、将棋などにふける姿を見てのことだと思われる。しかし、そうだとすれば、これは三池の統制主義ではない方式として、行動隊は何もせず、花札をやるべきだという主義でいくことにしていたからだ。上野が「雁さんの遊び」というのも誤解なら、谷川が英信のブラジル取材（一九七四年）を、「ルンペンの遊び」と言うのも誤解だろう。上野は、筑豊を追われ、対蹠の地ブラジルに移民した元坑夫を追って、正に地球を掘りぬく覚悟で行ったのである。ブラジル行きの資金は、「餞別」ということもあったであろうが（餞別であっていけないということはないと思う）、本の印税もあった。多く三〇〇万円という借金によってまかなわれた。上野が松下竜一に語った「その借金は、かならず至上の誇りをもってできる種類のものでなければならぬ」という「借金道」においてなされたものである（「借金訓」―『火を掘る日日』大和書房、一九七九）。

上野晴子は、「雁さんが実質的な指導者であった大正行動隊の闘争を、英信が『雁さんのお遊び』だと評したということが事実ならばやはり許しがたいことであろう。胆力に於ても知力に於てもひけをとらぬ二人の男は、真正面から対決すべきであったのに、周辺からきこえてくる断片的な情報にのみ反応して不信を増幅させていったようにみえる」と書いて、真相の明らかになることを期待している（『キジバトの記』151ページ）。一体何があったのだろうか。上野は谷川のことも、サークル村のことも何も書き残していない（朱さんも分からないということである）。「堅く保つ」はずの「共通の場」は壊れ、「磁場」は散開していく。三人はそれぞれの道を進むことになる。

8　森崎和江の旅

一九六二年、森崎和江は埴谷雄高に三一書房を紹介してもらい、六四年に友人との往復書簡をもとに『第三の性』を書き、六五年二月、三一新書から出版した。谷川雁が東京に行ったあと、一人中間に残り、文筆生活に入った。前述の『闘いとエロス』(三一書房、一九七〇)、『異族の原基』(大和書房、一九七一)、『与論島を出た民の歴史』(川西到との共著、たいまつ社、一九七一)、坑夫の精神史を追った『奈落の神々』(大和書房、一九七四)、『ふるさと幻想』(大和書房、一九七七)など多くの著作をなした(雑誌に書いたものをまとめたものもある)。

谷川も折にふれて森崎を訪ね、一緒に旅に出たりもした。

森崎は、息子が「家は峠の茶屋か」と言ったこともあり(それほど来客が多かった)、一九六四年、近所に小さな家を借り、体調の悪い中、「二十日会」という母親世代の、坑内・坑外で働いた女性と毎月一度のお茶飲会を始めた。仰木のおばちゃんも来てくれた。それとは別に女たちの妊娠中絶や出産などの相談、医療機関への紹介、離婚、家族のこと、子育てのことなどのカウンセリングのようなこともした。無料宿泊や食事の世話などもした。文字によらない「無名通信」のように思える。

一九六五年、森崎は奈良市にあった矢追日聖のハンセン病回復者の施設「むすびの家」にいたことがあると話している（これも、年譜には出ていない）。

森崎はあれ（一九六一年の山崎里枝事件）以来ずっと体調が悪く、熱はあるし、呼吸も意識してしなければならないほどであった。まっすぐ立っておられない。車に吸い込まれないように、塀に沿ってよろよろと歩く。しゃがみこんで向こうから来る人をぼうっと見ていた。遠近の人々の身の上相談の気疲れが原因だった。

「ここ、どこ？　わたしは、だれだ？　あ、あの影、生かしていていい？」

その一瞬の想念は、どこか無意識界より、もう一段階彼方の反応のようだった。霧が晴れたような、明るく軽やかな感覚が広がっていた。意識したり認識したりしていることが全てではないと思った。少し元気が出た。そうして森崎は自分の仲間を増やし、心の支えを得ていった。一〇年余り経って、心身にエロスが自然に流れていることを自覚した。

ある日、見知らぬ女性がやって来て、「帰ったばい」と言った。坑内作業をしていた大西民蔵夫婦が、森崎の住んでいた借家の半分を買ったのだった。森崎はあわてて家の半分に移った。数日後、「風呂、入れさせてもらうばい」と声がかかり、森崎は「あ。はいはい。どうぞ」と言って風呂を勧めた。大西の方の風呂の修理が間に合わなかったらしい。いつしか、大西夫婦は良い隣人になっていった。家の回りはきれいに掃除され、風呂を立てようとすると小さく割った薪が小山をなしていた。この町に居続けられたのも、のどかに母子家庭をやれたのも、この隣の夫婦の細かな心配りがあったからだった（『いのちの素顔』137・186・219ページ）。

一九六〇年、森崎は三池闘争の支援に行き、与論人《ゆんぬんちゅ》の社宅（与論長屋）に泊めてもらい、彼らの出身地与論島に興味を持ち、調べ始め一〇年後、『与論島を出た民の歴史』を書いた。明治三一（一八九八）年に巨大な台風に襲われ、飢饉に苦しんでいた与論島の人々は、鹿児島県が勧めた口之津港（島原半島）の三井三池炭鉱（大牟田）の石炭船積み事業（沖仲士《おきなかし》）に活路を開こうとした。大牟田は遠浅で本船に船積みできなかったので、掘り出された石炭を団平船《だんぺいぶね》（運炭船）で口之津に運び、ヤンチョイ、ヤンチョイとバケツリレーさながら本船に積み替えていた。資本主義の勃興期にあって、三井は人夫を大募集していた。

与論島には、自身を抵当にして借財し、期限内に負債を返済できなかった者が、代償として身売りし家人（ヤンチュ。与論ではンダと呼ばれた）となり、由縁者《ゆかりちゅ》で衣食住し、労働を提供するという家人制度があった。債務奴隷といっていいものだった。この家人制度を引きずったまま、明治三二年、島の指導者は移民団を率いて第一回の集団移住をした。三四年までに家族を含めて一九〇〇人が口之津に移住した（明治中期、与論島の人口は約五六〇〇人と推定される）。ンダは口之津で三年間無給で働けば、これまでの借金は無代になるという条件だったが、その三年間の衣食住代がまた借金として、その後の賃金から差し引かれた。明治四年の四民平等の解放令、五年の人身売買禁止令で家人制度は終わったはずだったが、「養恩料としての労働が、身売代としての砂糖一五〇〇斤の返還が終わるまでつづけられていた。これを最大限に悪用したのが三井であったといえる。前近代の制度的ゆがみと近代化にともなった収奪とを兼ねそなえて離島苦にあえぐ民衆を血の一滴まですすりあげんとした冷酷さを私たちはみつづけるのである」（『与論島を出た民の歴史』67ページ）。

明治四一（一九〇八）年、三池港が整備されると、翌々年五分の一の人は大牟田に再移住し、与論長屋（納屋ともいった）に住んだ。多くの者は帰島した。与論人夫と土地人夫の間には賃金や待遇の格差があり、これをなくそうと事件を起こしたこともある。与論島民が石炭採掘の仕事に就き始めたのは大正二（一九一三）年以降のようである（『与論島を出た民の歴史』／「与論島とその分村」、「ある帰郷」―『精神史の旅3』）。

また、森崎は家制度と対をなす公娼制度の女たちやからゆきさんにも興味を持ち、その解放のため来歴を調べ始めた。ある老活動家を訪ね、娼婦たちの解放のために働かせてください、と蚊の泣くような声で言った。老活動家は、売笑婦の解放は底なしの井戸です、奥さんのような方が近づかれる場所ではありません、と言った。森崎はもじもじしながら、考えたいことがあるので何方か手がかりになる方を紹介してください、と頼んだ。子どもは愛なしには生まれないもの、そして人間は「生まれ、産み、死んでいく」と思っていた森崎とは、彼女たちは対極的な境遇にある存在だった。森崎は「性を生きることだけに限定されている存在」の方へ歩いていった。子どもの手を引き、博多の娼楼に出かけ、産まぬ性というサディズムを強要されている女たちの話を聞いた。

詩の雑誌（『無名通信』ではなく、その頃多く出ていた詩の雑誌）を通して知り合っていた友人綾に頼まれて、森崎は産婦人科医院に付き添った。綾は森崎の腕をつかみ、診察室に引きずり込み、叫んだ。「せんせい、この人にいんばいをみせてやってよ！　この人、女の大先生なの。

女性問題を考えているの。この人に、わたしの掻き出すところをしっかりみせてよ！　いんばいは三代にたたるんです。産みません」。医師は「だいじょうぶ、だいじょうぶ」と言って、診察室から外へ出て、森崎の肩を叩いた。数時間後、麻酔から覚めた綾が、「バカね、何か分かったかもしれないのに。あの詩が越えられたかもしれないでしょう」。

あの詩とは、妊娠中に胎児との「二重唱」に関して書いた「ほねのおかあさん」という作品だった。「くちびるがうまれたよ／ももいろのあせ／かわいいおしゃべり／夏空をきらきらかける／むきだしの／熟れたおしゃべり（略）」

綾は森崎に「あなたは橋の上の人。わたしは橋の下」といって生い立ちを話した。綾は朝鮮の女郎屋で生まれた。母親が流すのに失敗したからだという。母親はシベリアへ転売され、顔も知らない。今の母親（キミ）は養母で、その女郎屋で綾をかばって、この子はわたしが育てる、女学校に行かせるとがんばった。けれども、春になり、渡り鳥が北からやって来ると荒れ狂った。夜叉になった。火事のようになった。綾の夫が研究室に行くと、離れから出てきて、「結婚して子を産み育て、家屋敷を持って、一人前の女づらをしている」と言って綾を罵った。何度掻き出したか、よくみろ、と言って体を開いて泣く。二人で号泣した。

綾はそれからしばらくして入院し、森崎に、「死んだらあなたの肩に乗っかって一緒に生きる。勝手だけど決めたの」と言った。それからいくばくもなく亡くなった（『からゆきさん』朝日新聞社、一九七六／『北上幻想』岩波書店、二〇〇一）。

そして森崎は、綾の養母であるおキミの来歴をたずねて、「からゆきさん」の歴史と生態に踏み入り、『からゆきさん』を書いた。門司港から密航船に乗せられ、海を渡り、朝鮮へ、満州へ、シベリアへ、売られていった女たち。心を圧殺され、ものとして扱われた、産めない女たちの暗闇から、人間の心を圧殺するサディストの虚飾を逆照射した。彼女たちの生きるようすがは自分の働きで得たお金を送金することで故郷の親が喜ぶという一点であった。

ただヨシのような場合もあった。ヨシは天草の炭鉱で働いていたが上海に売られ、必死に金をためそこを抜け出し、シンガポールに移りかたぎの商売を始め、ゴム園を買い、成功を収めた。一時帰国した後、インドでマッサージ院を開業し、不服従運動をしていたガンジーに呼ばれて治療したこともあるという。「民間外交」という言葉を好んで言った（『からゆきさん』／「日本の娼婦性」─『匪賊の笛』／『精神史の旅3』）。

『ふるさと幻想』では、前述の「産む・生まれる」のテーマを深化させ、朝鮮と自分との関係を問い、福岡県苅田町の内尾薬師で行なわれる在日朝鮮人の祭（「草のうえの舞踏」）を書き、またテレビドキュメント「草の上の舞踏」（ＲＫＢ毎日放送、一九七八）として放映している。

一九七八年、取材で宗像七浦（地島、鐘崎、神湊、大島、勝浦浜、津屋崎、福間）の鐘崎に海女の家族を訪ねた帰り、たまたま通った道の側の丘の上に、ひらひらと旗が揺れているのを見、何かお地蔵さんでも祭ってあるのかと思って行ってみると、分譲住宅が建ちかかっているのを目にした。一軒お願いします、と申し込み、松崎武俊（一九二〇～七九年。森崎を見張っていた、当時折尾警察署中間派出所勤務の警察官。森崎が「危険人物」ではなく詩人だと分かってから、七一年、わしも詩を書きよると言い、底辺の民衆史を追う森崎と意気投合。『松崎武俊著作集 上 部落解放史発掘』(葦書房、一九八六)、同『下 警察史・竹槍一揆資料』(同、一九八八)などの著作がある)にも相談し、高台なので洪水の心配もないと見極め、一一月転入届を出し、一九七九年春、二〇年間住んだ中間を離れ、宗像郡東郷町大井台へ居を移した(八一年に赤間町と合併して宗像市。二〇〇二年に玄海町と合併、二〇〇五年に沖ノ島を含む大島村と合併。現在宗像市大井台)。五二歳であった。「宗像海人族になれそうです」と友人に電話で伝えた。宗像は母愛子の里であるが、そう思ったことはないと話している(母の実家は町中の郵便局の近くの大きな家だった。大井台からそう遠くはない位置にある)。

宗像に居を定めはしたが、森崎は漂泊の民を、それも太平洋側ではなく、対馬暖流の流れる日本海側の漂泊の民を追い続ける。そこに自由な日本人がいると思ったのだろう。自身心は遥かな旅人、母の血を引く(?)「宗像海人」であった。出会いを求めて現世をさ迷う魂のように、日本が分からず、アイデンティティを探して彷徨は止むことがない。森崎の「旅」は、古い日本的村を越えようとして、「はるかなむかしから生きてきた山河への共感、愛し尊敬できる精神」を探し求めた時から、また筑豊に来た時にすでに始まっていた。「旅」と言っているが、実は「渇き」というべきものだった。森崎は風になりたかった。タマカゼになっていのちの母国を探す旅を続けた。それも磁場のあり様の一つである。

森崎は漂泊する人間の魂を追い、全国の祭を追って移動するテキヤのエピソードを書いた(『遙かなる祭』朝日新聞社、一九七八)。遠賀郡の庄の浦から対馬暖流文化が運んだと思われる、椿を持ち各地に植えていったという不老不死の八百比丘尼伝説を追い、若狭・小浜、輪島、津軽・十三湊へ旅立つ。遠賀郡の海人（熊鰐族）、宗像郡の海人（宗像族・宗像三女神）、志賀島の海人（阿曇族・綿津見三神）が移り住んだとされる土地である。津軽では『東日流《つがる》外三郡誌』（『市浦村史資料編』一九七五）という本に出会う。偽書の疑いもある、その近代のにおいのする文体の本は、古代津軽のアラバキ（荒吐）族の視点から、「太古にひと摑の稲穂をもつて日の国（南蕃）より吾が国の筑紫に来る一族あり、是を迎ひたるは猿田彦なり。（略）やがて彼の一族は我等は天なる高天原より高千穂に降臨せし神々の一系なりと称して、土民の無智なる心にあらぬ迷信の説伝をして崇信なせり」などと言って、日本建国神話を徹底批判しているということである（『海路残照』朝日新聞社、一九八一）。偽書だとしても卓見ではないか。日本人の自由とは天皇制からの自由ということだろう。

『悲しすぎて笑う』（文芸春秋社、一九八五）では、旭川生まれの佐賀にわかの旅役者筑紫美主子の半生を描き、『トンカ・ジョンの旅立ち』（日本放送出版協会、一九八八）では、村社会から旅立つ北原白秋を描いている。

森崎は北国に旅をした時、裸の木の美しさに陶然となることがある。いつの頃、裸の木の美しさに出会ったのだろうと自問するが、それは幼時朝鮮で体験した裸のポプラの木に覚えたエロスの感覚の再現だった。「夏の樹は燃えているけれど、冬の木立はいのちが凜としていて、奥がふかい」。樹木の毛細管を樹液がのぼっていく密かな音を聞き、静かな冷涼とした風土の中で、「生きている！　生まれようとしている！」。エロスの発現、「いのちの母国」を感受した。

また白神山地のブナの原生林を訪ね、木や、川、岩、空気、霧、山、水、花、瑠璃鳥、シジミ蝶、動物など、いのちの原郷としての大自然の気に包まれることで、とんでもない文明に踏み入り（「地球は病気だよ」と幼稚園児の孫が言う）、踏み潰されそうな心が再生されていくことを実感した（「樹についての断章」―『クレヨンを塗った地蔵』／簾内敬司との共著『原生林に風がふく』岩波書店、一九九六）。

青森に善知鳥《うとう》神社がある。元は外が浜に建っていた。埋立てなどで内陸になると、海の側に建てなおされたという。今は青森駅近くの青森市安方にある。青森の発祥地外が浜は謡曲「善知鳥」（「烏頭」とも）の舞台である。親鳥が「うとう」、となくと、子が「やすかた」と応えた。巣は砂の上にあるので捕まえやすかった。子を捕まえられた親鳥が空で血の涙を降らせながら飛び回るという。子鳥を捕らえ、殺生の罪に怯える猟師（の亡霊）を、旅の僧が卒塔婆を造って供養する（「善知鳥」―『日本古典文学全集34 謡曲集』小学館）。

子を探し、血の涙を流しながら海辺をさ迷い飛ぶ善知鳥（ウミスズメ科）であるが、子を産めなかった女の姿が映されている。

子を産みきれずに死んだ海の女はうぶめ鳥になって渚をなき飛ぶ。あの世にも行けず、この世にも帰れない、浮游する魂となって、海と陸との境目をなきなきさ迷い飛ぶという。

坑内で死んだ妊婦は、死に切れず幽霊となって峠に現れる。前の世とこの世の境をさ迷っている胎児の魂は、一度は生まれて人の手に取り上げられ、抱かれて人間の赤ん坊になれる。幽霊は人を見ると「子を抱かしょう、子を抱かしょう」と言って寄っていくという。そんな伝承を訪ねて森崎は、（肩に綾を乗せて）旅を続ける。

善知鳥神社の祭神が宗像三神であることを知った森崎は、宗像海人がここまで来ていたことを懐かしく思った（津軽には棟方〔例えば棟方志功〕とか花田〔例えば花田勝治〕という姓が多いようだが、これも彼らの先祖が九州から移住してきたことを物語るのでは、と僕は想像してみる）。

それどころか、三内丸山縄文遺跡から出土した産女土偶を見て、はるかはるかな昔からつながる女の心を感じ、粛然となる。「ああ、出会えたよ。この列島の先行文明に。あの建国神話とは異質の、いのちの母国に」（「善知鳥と産女土偶」──『北上幻想』）

森崎は一九六五年頃からハングルを勉強していた。長女の同級生で、近所のホルモン焼き屋のきくちゃんが朝鮮人学校へ転校し、そこで習ってくる朝鮮語を教えてもらった。文法の本をノートに写したが、発音が正しくできない。朝鮮語辞典はまだ本屋にはなかった。

一九六六年、九州大学農学部に留学してきた趙誠之《チヨソンジ》から、九大の図書館に勤めていた友人豊原怜子と二人でハングルを習う。当時、森崎は体調が悪く、九大まで通うことが難しかった。『朝鮮語小事典』を入手できたので、趙先生から出題してもらって、解答を送った。「今年は特別に天候にめぐまれたので、お米が非常によくできました。……」。きくちゃんも教えにきてくれた。「敵を一人も逃すな！　金日成首相はおっしゃいました。……」（『愛することは待つことよ』藤原書店、一九九九）

一九六八年四月、森崎は招待され朝鮮を訪れることになった。亡父庫次が初代校長であった慶州中高等学校が開校三〇年を迎え、父の代理として行ったのだった。釜山《プサン》空港で出迎えの人々が、「かずえさーん！」と叫んでいた。父が「あの青年たちは今も日本語でものごとを考えているのだろうか」と罪障の涙を流していた通り、教え子たちは「人は一生の間に、一つの国語を身につけることが可能でしょうか」と問い、「ぼくらは解放後にハングルを勉強した」と語った。慶州での行事が終了した後、一期生に連れられてソウルへ廻った。みんなに見送られて汽車に乗ったが、森崎は途中で降りて私的な目的の場所へ向かった。

森崎は旅立つ前に、亡父が慈しんだSの弟Tに宛てハングルで手紙を書いていた。「オモニ、元気ですか。こんど韓国をおたずねできることになりましたので、お宅までまいります」

その手紙は、オモニ一族を恐怖に陥れた。これは北朝鮮の謀略だと思われた。Tはマルキシズム研究会を作っていて、韓国動乱（朝鮮戦争）の時北へ行った。日本の侵略の置き土産がこの動乱を生んだ。引き続き政情不安の韓国では、一般家庭まで共産主義者の疑いをかけられることに怯えていた（そのためにここは人名をイニシャルにしている）。見知らぬ名前で日本文の返事が届き、Sの息子が成人していることが書かれてあった。森崎は今度はSの息子Kに宛て手紙を書いた。

一族は代々儒学を教えていたが、Sは特別優れていたので京城医専へ行くよう皆もすすめ、森崎校長もすすめた。Sは京城医専に行き、S市の総合病院に勤務した。Sの結婚式には森崎校長も出席した。一九三三年、Sはチフスで亡くなった。Sの死後、Sの妻が森崎家にやって来て、森崎のオモニとなり、その背中に負われて森崎は多くのことを身に染み込ませ、エロスを育てた（前述）。

三〇年ぶりの朝鮮の、初めて訪れるオモニの村で、「兄さん！」と声を発した。森崎はそう言ってから、はっと何のためにハングルを学んだのか思い出し、改めてハングルで挨拶した。オモニは背が小さくなっていた。森崎はオモニに背を向けて泣いた。「泣きたくもあろう。あんたはここの人だもの」オモニが朝鮮語で言った。裏山の古墳のようなSの墓に額ずいた（「土塀」―『ふるさと幻想』／「訪韓スケッチによせて」―『異族の原基』。オモニの村を訪問したことは『慶州は母の呼び声』には書かれていない）。

一九八五年春三月、金泉女子高校出身で、九大文学部大学院に留学していた蔡京希《チエギヨンヒ》の春休みの帰国に同行し訪韓した（二度目）。金泉中高校を訪ねた後、ソウルで朝日新聞社の支局に頼んで金仁順《キムイムスン》の消息を調べてもらった。森崎は、引き揚げた金泉高女の卒業生が苦労して作り上げた同窓会名簿で、任順のことを知ったのだった。

任順が今ソウルに出てきていることを知り、ホテルに電話した。翌日の早朝、森崎は任順と再会した。そしてスケジュールを調整して、その夜はにわかにクラス会が始まった。「私たちの間には国もなんもないよ。友情しかないよ」と黄英子《フアンヨンジヤ》が言い、乾杯した。

『慶州は母の呼び声』（一九八四）を出版した時、それを読んだアメリカ在住の韓国人宋昇奎《ソンスンギユ》という人から金泉中学校の設立についての間違いを指摘する手紙を貰っていた。宋昇奎はアメリカ国会図書館のアジア館館長をしていた。そこで森崎の著書を目にし、かつて金泉の通学途上ですれちがっていた人だと直感した。金泉の黄金教会に、戦前、民族思想家として監視されていた牧師がいた。宋昇奎はその牧師の息子だった。しかも、金任順の夫だった。

金任順は両班階層の出身で、一九四五年九月に梨花女子大家政科に入り、五〇年の四月末に宋昇奎と結婚した。六月二四日に金の父親の還暦の祝いに二人で尚州《サンジュ》の家に帰っていた。妊娠していた。夫は六月二五日にソウルへ帰った。そしてその日、韓国動乱（朝鮮戦争）が始まった。任順はソウルへ戻れない。北の軍隊がソウルへ入ってきた。尚州にも入ってきた。金一家は避難して、南へ逃れた。九月一五日、仁川《インチョン》に国連軍が上陸して反撃が始まり、ソウルを奪回した。しかし、宋昇奎や家族の消息が分からない（昇奎は国外へ逃れていた）。五一年一月、任順は女の子を産んだ。八月、姑が巨済島《コジェド》に避難していることが分かり、任順は赤ん坊を抱いて、なんとか釜《プ》山《サン》に行きついた。姑は釜山から船で五〇分のところにある巨済島の学校の官舎にいた。

一年ほどして、巨済島にあったフレンチオフィスの室長に会った。彼は梨花女子大の講師をしていた人で顔見知りだった。一九五二年一一月二七日。その人が、ちょっと来てみなさい、と言って任順を連れ出し、丘を登った。土壁の藁葺きの家の中で七人の赤ん坊が泣いていた。「この子たちの世話をしなさい」と言って、その人はいなくなった。赤ん坊にミルクを飲ませようと、山に薪を取りにいき、オンドルの焚口で、一つだけの鍋でミルクを作り、孤児たちに飲ませた。赤ん坊も泣くし、任順も泣いた。「ペスタロッチじゃありませんから、わたし、できません」。任順は祈りながら泣いた。泣きながら眠った。

朝のチャペルの音で目覚めた。「この子らを、おまえのレベルにアップさせよ」という言葉が心に聞こえた。神の声だと思った。「一生、この子らの世話をします」。任順は神に誓った。泣いている赤ん坊に、任順は自分の乳房を吸わせた。姑にあずけたままの娘には、姑がオモユを飲ませてくれた。

一二月になって、役場の人がどんどん戦災孤児を連れてきた。一人ではどうしようもない。教会に行って助けを求めた。四、五人のクリスチャンがおむつの洗濯やオモユを作るのを助けてくれた。食べる物も薪も、テントも家もない。愛光園《エグアンウォン》はそんな風にしてスタートした。

一九五三年七月に休戦協定が結ばれた。子どもたちも歩くようになり、任順のチマの裾を握って坐った。そうするととても心強いらしい。姑はソウルに戻り、娘は任順のもとで育った。娘は小学校三年くらいまで、自分も孤児だと思っていた。

一九五五年には、子供たちは一三〇人くらいに増えていた。島にあった捕虜収容所が解体され、その古材を韓国軍の中隊長が運んでくれた。釜山にあったアメリカのケア・ミッションが、セメント、ガラス、ルーフィングペーパーなど建築資材を援助してくれた。愛光園は食堂、炊事場、講堂、子ども部屋、やがて職業補導所などを整えていった。子どもも増えたし保母やスタッフも増えた。任順は妹の末順に手伝ってくれないかと相談した。金東云《キムトンウン》の連れ合いの金洗栄《キムセヨン》は大学に進む子どもたちのために登録金をたくさん出してくれ、鹿の角は漢方薬として高く売れるからと、鹿を飼うことを勧め、四頭運んでくれた。こうして、任順は七〇〇人の孤児を育て、学校に通わせ、社会へ送り出した。

一九七八年に知的障害児（者）施設へと転換した。八〇年には巨済愛光学校を開校した。九七年にはグループホーム聖貧村を建てた。園では有機野菜、木工、パンやケーキ、紙工芸、織物、その他を作り、バザーで売る。聖貧村でも入口のコーヒーハウスでも売る。そこにはコーヒーを淹れる名人がいる。どんな子でも、与えられるだけの生は苦痛だから。

一九八一年に任順はアメリカへ行った。夫の宋昇奎もアメリカにいた。しかし、任順は会わなかった。「自分のことなんて言っておれなかったのよ。同時代を生き合った。わたしたちには、それしかないもの」。昇奎も韓国に帰った時、愛光園を訪ねようと思ったがそのまま戻った、という。夫の縁につながる人が任順の仕事をサポートしてくれた。

森崎が金任順にソウルで会った時（一九八五年）、任順は愛光園のバザーのお願いでアメリカ大使館へ行くためソウルに来ていたのだった。その夜、にわかにクラス会が始まった。翌日、森崎は孤児園の後身（一九七八年から）知的障害児施設愛光園を巨済島に訪ねた。巨済島はその後、造船所もでき、学校もでき、橋もでき、人口も一五万人に増えた。

一九八九年、金仁順はマグサイサイ賞を受賞し、二人の交流はさらに密になり、九八年一二月、宗像市教育委員会主催「世界人権宣言五〇周年記念」の対話を行ない、九九年、愛光園の修学旅行生十数人を宗像に迎えた。

「ありがとう金任順さん／韓国の孤児千人のおかあさん
あなたと／敗戦前の数か月金泉で机を並べ
植民二世のわたしは／東海の波しぶく列島で生き直して
あなたの故郷へ詫びたいと／母国を探し探し地下坑をゆきました」

（『ささ笛ひとつ』）

森崎はもう何度朝鮮海峡を渡ったか分からない。そして任順に繰り返し礼を言った。

数年前に森崎は金任順から臙脂《えんじ》色のチマと鮮やかな黄色のチョゴリをプレゼントされて、仕事部屋の壁に掛けていた。一九九八年、任順との対談を終えて、宗像の海に落ちる夕陽を見ていた時、明日の福岡での草の根交流でこれを着ようと思った。宗像海人は韓国にも行っていたし、森崎も宗像海人の母の血を引く者だったから。

翌日、任順、山本和子（チャングの会）とともにチマ・チョゴリに着替えると（包まれると）、森崎の中でほっと心がくつろいだ。何かが、感覚の中の何かが、はらりと散り、ゆったりと広がる。国家や社会ではない、民族でもない、もっと広い何かが森崎を満たしていく（「働くことは愛すること」―『見知らぬわたし』東方出版、二〇〇一）。

何かとは何か。散っていったのは植民地朝鮮で過ごしたことの罪障感だろうか。また日本で感じ続けた疎外感だろうか。広がっていったのは、「いのちの母国」、「ははのくにのエロス」であっただろう。おそらく、チマ・チョゴリの（入子の）中で、森崎の中の心が「ふるさととの安らぎ」を得た、というか、原基であった「ははのくにのエロス」を感じたというか。小さい頃、ポプラの木に抱きついて木の中を流れる樹液の音を聞いたことがあったが、この時、森崎はチマ・チョゴリの中で、自身が胎児のように息づき、木の中の樹液になって流れ始めたように感じたのではないだろうか。日本海岸の宗像海人のゆかりの地を訪ねる自分探しの旅の果てに、「見知らぬわたし」が「ふるさとのわたし」（アイデンティティ）を見つけた、ということではないだろうか。別の文章で次のように書いている。

［あなたのおかげで体中の氷が溶けたよ。溶けて水になりたいの。私ね、子供の頃のポプラに抱きついた時、樹液が流れる音を聞いたのよ。あのいのちの音。ね、私も水になって海に流れたいの。この海峡、この海の水に。イムスンさん、あれが対馬でしょ。愛光園から見えるのね。］

この友人がいてくれた、という思いが湧き上がってくる。森崎の罪障感に満ちた朝鮮体験は救われるように思った。金任順との交流によって、森崎は自身の中の水が、朝鮮海峡―玄界灘の水になってつながることができると思った（『こだまひびく山河の中へ』朝日新聞社、一九八六／『いのちを産む』64ページ／『愛することは待つことよ』藤原書店、一九九九／『いのちへの旅』岩波書店、二〇〇四／『語りべの海』岩波書店、二〇〇六）。

そしてここから始まるものがある。「産む／生まれる」のテーマに即して言えば、新しい「産生」があったということであろう。

9　谷川雁の東京

渡辺京二は、「彼は大正のたたかいが崩壊し、自分の政治的構想の行くすえを見さだめたときに、何もしないために東京へ去ったのである」と書いている（「六〇年安保と吉本隆明・谷川雁」―『小さきものの死』葦書房、一九七五）。色川大吉は、「先駆した谷川雁は、一九六五年に筑豊を見限って上京した。その後の彼の世捨人風の足跡に私は興味はない」（「酔いては創る天下の縁」―『上野英信と沖縄』ニライ社、一九八八）と書いているが、僕は谷川の東京時代があまり知られていないのが気になっていた。一人の人間の通史は、そこに、夢のかけらが見えるのであれば、転変も含めて記述されるべきだろう、と思う。夢のかけらというのは、子どもたちに言語教育をしようとした時、谷川雁は原点に戻ろうとしたのでは、と思えるからだ。「原点が存在する」には次のような件もある。

「詩人とは何か。／まだ決定的な姿をとらず不確定ではあるが、やがて人々の前に巨大な力となってあらわれ、その軌道にひとりびとりを微妙にもとらえ、いつかその人の本質そのものと化してしまう根源的勢力……花々や枝や葉を規定する最初のそして最後のエネルギー……をその出現に先んじて、その萌芽、その胎児のうちに人々をして知覚せしめ、これに対処すべき心情の発見者、それが詩人だ」

（「原点が存在する」一九五四）

この一節は、詩人の定義として秀逸である。「目前の景色に未来の光輝を認めることのできる者こそ『見者』」である。谷川は詩を書くのを止めてしまうが、工作者としてメタファーを交えた文章は書いていた。新たな工作者は、子どもたちを詩人＝見者に育てようとする。その根源的なエネルギーを「その萌芽、その胎児のうちに」、詩人として方向付けたいということ、それが谷川の「残念」ゆえの第二の道であったと考えられる。「子どもを救え」！

ただし現実の谷川雁は、その所期の志向とはいささかズレていく感じがあるのだが。以下、内田聖子著『谷川雁のめがね』（風濤社、一九九八）などによって、東京に行った谷川について書く。

東京渋谷のテック（東京イングリッシュセンター）は榊原陽の父によって一九六二年に創立された。ランゲージ・ラボラトリ、外国語独習教材の販売会社である。六三年、谷川は山口健二を通じて榊原と出会う。榊原は谷川にロマーン・ヤコブソンやノーム・チョムスキーといった言語学者の話をし、谷川も「言葉を媒介にした世界意識の完結だ」などという夢を描き、これが工作者の生きる道と思ったのであろう。前述のように、度々上京を繰り返したあと、六五年秋、谷川は筑豊を去り、テックに開発部長として迎えられた。

榊原の始めた事業は彼の言うことを聞かない一派ができ、困っているところに、谷川が「その問題はオレが片づけてやる」といって、一派のボスを追い出し、自分が居座った、ということである（『谷川雁のめがね』）。

谷川は、テックの言語教育事業の一部門として、一九六六年、ラボ教育センターをスタートさせた。六八年、専務理事となる。英会話や英文の教材を売る会社である。社員四四五人。チューターという教師が数人のパーティーを作り、物語テープを購入し、自宅で聞き、木になったり、石になったり、時には目に見えないものになったり、という身体表現をする。机も鉛筆も使わない。ことばと身体、音、音楽と絵を媒介にして、生きたことば（生きた英語と豊かな母語）を話しあい、感じあうこと。コミュニケーションは心を開くことから始まる。その心を育てるのがラボの目的である（『谷川雁のめがね』28ページ。ラボのホームページ参照。「ことばがこどもの未来をつくる　since 1966」という看板が印象的である）。谷川はらくだ・こぶにというペンネームで多数の物語テープの解説を執筆した。

一九七一年四月一五日付の「朝日新聞」は、谷川を「落ちた偶像?」と大きく報じている。東京・渋谷署は、株式会社「テック」（渋谷区道玄坂二丁目）の労組委員長梶木一郎ら組合幹部五人を逮捕。解雇された組合員二人の処分撤回闘争をめぐって、会社側の三人に暴行、ケガをさせた疑いである。前年夏のボーナス闘争の際、団体交渉中、組合は示威行為はしないという労使協約に違反した二人を解雇した。組合側は、解雇理由はまったくのいいがかりだとして、毎月職場集会を行ない、会議の席に乱入したりし、会社側の主査を突き倒し、全治一〇日程度のケガを負わせた。暴行は一一月から二月まで前後五回に及ぶという。

組合側（四七人。その中には平岡正明もいたはずだ）は、「『会社』は『谷川雁専務』と言いかえられる。すべて実権を彼がにぎっている」と説明……。「テック労組の委員長はオレである」

と谷川は言っていた。「谷川さんの会社なら組合に入らなくてもいいという信者もいる」という中で、組合の一致した谷川評は、「転向者。かつて行なった政治活動は真っ赤なウソ。人間を組織してその上に乗ることが好きなだけだ。彼は労働者の精神を搾取している……」というものであった。

これに対して谷川の釈明（世田谷区赤堤の自宅で、和服を着て語る谷川の写真が載っている）。入社のきっかけは、「知人の現副社長から声がかかった。子供を相手にした言語教育で、世界が変えられるかも知れないと思い、誘いにのった」。現在の心境は、「二百年先のことを考えている。日本の子供が世界の子供と手をつなぐ日がくる。言葉を媒介にした世界意識の完結だ。ボクの転向とかいうのは問題じゃない」。

組合騒動については、「会社はおままごとではない。日常業務や対外信用に支障のあるものを排除するのはあたりまえではないか。それに彼らは、労働者というが、炭坑夫とくらべたら労働者とはいえない」、「労働者を、すべからく神聖視するのはまちがっているよ」。

八月には渋谷ハチ公前でラボ労組は「不当解雇反対」のハンストに入り、「谷川雁フンサーイ」、「谷川労務管理粉砕！」と叫んでいた。ある社員は「幹部は左翼くずれ、社員はくずれた左翼さ」と自嘲気味に語っていた。六〇年安保の際の六・一五事件の被告、元郵政関係の労組委員長、東大・安田講堂に籠城組などかつての闘士がかなりいた。捕まった五人の中には、かつて兵器製造工場に火炎ビンを投げ込んだアナキスト、左翼関係の本を万引きした元東大生がいた。

組合側も一癖ありそうな感じがあって、現場の実情がよく分からないという留保をつけながら言うのだが、自立学校で目指そうとした三すくみのバランス感覚もどこ吹く風、「既成の価値をためこんで精神の領域における独占と帝国主義を、なにくわぬ顔で強化しようとするやつらを、まずこの学校であたるをさいわいノック・アウトしてやる」などと言っていた頃からすれば、確かにずいぶんと様変わりしている。「ボクの転向とかいうのは問題じゃない」と語ったそうだが、やはり転向は転向だったのだ。谷川は闘う側から、闘われる側になった。「人間を組織してその上に乗りたいだけ」というのは、常に威張っていた谷川に対する穿《うが》った指摘である。谷川は他者を「私兵化」しようとする傾向があったが、ここでも自分の思い通りにいかない部分、つまり「私兵化」できない部分を切り捨てようとしているかのようである。その評言はたとえば次のようなエピソードからも首肯できる。

長谷川龍生（詩人）の伝えるエピソードは次のようである。「九州を捨てて」上京した谷川のラボは、長谷川の属していた会社（東急エージェンシー）の東急不動産ビルの中にあったので、二人は一種の「親戚づきあい」になっていた。ラボの宣伝広告は東急エージェンシーの営業連絡部が担当していたが、ときどきミスをやり連絡部長と部員は平謝りに謝ったが、谷川は聞き入れなかった、という。連絡部員に頼まれて長谷川が取りなしに出てきても、谷川は居丈高にそっくり返っていたし、長谷川も高みの見物でそっくり返っていた。谷川は、重々分かっている連絡部長をいたぶり、じゅんじゅんとその非をあげつらった……。エピソードはまだ続くのだがこれくらいでいいだろう。

長谷川は、「それからもときどき、谷川雁とすれちがったが、日増しに体軀が小さくなっていった」と述べ、「人間性の裏の裏を知ってしまった以上、どうも（谷川の）傑作詩集はうき上がって見えるし、ひとりあるきしている」と述べている。たしかに谷川は「俗事万端であった」（『谷川雁のめがね』141ページ）。

これがラボの専務谷川に対する長谷川の評価である。こういう強気で独善的で専行的でサディスティックなタイプの人間は、誰の周りにも一人や二人はいてストレスの原因となっているものだ。谷川はここでも威張っていたのであろう。しかも相手によっては慇懃丁寧といった態度をとることもある（兄健一に対しては平身低頭であった）。

クライヴ・ウイリアムズ・ニコルは一九四〇年ウェールズ生まれ、一七歳でカナダに渡り、北極を一二回探検し、エチオピアでも国立公園の技術顧問となり、一九六二年初めて日本にやって来た。何度目かの来日で、空手を習っていたが、東京イングリッシュセンターの講師になり、ラボとのつながりから谷川と出会う。

一九七八年、谷川はラボランドのある長野県信濃町の黒姫山に居を移す。そしてニコルを黒姫山に誘った。谷川の書いた子ども向けの古事記物語を英訳するためであった。その後ニコルは「勇魚《いさな》」を書くために和歌山県太地に移るが、八一年、谷川のいる黒姫山を終《つい》の住処と決めることになる（『C・W・ニコルの自然記』実業之日本社、一九八六）。

「一つの単語をあれにしようか、これにしようかと議論し、それだけで一日が終わる日もあった。それくらい言葉へのこだわりがすごかった」とニコルは証言している（内門博「千年書房『原点が存在する』」―「西日本新聞」二〇〇七年一〇月二一日付）。

一九七九年四月二四日、谷川は専務理事を解任される。発端は『国生み』の制作強行にあった。財団法人ラボ国際交流センター会長の大河内一男は理事・評議員を集め仲裁にあたり、谷川の解任は八月の定時株主総会の日まで凍結することを要望した。また、谷川に対して、通例の退職金に加えて、長年に亙る著作物に対する功労金を支払うことを要望した。同時に要望書を出した著名人は、金子兜太、根本順吉、日高六郎、平井信義、丸谷才一、宮本常一、渡辺茂男、鶴見和子などであった。

榊原社長・理事長は、大河内会長の裁定を容れ、谷川の解任を戻した。谷川は、退職功労金については了解したものの、新しく著作物目録を作り、自身が著作者であり、著作権者であることを確認する要望書を出した。榊原はこれを受入れられないと回答した。これに対して、この時『国生み』のテープ制作に当面していた谷川は、C・W・ニコル（英訳者）、間宮芳生（音楽）、高松次郎（画家）と連名で、それぞれの著作物の新たな文書契約と、谷川援護の申入れ書を提出した。谷川が制作室長であった時は口頭による諒解であったが、退任によって文書契約の形を求めたのである。

かつて、加藤重一は谷川に、「意識の私有財産制は否定されるべきではないか」と訊いたことがある。それに対して谷川は、「それでは責任の所在が明らかにならないだろう」と答えたという（「大正闘争」―第Ⅲ期『サークル村』第八号、二〇〇五）。責任の所在の問題で、谷川は著作権料（知的生産物の私有権と言ったらいいと思う）を要求したのであろうか。そうではなかろう。革命家も腹が減る。谷川の俗事万端を示す一例であろう。

テープ「国生み」の制作は六月、一〇月、一一月と延期された。谷川ら制作者は問題が速やかに解決され、円満に制作、刊行されることを望んだ。榊原は一一月二七日、理事会で社長命令によって「国生み」テープの制作を指示したが、「それはすべての合意によるものでないと新たな紛争を招いていく。かくして、八〇年、ラボは分裂し、壮大なる〝ごっこ遊び〟も終結した」。二〇〇〇人近くいたチューターも一割以上が混乱時にやめ、三分の二が労組支援のラボに残り、三分の一ずつが榊原、谷川と、袂を分かった（『谷川雁のめがね』166〜168ページ）。

一九八一年、谷川は「十代の会」を創立し、再度の夢を追うことになった。「生きてるからには、ひとさし舞わねばなるまいて」（「サークル村始末記」）というのが谷川の口癖だったが、宮沢賢治の志を伝えることで、子どもを救え、ということだろう。翌八二年、「ものがたり文化の会」を発足し、賢治の童話をニコルと翻訳したり、賢治論として、八三年、『意識の海のものがたり』（日本エディタースクール出版部〔実弟吉田公彦の出版社〕）、八五年、『賢治初期童話考』（潮出版社）、八九年、『ものがたり交響』（筑摩書房）を刊行した。

［政治によってかきまわされた二十世紀初頭の芸術と科学を、こどもたちといっしょにもう一度やりなおしてみる。こどもたちを表現上の共同者とみなせばよいとおもうのです。（略）世界戦争もなく、一国革命もなく、おそらく二百年ぐらいかかって資本制の〈単一世界権力〉ができるだろうというのが、四半世紀前から凝結している私の政治論ですが、それとかかわりなく、こどもとおとなの関係は〈革命〉できるんです。そしてこの革命はつねに芸術

的な感動とつれだっています。（略）十年前にやはりこれしかないと宮沢賢治の童話群にきめ、全国で社会人から幼稚園児までの同一主題、同時学習、同時表現をやれるようになったのです。」
（「二つのモダニズム　60年安保から30年」—「西日本新聞」一九九〇年六月二六・二七日付→『谷川雁セレクション2　原点の幻視者』日本経済評論社、二〇〇九）

資本制の単一世界権力というのは、グローバルスタンダードと称して蔓延するアメリカ金融帝国主義のことかもしれない。それは株を買う、マネーゲームの金の世界である。それとは別にパンを買うお金の世界がある。小さな単位のサークル（！）で、自然と呼応する人間の心を育てる営為がある。おとなと子どもの芸術的な感動を伴う表現活動において、谷川は人間の未来を見ようとした。先の「詩人」の定義が生きているのはこちらのほうであろう。

「ものがたり文化の会」では、宮沢賢治の童話をもとに「人体交響劇」（英語で言うと、the polyphonic dramas of human bodies）を提唱した。ポリフォニーとは複数・多数の声ということである。賢治の童話を乗り物にし、演者同士が互いに演じる関係性・共同性の中に、ポリフォニックに浮かびあがる「あるもの」を感じ取ることが重要である。そこは一つの磁場であり、目指すところは身体性の解放である。

「キャラクターのせりふ以外にナレーションを使う。音楽も使う。無生物（たとえば風や雲）なども演じる。登場人物の一人を複数でやってもいい。パートが変るたびに三班を交代する（子どもはじつに覇権に敏感で、大人よりも率直に権力をねらって暗闘するから）。大道具・小道具は使わない。幕も使わない。舞台より、平土間がいい」。言語班はせりふを述べ、視覚班はそれをパントマイムで表現する。聴覚班は物語からきこえてくる音を観客の眼に見えるように音で表現するが、それは視覚班の役割ではないかという意見が出て、聴覚班は物語の奥で、陽気な複数の亡霊のようなOTHERSとしてふるまうことになった。これによって、「表現は一挙にポリフォニックになり、前衛化した。こどもたちは単なる受け手ではなく原作に透明な万華鏡をモンタージュし、賢治その人と〞共同して〟創造するよろこびを知った。さらにふしぎな効果として、賢治思想の難解さの中枢といえる〞四次元〟のイメェジをこどもたちはもう水を飲むような自然さで摂取している」(「ドーム感覚の造型へ」―『ひと』一九九三年一一月号→『谷川雁セレクション2』)というが、これはかなり難しそうだ。はたして「水を飲む」ような具合にいくのだろうか。自分のやっていることが理解・了解できるのだろうか。

〔賢治童話には文字に書かれていない〈透明なあるもの〉が背後に存在するのではないか。それは物語の内と外の境い目にあってドラマに参加することはないがドラマに感応し、その震動が一瞬局面にひびを入れ、すきまからこちらをのぞいている。その表現に踏みこんでみせたのは、この種の他者の名を作者が例外的に明記している『やまなし』のクラムボンでした。あれはなんだ。河童の赤ちゃんみたいなものじゃないか。これを第三班の化身すべき対象にしたとき活性化がうまれました。聖と賤の両面を具有する超越的にして卑小な第三者を演技者が想像(創造)し、それを人体表現の内側へひきいれれば、賢治童話は単に〈聖なるテキスト〉ではなくなる。原文の一点一画を変えることなく、それは賢治と曾孫の世代との共作物に変るのです。」

（「少年少女による〈四次元〉劇」──『極楽ですか』集英社、一九九二、214ページ）

谷川の読みは深い、というか、深読みをしている。目前の景色に、未出現の〈透明なあるもの〉を見得る者こそ詩人なのだ。「クラムボン」とは、物語の内と外の境い目のすきま（〝四次元〟）から、こちらへ現れ出る河童の赤ちゃんのような〈透明なあるもの〉だ、と解釈できる（あっ、出現罪！　風の又三郎の眷属だ）。そこを表現するのが、人体交響劇であり、それは賢治と曾孫の世代の子どもたちとの共作空間となる、と。「ぼくたちの人体交響劇の観客は、最終的には宮沢賢治その人です。四次元の観客の前で、四次元劇をやるのです」（「ドーム感覚の造型へ」）。

やはりそうとう難しそうだ。

『やまなし』（物語テープ出版、一九八四／『賢治初期童話論考』）の英訳に当たっては、おそらくあれにしようか、これにしようか吟味したのであろうが、「クラムボン（はわらったよ）」を、Klammbonと綴っている。僕は、これはCrammbonとすべきではないかと思う。賢治学において「クラムボン」とは何かという問いは決着を見ていない難解な問題のようだ。だから「クラムボンて何？」という問いは、多少の黙考の末、一晩は考え抜いたという雰囲気のもと、ためらいながら訊くのはいい。しかしあっけらかんと、無造作に訊いてはならないデリケートな難問なのである。僕の考えでは、「クラムボン」はcrab（かに）とシャボン（sabao）のかばん語で、蟹の吹く泡だと思うから（水の中で蟹が泡を吹くか、と言われると、僕もちょっと息苦しいが。それは賢治さんにも言ってほしい）。

谷川は賢治の全作品の構成を一つのドームに見立てている。内に入って、上を仰げば「銀河鉄道の夜」、「ポラーノの広場」、「風の又三郎」、「グスコーブドリの伝記」の物語が描かれている。これらをかこむ円周に九つの小円が配置され、それは「注文の多い料理店」の九つの物語がステンドグラスで描かれている。西域の物語は回廊に配置されており、文語詩はタイルに使うとおもしろい、と（「ドーム感覚の造型へ」）。

しかし僕は別の考えを持っている。僕の賢治の全体像の見取り図は、宮沢賢治は、法華経を道案内に、一人の修羅になって、風の又三郎と一緒に、銀河鉄道に乗って、ポラーノの広場へ行こうとした、そしてはげしく寒くふるえていた、というものである（新木『宮沢賢治の冒険』海鳥社、一九九五）。

谷川雁の講演は、僕も一度大分市のコンパルホールで聞いたことがある（一九八六年一〇月二六日）。おそらく、「ものがたり文化の会」の地方組織のために講演に回っていたのである。聞き手は子どもも多かった。「鹿《しし》踊りのはじまり」について谷川万有学と称する庖丁で腑分けしていたが、ししとは肉のことで、猪《い》のししと鹿《か》のししと二つある、とか、鹿踊りとは、六頭の鹿が角突き合わせてガールフレンドを争奪している姿なのだ（わっ、闘いとエロス！）と解説していた。僕が、俳句とか短歌の七五調は四拍子だと思う、と質問したら、彼は「そうです」と吐き捨てるように言った。僕、何か気に触ることを言っただろうかと思い返したけれど。

谷川の講演への感想は、「『鹿踊りのはじまり』のほんたうの精神」という文にまとめた。かいつまんで言うと、嘉十は鹿たちのことばが波になって聞こえてきたことに驚いた。六頭の鹿は嘉十の忘れていった手拭（オブジェ）について、それぞれの（あーだこーだという）考え（分別・解釈・認識・幻想・煩悩）を言う。生きもののようであるし、毒《ぶす》きのこのようでもあるし、栃の団子の青じろ番兵かもしれないし、柳の葉みだいな匂もするし、汗臭いし、何だかよく分からない。それぞれの鹿の脳内でそのようなものとして現象しているのだ。最後に大きな蝸牛《なめくづら》の旱《ひ》からびたのだということになり、鹿たちは手拭の周りをぐるぐる踊る。これを見ていた嘉十は陶酔の中で、自分までが鹿のような気がして飛び出そうとしたが、自分の手が眼に入り、鹿ではないと分別できたので、思いとどまった。そしてさらに歌い、踊る鹿たちの祭の中心に、うめばち草が「そっこりと」咲いていた。嘉十はもう無我夢中で、じぶんと鹿とのちがひを忘れていた。仏教の言葉で言えば、名辞以前の「彼我一如・無分別境」、宇宙・自然との一体感ということである。これが「鹿踊りの、ほんたうの精神」である。

エクスタシーの状態から嘉十は思わず飛び出していく。すると鹿たちは驚いて一斉に逃げ出してしまう。鹿の世界に嘉十が「出現罪」したのである。鹿と人間は別々にいることになっている、この修羅の世界では（『宮沢賢治の冒険』）。

一九八四年には、久しく冷凍していた手製の儀式を溶かして、「海としての信濃」を「信濃毎日新聞」に二週に一度、七カ月、都合一六編連載、八五年に『海としての信濃　谷川雁詞集』を深夜叢書社から刊行している。「詩」と言わず、「詞」と言うところがポイントなのだろうが、この不規則な一四行詩も、僕には何だかよく分からないので、何とも言えない。

一九八九年、『教育音楽』四月号（音楽の友社）から、作曲家の新実徳英の曲に詩をつける

（塡《は》め込む）塡詞の方法で、十代のための合唱曲集『白いうた　青いうた』全五三曲の作詞をした。第一曲は「十四歳」で、

「はなびらのにがさを／だれがしってるの
ぴかぴかのとうだい／はだしでのぼったよ
かぜをたべた／からっぽになった
わたしいま十四／うみよりあおい
はなびらのにがさを／だれがしってるの／だれが」

というものである。十代のための合唱曲の歌詞であり、コーラス曲として秀逸である。初期の抽象詩と同列に扱うわけにはいかないだろうが、かなり分かりやすく、鮮烈な息吹さえ感じられる。

一九九四年に藍川由美『鳥舟』がカメラータからCD化されている。そのライナーノーツに曰く、

「言語の操縦能力を駆使すれば、世界のどんな伝統歌曲の旋律にも、日本語をあてることは可能だと考えてよいのではないか。アテブリによって、一つの言語は韻律の潜在性を拡大し、顕在化できるのだ。この先例は、唐代の前後、楽府とよばれる多くの曲にことばをつける「詩余」あるいは「塡詞」という文藝にあって、李白をはじめ大詩人たちがさかんに試みた。壮語をもてあそべば、私たちはこれと同じ音楽と文学の交叉する新しい分野を、演歌の手法よりもうすこし広い視野のもとに提唱していることになる。なんとなく大きな可能性の予感がある。」

（「〈塡詞《アテブリ》〉に可能性がある」）

二〇〇二年にビクターエンタテインメントからCD三枚（1 壁さえた、2 北極星の子守歌、

3　あしたうまれる）が出ている。このジャケットに載っている谷川の写真は、いつになく、穏やかな笑顔である。

また、この合唱曲を聞いた小倉の西南女学院の人から懇請され、西南女学院の学院歌「シオンの丘」を作詞した（作曲・新実徳英）。

一九九四年一〇月、清瀬市の国立東京病院に入院、右気管支に癌腫瘍が見つかった。河野は見舞いに行って、彼の本業であるカイロプラクティックを施そうとしたが、野口整体の人たちが既に治療を行なっていた。九四年一一月一〇日から九五年一月一一日まで、古巣の「西日本新聞」に「北がなければ日本は三角」を五〇回連載した。

一九九五年二月二日、肺ガンのため、国立東京病院で死去。七一歳。戒名は生前自身で付けた流水院磐石居士。熊本県宇城市松橋の円光寺に葬られた。母チカの里の寺である。

10　上野英信の拠点

鞍手町新延六反田に、倒壊寸前の四軒長屋の炭住があった。前年に閉山した旧室井鉱業新目尾《しゃかのお》炭鉱の、一九三一年に建てられた炭住である。上野朱著『蕨の家　上野英信と晴子』に写真が載っているが、屋根はあったが、天井板も床板もなかった。板壁もガラス窓も扉もなかった。近隣の人がはがして自分の家の修理に使ったか焚付けにしたかだろう（上野朱「ヤマの匠のビフォー・アフター」―『父を焼く』）。ここを集会所にしようと発案したのは野上吉哉であった。野上は『追われゆく坑夫たち』の「底幽霊」の章に登場する闘う組合長Nのことである。

一九六四年二月（大正鉱業退職者同盟が自力建設をしていた頃）、上野英信（四〇歳）はこれを国税局から本棟八〇〇〇円、別棟一五〇〇〇円、計九五〇〇〇円で買い取った。晴子は屋根が波立っているのを見て、「竜《じゃ》踊りのよう」と言った。この炭住を改造して始めた「筑豊文庫」とは何か？

上野は、「お願い――筑豊文庫建設のために」という文章の中で、

［おとなも子どもも自由に利用できる、学習と話しあいと宿泊の場を設ける事になりました。いろいろ困難はありましょうが、ここを足場として地道な運動をすすめるとともに、ゆくゆ

くは、筑豊の谷々に散在孤立している炭鉱離職者、幅ひろい連帯と交流のセンターにまで発展させたいというのが、私どもの念願です。」（岡友幸編『上野英信の肖像』海鳥社、一九八九）と趣旨を語っている。端的に言えば、つまり「羅須地人協会」ではないか。一つの磁場ではないか。

筑豊文庫設立のいきさつは『廃鉱譜』（筑摩書房、一九七八）に詳しい。一九六四年一月から改築にとりかかったが、上野は、あれは俺たち（生活保護受給者）を民生委員に密告する手先じゃ、などというさまざまな誤解や不信の的となる。三月二九日、英信は家族もろとも福岡から筑豊に移り住んだ。妻子の事を考えて思いとどまるよう忠告もあったが、「それで駄目になるような児ならいっそのこと、早く駄目になったほうがよいではないか。そうなれば、いつまでもわが児の将来に幻想を持たずにすむ。親子ともに気楽ではないか。それになにより、あんな所で成長すれば、少なくとも日本の未来に対してだけは、けっして幻想を持たない人間になるだろう。わが児の将来を考えないからではない。誰よりも真剣に考えればこそ、決心したことだ」と豪語し、日本一熱烈な教育パパであることを強調した（「わがドロツキストへの道」―「毎日新聞」一九七二年一二月一一日付）。当の朱（小学校二年生）は剣道教室に馴染まず（人を叩くのも叩かれるのもきらいだから）、東筑高校では落語研究会に入り、斜め四五度くらいから反発していた。それは主に父の母への態度、人前でくさしたり、酔って絡むところなどに疑問を感じていたかららしい。

一九六五年一月一五日、図書室、剣道場兼集会所、事務室、居間、台所を備えた「筑豊文庫」創立記念集会が開かれた。その宣言文にいう。

［筑豊が暗黒と汚辱の廃墟として滅びることを拒み、未来の真に人間的なるものの光明と英

智の火種であることを欲する人びとによって創立されたこの筑豊文庫を足場として、われわれ炭鉱労働者の自立と解放のためにすべてをささげて闘うことをここに宣言する。」

この格調高い宣言には「地底祈禱」、「曙に起つ」以来の上野英信の志が表れている。初志貫徹のため、やはり上野は闘いの現場としての「筑豊」に立脚する。ここは確かに革命の拠点だったのである。さらに、「泣き部屋」を作りたいと言う。

［特定の一室ではない。この一棟全体が、男も女も含めて、生き残った人間ばかりではなく死者も含めて、さらにまた、筑豊のみならず日本の地底に埋められた生者と死者、過去と未来を含めて、一つの巨大な泣き部屋になるよう。私はそう祈らずにはいられなかった。そして、そのような思いをこめて、復旧した長屋の玄関に「筑豊文庫」という看板を掲げた。」

（『廃鉱譜』）

「泣き部屋」とは、野上の「つれえ、なさけねえこつばっかしの男たちが、誰にも遠慮せんで、心の晴るるまで、男泣きのでくる部屋」が欲しいという要望に応えて設けられたものである。労働者の自立と解放ということ以前に現実的な問題もあったのである。

看板の字を書いたのは正田誠一九大教授である。彼は広島で被爆した歌人正田篠枝の兄である。創立記念集会の時、「一人は万人のために、万人は一人のために」という横断幕がはりだされていた。後、筑豊文庫の中には「萬人一人坑」の額が掲げられる。［萬人が一人であり／一人が萬人である世界を／掘り拓きたいと願って」のことである。上野が最期（一九八七年）の病床で書いた「筑豊よ／日本を根底から／変革する、エネルギーの／ルツボであれ／火床であれ」という言葉と並べてみれば、英信の生涯の一貫した情熱を感じないではいられない。朱さんは『蕨の家』で、筑豊文庫は「父の革命の拠点であったはずだ」、そして「その宣言通り父は全てをささげ尽くした」と書いている。

一九六四年は世間は東京オリンピックで浮かれていたが、筑豊は閉山のピークで（大正炭鉱も閉山）、上野は学校に満足に行けない子どもたちに何かをしてやれないか、と考えた。上野は子どもの時から剣道をやっており、子どもたちにも剣道を教えることにした。学校では箸にも棒にもかからないと先生にいわれるような子どもたちが朝から晩まで練習し、練習が終わればきちんと防具を片付け、掃除をして礼をして帰る。剣道だけは自信があるから中学校で剣道部に入る、全国大会に出場する子も出る。中学を出るとすぐに県外就職する子も多く、劣等感を克服する一助ともなった、ということである（「教育を追う『不良』と呼ぶな」―「毎日新聞」一九八四年九月一二日付）。剣道だけではなく、筑豊文庫は「貸本屋」でもあったし、夏休みには小学生の勉強部屋となり、晴子や「筑豊の子どもを守る会」やキャラバンの学生たちが子どもたちの世話をした。

一九六四年には岡村昭彦が滞在し、『南ヴェトナム戦争従軍記』（岩波新書、一九六五年一月）の原稿を書いた。

一九六六年、上野は「筑豊コンサルタント」という商標をある新聞社からもらい、また自らあざけって「筑豊ガイド業」と称していた。剣道場兼集会所は後、資料館になり、児童図書館にもなり、美術館にもなったが、宿泊所にもなった。関東、関西から学生キャラバン、マスコミ関係、出版社などが引きも切らず訪れた。一九六六年の全国からの来訪者はのべ一五七三人、その約三分の一が宿泊客であり、中には数十日から百数十日に及ぶ長期滞在者もいた。上野は精神的にも肉体的にも、時間的にも経済的にも、限界に達していることを感じ、また、所期の姿とかけ離れてきたことを認め、「筑豊コンサルタント」廃業宣言を書く。しかし、「是が非でもこの廃土に骨を埋めて悔いないという人は、このかぎりではありません」という言葉を書き付けたために、相変わらず訪問者が絶えることはなかった（「西日本新聞」一九六七年一月二三日付）。確かに筑豊文庫の所期の目的は、近在の坑夫や住民、子どもたちが利用するはずのものであったが、いつの間にかマスコミや文化人や学生が多く訪れるようになり、周囲からは浮きあがってしまった。志とはちがって、上野は文学者であり、インテリであり、「先生」と呼ばれ、「近所のおいちゃん」にはなれなかった（『キジバトの記』105ページ／『蕨の家』166ページ）。

多数の来訪者を受け入れ賄《まかな》いをする晴子は多忙を極めた。ホスト（英信）よりシェフ兼ホステス（晴子）の方がたいへんだったのだ。予算はない、設備は古い、調理器具も少ない、時間もない、さらに食材を揃えられるような店が近くにない、という中で晴子は魔法のように料理を出してきた。近所からもらう野菜や山菜は臨戦用の備蓄だった。各地の友人からの贈り物もあった。鶏が卵産んだけん食べて、といって勝手口をのぞき、すっと上がってたまった食器を洗ってくれる友もいた。朱も手伝った。

晴子の短歌を一首紹介する。

「或る朝は心きほひて厨に立つわれの名誉の戦場ここは」　（「正月の歌」―『蕨の家』）

こうして連日の酒宴を支えた。上野は来客があれば必ず酒を飲んだ（朱さんは、「人と会う＝

飲む、（絶妙の間をおいて）会わなくても飲むんですけどね」と話している）。そして、眠い、寒い、きついが晴子の口癖だった。上野は、またとない聡明な優しい夫人に保護され、自由を享受した、と色川大吉は書いている（「酔いては創る天下の縁　英信居士讃」─『上野英信と沖縄』）。

筑豊文庫を「一種の文化センターのような、そこにみんなが集い、何かを創造するところ」と朱は話しているが、それこそは賢治の「羅須地人協会」の望むところであった。ただそれは難しい。羅須地人協会でさえ「羅須地人協会」にはなれなかったわけだから。しかし、それはたしかに一つのマイルストーンであった。

筑豊文庫は、筑豊に学ぶ誰彼が訪れる「非・国民宿舎」（英信）、もしくは、「非国民・宿舎」（晴子）として、かなりの役割を果たしたのではないか。筑豊文庫という磁場の中で展開された出来事は、それ自体インスタレイションといってもいいような多様な時空を創造していた。また松下竜一も言うように、筑豊に上野英信が蟠踞《ばんきよ》している錘というものを感じる。上野自身次のように書いている。

［石炭産業労働者がもし悲惨であるとすれば、この矛盾にみちみちた日本の近代化の悲惨をもろにかぶった階級として悲惨なのである」

（「解説・鉱夫の世界」─『近代民衆の記録2　鉱夫』新人物往来社、一九七二）

上野英信は筑豊文庫を拠点とし、記録文学者として、この日本近代の悲惨を語り伝えようとしているのである。まずそれを知ることが、変革への第一歩となるのだから。

11　上野英信と松下竜一

一九五六年、松下竜一（一九三七〜二〇〇四年）は病気（「結核」という診断だった）のため四年かかって中津北高を卒業した。大学に行くつもりで勉強していた五月、母の急逝で、父を助けて豆腐屋の仕事をすることになった。不本意だったが、豆腐造りが疎《おろそ》かだったということはない。「しきらんのんよ」と言っていたが、謙遜である。

身体の弱かった松下は、自分は大人になれないのではないか、いのちきもしきらん人間ではないかという不安にとりつかれていた。配達に出ても、天候の挨拶もできず、なんでもない世間話が苦手であった。内向的で寡黙、読書に耽《ふけ》り、日記が友であった。

松下は、深夜二時三時頃から起き出して豆腐を作り、小祝島へ配達に出る。その行き帰りに北門橋を渡る時、朝の雲の変幻や、瀬に舞い降りる白鷺の群れといった鮮烈な風景を見ていた（しかも、ただで）。家に帰り朝食を済ませ、次にあぶらげを揚げるまでの三〇分の休憩時間に、二階に上がって、油の染みた作業着のまま、手当たり次第の読書に耽った。そんな中で、とりわけ『ヘンリー・ライクロフトの私記』は心に染みた。やがて、豆腐を卸していた三原商店の店主ツル子に勧められ、初めて短歌を書いてみた。

「泥のごとできそこないし豆腐投げ怒れる夜のまだ明けざらん」

朝早くから起き出して、数時間をかけて仕込んだ豆乳が苦汁《にがり》を入れても固まらず、朝の配達に間に合わない、もうどうしようもない、神にいじめられているとしか思えない、という絶望的な気分をうたっている。一九六二年一一月、この短歌を朝日歌壇に投稿すると、いきなり入選、掲載された。松下の人生はこの時変った。毎日同じような仕事の繰り返しの中で、豆腐造りや自然や日常の心の動きを、心を研ぎ澄まして見るようになった。その感動を短歌に表現していき、見開き二ページにおさまるくらいの短いエッセイと合わせて、六八年一二月、青春の書『豆腐屋の四季』にまとめ、自費出版した。

『豆腐屋の四季』というタイトルと中身のスタイルには、おそらく、松下が愛読していたジョージ・ギッシング（一八五七～一九〇三年）の『ヘンリー・ライクロフトの私記』（一九〇三）が影響している。「四季」は、「私記」を意識しながらあえて表記を違えているのである。

ヘンリーは文筆稼業であったが、年金が貰えるようになってロンドンを引き払い、エクセターの田舎屋に落ち着き五年余りを過ごした。その間に三冊のノートに短文を書き残した。この三冊から、ギッシングが抜粋編集して春夏秋冬の章を設け、『ヘンリー・ライクロフトの私記』を上梓した、という体裁になっている。

『私記』の中には社会問題も取り上げられているが、松下はとりわけ、その自然観、自然描写に感動したと思われる。趣味が一緒、と。

「その一例をあげるならば、それまで私は植物や花のことはほとんど気にもとめていなかったが、いまやあらゆる花に、あらゆる路傍の草木に、深く心をひかれる私であった。歩きながら多くの草木を摘んだが、明日にも参考書を買って、その名前を確かめようと考え、独りで悦にいっている私であった。事実またそれは一時の気紛れではなかった。そのとき以来、野の草花に対する私の愛情と、それらを皆知りつくしたいという欲望を失ったことはないからである。」

（『ヘンリー・ライクロフトの私記』平井正穂訳、岩波文庫、37ページ）

これを読んだから勉強したというわけではあるまいが、松下は野草であれ、栽培種であれ、草花の名前はたいてい知っていたし、造詣が深かった。「植物おたく」の称号ももらって、まんざらでもないような気分だった。

「今日は庭のまわり一帯に、鳥がさえずっている。あたりの空いっぱい鳥の鳴き声でみたされていると形容したところで、ときとして意気高らかな斉唱となり、奔放な協和音となって天に響く、あの絶え間ないさまざまなさえずり声の模様を正しく伝えることはできない。狂ったような喜びのあまり喉も張りさけんばかりにさえずり、ほかの鳥を歌い負かそうとしている小柄の鳴鳥も一羽いるらしいのがときおり耳につく。地上の生ける者のうち、他のいかなる者の声も心も発することのできないような讃美のコーラスなのだ。私は聞いているうちに、崇高な恍惚状態に襲われるのである。私の存在は激しい喜びの情感に浸って溶けてゆく。なんとも表現できない深いありがたい感じに私の目はうるんでゆく。」

（同書、72ページ）

ヘンリーは散歩三昧で、草花や鳥や夕日といった自然と交感するのだが、松下は、この『私記』の中に、豆腐を配達する行き帰りに、河口や道端の鳥や草花に心を奪われている自分の似姿を見た。豆腐屋の仕事の合間、松下が「ギッシングが読みたいなあ」(「『豆腐屋の四季』のころ」―「読売新聞」一九八六年四月二〇日付↓『松下竜一未刊行著作集1 かもめ来るころ』海鳥社、二〇〇八)と嘆息したのも、掛け値なしの実感である。東京に出た弟たちから原書を送ってもらい、理解されていたことを喜んだことでも、その入れ込みようが分かる(『豆腐屋の四季』の中にこのエピソードを書いているが、『私記』との関係を暗示、というより明示していたのだ)。

一九六九年四月、『豆腐屋の四季』は講談社から公刊される(現在、講談社文芸文庫、二〇〇九)。七月一七日から翌七〇年一月八日まで、朝日放送から緒形拳主演のテレビドラマとなって放送されると、市長から表彰されたり、講演に引っ張り出されたり、人気は急上昇した。松下はそんなもてはやされる自分の虚像に耐えられなくなっていた。「模範青年」からの脱皮を図ることになる。

宇部市の牧師夫人向井武子は本を読み、ドラマを観、この人に会いにいきたいと思った。一九七〇年六月、向井は、この人ならと見込んで、松下のもとへ金重剛二著『タスケテクダサイ』(理論社、一九七〇)を送る。松下は仁保事件の冤罪を晴らす運動に参加していく。

もともと松下には時事詠があり、社会的な関心も強かった。しかし、時事を詠うには、実行が伴う必要がある、と感じてもいた。小倉の牧師と医師がベトナム反戦の市民運動を呼びかけた時、松下はそれに応じて何かしたいと思った。大分県下の十数人で県ブロックを作れということになって、それぞれ連絡を取り合ったが、誰がこの会の世話人になるかという段になって皆が尻込みし、松下も逃げてしまった。松下のうしろめたさは消えない(「時事詠」―『豆腐屋の四季』)。そんな前史があって、今度もおまえは見過ごすのか、という声を松下は自分の中に聞いていた。『豆腐屋の四季』講談社版の後ろの方に石牟礼道子著『苦海浄土』の広告が載っていた。編集者から贈られて松下は『苦海浄土』を読み、悲惨な公害をうみだしておきながら、企業の無責任な対応に激しく憤ったが、現実には何もしたわけではなかった。豆腐屋でいる間は、社会に出て行くことはできないと分かっていた。

一九七〇年六月二九日、東京水俣病を告発する会（宇井純代表）が結成され、宇井の「地獄の底までつき合うか」という発言があり、さらに七月三日、砂田明たち東京—水俣巡礼団が出発し、電車を乗り継ぎ、公害現地を経由して水俣をめざした。これらの記事を「朝日新聞」で読んで衝撃を受けた松下は、「人は他人の痛みをどこまで分け合うことができるのか」（『歓びの四季』講談社、一九七一）というテーマを抱えることになる。松下竜一の受難である。

同時に豆腐屋として体力の限界を感じ、自身もっと自由に生きたいという意志によって、七〇年七月九日、松下（三三歳）は豆腐屋を辞め、作家に転身する。松下竜一の社会化である。そこには啐（内発的要因）と啄（外発的要因）が同時にあったのである。最初の取り組みは冤罪事件の仁保事件であった。まず、七月一七日付「朝日新聞」の声欄に投書して、市民に訴えた。七〇年七月三一日、最高裁は広島高裁差戻し判決を下した。

松下が豆腐屋を辞めたため、三原商店は他の豆腐屋の豆腐を仕入れることになった。そして分かったことだが、松下の豆腐は「段違いの味」だった。店主は、「あんたは苦しんで造りよっただけあって段違いの味じゃったなあ」と言ったし、お客もみな「味がまるきり違う」と口を揃えた（『歓びの四季』）。

そしてこの冤罪事件の裁判支援の最中《さなか》に、周防灘総合開発計画・豊前火力発電所問題が起きた。遠浅の周防灘（山口県から福岡県、大分県まで）を水深一〇メートル、沖合い一〇キロまで埋立て、そこに巨大コンビナートを作ろうという途方もない計画で、豊前火力はそのエネルギー基地という位置づけである。公害は必至である。松下はちょうど大分新産業都市の公害を取材していたが（「落日の海」は七一年一一月七日から一二月二六日まで「西日本新聞」に連載→『松下竜一未刊行著作集4　環境権の過程』海鳥社、二〇〇八）、経済合理主義が高度成長を生み、開発が自然環境を破壊し、外部不経済とみなされた廃棄物、排水、排煙などが悲惨な公害をうみだすことを実感していた。

一九七二年五月一日、松下のもとに、瀬戸内海調査団の一員で広島大学助手の石丸紀興から周防灘開発問題の手紙が届く。一六日、広島高裁で差戻し審傍聴のあと、広島大学で石丸に会って相談し、六月四日、周防灘開発問題研究集会を開く、という展開で、連鎖的にうまくことが繋がっていく。松下は「なりゆき」と言っているが、松下自身が選び取ったことである（仁保事件は一九七二年一二月一三日、無罪判決）。

松下は北九州の原田磯雄が発行していた『九州人』に文章を発表していたが、七一年六月二〇日、戸畑の『天籟通信』（穴井太主宰の俳句誌）に招かれて話す機会があった。俳句の勉強には俳句以外の分野の勉強も必要だという発想から企画されたものだった。この講演会を企画したのは、朝日新聞西部本社学芸部記者小林慎也だった。小林は、北九州の文学にとってコーディネーターのような役割を果たしていた。

話の題は「歌のわかれ」であった。松下は短歌を作るようになったいきさつや、豆腐屋を廃業したこと、短歌づくりを止めたことを話したはずである。

［（略）自分がうまく歌にまとめられる豆腐屋の日常にしがみついて、そこから一歩でも踏み出してみようという若者らしい精神を喪っていたのだ。／短歌という表現を得たことで私の生き方が変わったが、今度はその短歌によって生活そのものが狭められていくという逆転現象が起きていたのだ。／歌と別れねばならないと思った。］

（「歌との出遭い、そして別れ」―『記録』一九九二年一〇月号→『松下竜一未刊行著作集1　かもめ来るころ』海鳥社、二〇〇八）

そして目下取り組んでいる仁保事件のことを話したはずである。聞く者をひきつける、あのはりのある声で。そこに上野英信も出席していて、松下の社会に参加し闘う姿勢を見て、これはただ者ではないな、と思ったのではないだろうか。

この時点で二人は互いをよく知ってはいなかったという。松下は上野の本をまだ読んだことがなかった。上野は、『豆腐屋の四季』のことを、短歌をやっていた妻晴子から知らされていただろうと松下は想像しているようだ。そして『豆腐屋の四季』のもう一つの側面、つまり高度成長以前の貧しい庶民生活の記録にもなりえていることを上野は読みとっていたのだろうと、松下自身言っている。これは勞働藝術だな、と上野は思ったにちがいない。

松下は、「労働とは労（いたずき）のことであり、骨折りのことであったはずだ」と言う。機械が入り労を省き苦を去り、楽になっていくことは、「人間の本質から何かを奪い去ってはいないだろうか」と問うている。「ほんとうにものをいとしみつつ造るのに、わが手にまさる道具があろうか。苦しまずに造るものに愛がわこうか。誇りを感じようか。じっくり時間をかけぬものに、尊びがうまれようか」（「悲しみの臼」―『豆腐屋の四季』）。機械はムダを許さず、大量生産は人の心を経済合理主義に変えていき、打算的になる。「だが、私は人生におけるムダをどんなに愛していることだろう。利口に立ち廻れぬ私は、ムダばかり錯誤だらけの過去を経てきた気がする。だが、それゆえに人生の哀歓をなんと深くしみじみと味わってきたことだろうか」（「機械」―『豆腐屋の四季』）。労とは生の手ごたえと言ってもいい感覚である。松下の「いのちきの思想」の原点である。

ある日、スーパーから目玉商品を買ってきた妻洋子を、松下は、「なあ、おれたちが真夜中二時に起きだして苦労して造り出した豆腐を商策のおとりにされ馬鹿値に売られたら、どんな気がする？　おれたちの労働の価値が無意味にされてしまうのだ！」と言ってたしなめた（「爪剪りて」―『豆腐屋の四季』）。経済合理主義により高度成長に向かう六〇年代と、その貪欲さがうみだす開発や自然破壊に抵抗を覚え、商策としての安売りに労の誇りを傷つけられたように思う人間の感性が現われている。松下は労働に対する正当な対価を否定するような考え方を否定した。そこに真っ当な「いのちきの思想」が自ずと表白されていることも、上野は受け取っていた。

いのちきとは豊前地方の方言で、松下も、「いのち＋生きる」の短縮形だろうと言っている。自分で自分のメシを食うこと、自立するということである。何とか生計を立て、かつがつ生きていければ、もう多く貪ることをしないという、老子以来の「知足の思想」である。真っ当で、他者に追従したりされたりしない自由な生き方というニュアンスも込められている。

かねがね短歌は天皇制のしっぽだと言っていた上野英信は、晴子に、「短歌の最も悪しき弊害を君の上に見る」といって短歌を禁じた。どのような短歌を作っていたかは既に引用したが、これが英信には「プチブル」的に思えたのであろう。晴子にしてみれば、英信こそは「プチブル以前の封建制」、「自分の好みの鋳型に嵌めこもうとした」、「あれは教育ではなく調教である」ということになる。それでも上野の文学や筑豊文庫という活動を尊敬していたから共に生きてこられた、と述懐している（『キジバトの記』39ページ）。

同様のことであるかどうか分からないが、松下は『檜の山のうたびと』の中で、日常の細やかな動きや自然の微妙を歌うハンセン病歌人伊藤保について次のように書いている。

「短歌というものが、しばしば自慰的感傷で完結してしまい、そこから一歩を踏み出して社会への連帯、政治への告発にまで進んでいかないことはよく指弾されることであるが、伊藤の人権復権意識がその美し過ぎるほどの歌の背後で眠っていることを思うと、改めて短歌の持つ麻薬的なものの危険と哀しさを考えさせられるのである。」

（『檜の山のうたびと』117ページ）

短歌は歌い上げてしまう。叙情は闘いに向か（わ）ない。そのあたりが「プチブル」的と言われたりするところであろう。しかし後に、伊藤も個人的な歌詠みの境地から踏み出し、一九五三年の「ライ予防法」改悪に関し、ハンセン病患者協議会に連帯して、人権回復闘争に立ち上がることになる。松下は次のように書く。

［（略）現実には政治的ユートピアはまだ遥かに遠いのである。それを勝ち取っていくのは今を生きている自分たちでなければならない。政治改革は誰かがしてくれるのだから、自分たち歌人は個の世界を深めることのみに専心していればいいのだというなら、歌人など卑怯な裏切者の一群だとせねばなるまい。「ライ予防法」改悪をはかる政府に、伊藤が抗して立上がらず、「黙し掌合す」のみの生き方に沈潜していたら、私（松下＝新木注）の伊藤に対するこのぬくい共感は半減したかもしれない。］（同書、175ページ）

松下は伊藤のことを闘う姿勢があったと評価している。おそらくこれは松下自身が作家宣言した時「歌の別れ」をしたこととパラレルなのである（中野重治が「お前は歌うな」と言ったこととも）。

松下自身そうだった。ただ松下が闘い始めたのは、歌い上げた自然がブルドーザーで押しつぶされそうになったことに怒りを感じ、自分が今まで歌ってきたことが嘘になることを許せなかったからということであるから、叙情が闘いに結びつくことはあり得る。上野も松下の闘う姿勢を見て、骨のあるヤツだと思ったのではないだろうか。

一九七一年一二月三一日、「おじゃまでしょうけれども」と言って、上野英信は原田奈翁雄（筑摩書房の編集者。のち径書房をおこし『上野英信集』全五巻を刊行する）とともに、東京のチッソ本社前に座り込んだ。「飢餓新年／み民われ生けるしるしありあめつちのほろぶるときに逢えらくおもえば」と（短歌を）墨書した紙を地面に広げ、姿勢正しく四日間のハンストに入った。川本輝夫らがチッソに抗議して座り込んでいたが、石牟礼道子や東京水俣病を告発する会もそれを支援していた。石牟礼は鞍手の上野晴子に電話で報告した。

「いえいえあなた、男でございますもの。うちの英信はそのようなときのため、かねがね鍛えてございますのよ。せっかく思い立ちましたのですから、落伍せんごとやり抜くよう、いうて下さいませ」と晴子は応えた（石牟礼道子『天の魚』講談社文庫、15ページ）。闘う姿勢にあふれた当意即妙の会話ではないか。

しかし、「おまえもついにトロツキストになりさがったな！」と面罵する旧友もいた。上野は怒って、「言葉は厳密に使ってほしいものだ。お気の毒だが、おれはトロツキストなどという、なまやさしい人種ではないぞ。よく覚えておいてくれ。おれはドロツキストというんだ！」と反駁した（上野「わがドロツキストへの道」―「毎日新聞」一九七二年一二月一一・一二日付）。

谷川雁は現れなかった。

九重の筋湯温泉に籠もって「流域紀行　遠賀川」（「朝日新聞」一九七二年九月連載）の原稿を書き（全部は書けず）、その帰り、一九七二年八月二九日、上野英信が松下宅に立ち寄ったのは、同行の小林慎也と話していてのことだった。豊前火力反対運動に立ち上がり、中津の自然を守る会を結成し（一九七二年七月三〇日）、『風成の女たち』（朝日新聞社）を出したことを上野は知っていた。さらに『九州人』の一九七二年七月号から連載し始めた「檜の山のうたびと」（一九七三年三月号まで）を上野は読んでいただろう。

「どうかね、食っていけそうかね。食えなくなったらぼくにいいたまえ、なあに、ぼくにも金は無いが、借金の名人だから」。上野のこの一言で、松下は上野英信を「師と決め」たという。

松下は、まだ上野の本は一冊も読んだことがなかった。『天皇陛下萬歳　爆弾三勇士序説』（筑摩書房、一九七一年／七二年新版）にいう「まさにその書いてほしくない、そっとしておいてほしいところこそが、私に書くことをせまったのである」という言葉も読んではいなかった。

そして、松下が刊行されたばかりの『風成の女たち』が風成の人たちからクレームがつき（その中味はあえて伏せる、と松下は言う（『松下竜一その仕事11　風成の女たち』の解説、河出書房新社、一九九九、294ページ）、絶版を要求されていることを相談した時、上野は、

「君ねえ、そんなことでうろたえるくらいなら今後記録文学はやめたまえ。僕なんか炭鉱の荒くれ男たちのことを書いているんだから、いつも闘いだよ。ドスをもって乗り込んで来る者だっているんだ。まさに、また俺んことを書いてくれたなといって、枕元にドスを尽き立てたりするんだ。――命を張らずに記録文学は書けないものなんだ」

（「上野英信氏に学んだこと」―『上野英信集』月報1、径書房、一九八五）

と言ってたしなめた。

松下は記録作家の覚悟を叩き込まれた。松下が上野英信を師と決めたのは、その叱責を肝に銘じた時からである。

数日後、松下は改めて筑豊文庫を訪ね、入門式を執り行い、「金を惜しむな、時間を惜しむな、命を惜しむな」という記録作家の覚悟を新たにした。上野英信門に連なるには文闘、武闘、酒闘に励むことが必須である。文闘はともかく、武闘と酒闘に遅れをとる松下は、飲めぬ酒を真剣に飲み、酔っ払ってしまい、「おれは先生の弟子になるぞ」と繰り返し、上野は「ああ、いいともいいとも」と笑っていた。そして、九月二九日、上野は「松下竜一氏を励ます会」＝『風成の女たち』出版記念会を開いた。前田俊彦、森崎和江、河野信子、林えいだい、原田奈翁雄らが集まってくれた。「この人達のあとに従いていく。懸命に、遅れずに」と松下は決意する（「かもめ来るころ24　師と決める」―「熊本日日新聞」一九七二年一二月一一日付↓『松下竜一未刊行著作集1　かもめ来るころ』）。

ところで、さっきの「僕なんか炭鉱の荒くれ男たちのことを書いているんだから、いつも闘いだよ。ドスをもって乗り込んで来る者だっているんだ」云々のことであるが、上野朱《あかし》さんの話（「松下センセと英信センセ」　第三回竜一忌での講演、二〇〇七年六月一七日）によると、父が荒くれ男から枕元にドスを突き立てられたということは、ない、ということである。あるとすれば、森崎和江さんが元炭鉱夫の男性から、「字を書いて飯を食いよるやつなんか死ね」と言われて、台所にあった包丁を突き立てられたということがあったが、それではないか、ということである。朱さんは、これは、松下の聞き違いか、でなければ、英信が森崎の体験を自分のことのように脚色して話し、松下を叱咤激励したかどちらかだと思う、と話している。松下は、この話を何度か書いているので（「われらの仲間9　作家の覚悟」―『ミックス』一九八七年九月号／「上野英信氏に学んだこと」『上野英信集1』月報1／「原石貴重の剛直な意志」―『追悼上野英信』）、松下の聞き違いということはないと思われる。だとすれば後者である。だとすれば、上野はノンフィクションの勘所、詩と真実を、フィクションで語ったことになる（傍証になるのかどうか、朱さんの文章に「誰が銃を構えたか」〈『蕨の家』〉というのがあるが、そこでは上野は「密室変死事件」を二様にも三様にも書き話しているということである）。

やはりこれは、サークル村と大正行動隊と退職者同盟の始末記を描いた森崎和江の『闘いとエロス』の最後で書いていること、つまり森崎が独りでいる時にやってきた労働者が「きさまら、労働者を食いもんにしたじゃないか」と言ったエピソード（前引用・314ページの方）を指しているのであろう。しかしそこでは「庖丁」は出てこない。「庖丁」が出てくるのは313ページの方である（朱さんに問い合わせたところ、朱さんは『闘いとエロス』からではなく、森崎さんから直接聞いた話を元にしているとのことである）。

松下は、「誰かの健康を害してしか成り立たぬような文化生活であるのならば、その文化生活をこそ問い直さねばならない」という「暗闇の思想」を言挙げした（「朝日新聞」一九七二年一二月一六日付）。この「文化生活」とは、「民衆の敵」ストックマン医師が言う「虚偽の上の繁栄」ということであり、ヴァニティーフェアということであり、「いのちき（の思想）」の対極にあるものである。松下は環境権を掲げて、開発反対運動に邁進していくが、中津という「村」の中で、開発を望む勢力からは「民衆の敵」と呼ばれ、孤立していくことになる。『豆腐屋の四季』の模範青年の人気はあっという間に失われていった。それは、松下の望むところであったかもしれない。松下は模範青年を脱皮し、少数の仲間と運動を続け、『草の根通信』を発行する。一九七三年八月二一日、松下や梶原得三郎ら荒野の七人の侍は、豊前火力発電所の建設差止めを請求し、豊前環境権裁判を福岡地裁小倉支部に提訴する（弁護士なしの本人訴訟）。「民衆の敵」が「ランソの兵」となったのである（新木「〈民衆の敵〉と〈ランソの兵〉」―『戦後日本住民運動資料集成4　復刻「草の根通信」2　別冊解題・総目次』すいれん舎、二〇〇八）。

一九七四年六月、反対運動の中で仲間が逮捕される。松下は「決してひるまぬ心を」と、『草の根通信』一九七四年七月一九号に書いてはいるが、仲間の動揺はやはり激しかったのである。孤立の中で上野に相談するため、松下は九月（か一〇月）、筑豊文庫を訪れた。

『出ニッポン記』の取材で、筑豊から地球を掘り貫く心算で行っていた対蹠地ブラジル、パラグアイ、ボリビア、アルゼンチン、メキシコから帰ってきた（九月二一日）ばかりの上野は、「君ねえ、――本当に苦しい闘いというのはだね、仲間内に必ず自殺者の一人や二人は出る闘いのことなんだよ」と言って突き放した。松下は一人立ちしていく。松下は、下筌ダムに反対し蜂ノ巣城を拠点に一人最後まで闘った室原知幸のことを思い、「我が心にも砦を」と念じていた。『砦に拠る』（一九七四年二月一一日取材開始、七五年一二月『文藝展望』に連載開始、七七年七月筑摩書房刊）を書くことは、松下にとって、おのれを支え励まし、奮い立たせる行為であっただろう。「砦に拠る」に拠っていたのだ。

しかし、松下はこの上野の言葉をそのまま、逮捕された仲間（梶原得三郎）の妻（和嘉子）に語って、「松下さん、あんたなんちゅうことをいうんですか」と反発を受けている（松下『明神の小さな海岸にて』朝日新聞社、一九七五、99ページ）。

松下の闘いの模様は逐一『草の根通信』に掲載されている。文章は分かりやすく、こちらの状態はテキに筒抜けという感じの開けっぴろげの編集方針であった。松下は言う。


「やはり私が志向するのは、和嘉子さんや私の妻までを含みこんだ気弱でやさしい同志たちが、その日常生活ぐるみで運動を持続できることであり、よしんば攻めどころを熟知する狡智な警察権力に存分につけこまれるという不利を承知のうえで、なおかつ隠しごとを持たぬ純粋な明るさの中で、ついにやさしさがそのやさしさのままに強靭な抵抗力たりえないのかという一点に収斂されていくのだ。」（『明神の小さな海岸にて』）

テキに知られないために難解な文や詩を書いた谷川雁に聞かせてやりたいような文章だ。「やさしさがやさしさのままに強靭な抵抗力たりえないのか」という言葉は、松下が終生抱き続けたテーマである。ここにも一つの磁場があった。

一九七九年八月三一日、豊前環境権裁判は門前払い判決を受ける。松下は、「われわれがコケにしたのではない。裁判所がわれわれをコケにしたのだ」と言い、「アハハハハ……、敗けた敗けた」という垂れ幕を掲げ、司法を嗤った。

一九八一年三月三一日の控訴審判決では、「破れたり破れたれども十年の主張微塵も枉《ま》ぐと言わなく」という短歌を掲げて闘った。この「枉ぐと言わなく」という漢字は、イプセンの『民衆の敵』のストックマン医師が「断じて正義を枉げん」（前述）と言ったその心意気を引き継いでいるのだと思う。

前後するが、一九七七年、上野はＮＨＫ福岡放送局の企画で、ペルー、ボリビア、ブラジルに渡った炭鉱離職者を再訪し、八月二六日に帰国していた。九月、松下は上野を訪ね、放送のことなどを話し合った。松下の咳が気になった上野は、松下を鞍手町立病院に誘った。上野は「この人はこういうみかけですが、今の日本にとって大切な人です。じっくりと診てやってください」と（本気を冗句にまぶして）言い、信頼厚い山本廣史医師に、松下をあずけた。山本医師は一九三八年生まれ、松下とは一つ違いである。九大農学部を卒業後、医学部に入り、九州厚生年金病院（八幡西区）に勤め、一九七六年、鞍手町立病院に移った。循環器病の漢方治療を実践、効果を上げていた。また大穂自然農園を営み、薬草の栽培もしていた。俳句をたしなみ、俳誌『天籟』にエッセイを連載していた（山本廣史『野草処方集』葦書房、一九九〇）。

山本医師は半日をかけて肺レントゲン撮影や血液検査、肺活量などの検査をした。上野はずっと病院の長椅子で待っていた。山本医師は肺のレントゲン写真を詳しく見て、「これは結核じゃありませんね。肺に囊胞《のうほう》（ブラーゼ。略してブラ）がいくつも出来て、それで肺が圧迫されて小さくなっているんですね」と診断した。多発性肺囊胞症。これが松下の宿痾《しゅくあ》の正しい病名である。

高校以来ずっと結核と診断され、それを信じ続けてきて、薬も飲み続けてきて、左の耳は聞こえにくくなってしまった。松下は、「それが誤診であったとは！」と、「！」をつけてこもごもの感慨を表している。生後八カ月頃、肺炎で高熱を出した時、右眼を失明したが、同時にこの肺囊胞症も発病したのだろうと考えられる。ほんとに過去四〇年間のさまざまな出来事が一遍に押し寄せてきて、頭の中がぐるぐるするような感じだ（実は自分でも、おかしいな、結核ではないのじゃないかと思っていたそうで、結核の薬は服まなくなっていた）。しかもこの病気には治療法がない（結核であればとっくの昔に治癒していたはずだ）。手術も危険でできない。ブラが破れないように、人の五分の一の空気を吸って、つつましくそっと生きていくしかない。

「原因が分かってする咳は原因不明の咳よりも楽のようです」と松下が言うと、上野は「原因が分かって聞く咳は、こちらも気にならない」と言った。排菌はしていない（原因が分かれば当然のことだ）とはいえ、結核であったのならやはり気になるところであろう（「ブラというヘンな奴」―『草の根通信』一九七七年一〇月号）。

山本医師はその後、しつこい咳に悩まされる松下に、オオバコの葉を少量の水を入れてすりつぶし、ふきんで濾してハチミツで味付けしてのむことを勧めたことがあるというが、喘息の少女には著効があったそうだが、松下ほどの重症になると効き目はなかったようだ（そういえば、中津でにわかにオオバコブームが起きたことがあるが、それは山本医師が震源であったろうか。僕も庭に生えていた洋種の大きなオオバコの苗を松下さんにあげたことがある）。

一九七八年六月、三度目の海外取材（『眉屋私記』の取材）でメキシコに行った上野はテキーラの大ビンを抱えて帰ってきた。「強い酒は強い人間をつくる」と言いながら、筑豊文庫を訪れる誰彼に振る舞って残り少なくなっていたこのテキーラを、松下は全部飲んでしまった。鎌田慧も一緒だったが、鎌田は『去るも地獄残るも地獄　三池炭鉱労働者の二十年』の取材で、途中から上野と共に大牟田に出かけてしまった。松下は酔いつぶれてしまい、松下のブラ発見者山本廣史医師から点滴をしてもらい、晴子と朱の介抱を受けた。朱さんの話によれば、実はこの時松下は重症だったのである。もし松下の身体の状態をよく知る山本医師の適切な処置がなかったら……、という感じだった。上野は「酒の味もわからぬ松下君ごときに飲まれてしまった」と言ってくやしがり、以後松下の酒を恐れるようになった。松下流の酒闘である。

『出ニッポン記』（現代教養文庫版、一九九五）の解説を松下が書いていて、「私にとって、『出ニッポン記』といえば、嗚咽とテキーラというきわめて個人的な懐い出がまとわりついていて」と回想しているが、そこでは七四年のこととなっている。これは松下の思い違いだと思われる。朱さんの言うとおり、テキーラは七八年である（『蕨の家』94ページ／第三回竜一忌での講演、二〇〇七年六月一七日）。七四年に英信が持ち帰ったのはピンガである。鎌田慧著『ドキュメント隠された公害　イタイイタイ病を追って』（筑摩文庫版、一九九一）の解説を松下が書いているが、そこでは「七八年夏某日」のこととなっている。

12　上野英信と晴子

一九七七年一〇月、『出ニッポン記』を刊行直後、琉球新報記者で『西表炭坑概史』の著書がある三木健から送られた『わが移民記』（山入端《やまぬは》萬栄《まんえい》著、志良堂清英編、琉球新報印刷課、一九六〇）を読んだ上野英信は、それまで沖縄からメキシコへの炭鉱移民ということを知らなかった不明と、その内容の重さに心を動かされ、一一月一二日から一四日まで、三木とともに名護市屋部《やぶ》を取材した。那覇市安里で萬栄の妹山入端ツルに出会い、萬栄のノートや手紙を借りた。さらにツルの「三味線放浪記」（『琉球新報』三六回連載、一九六三年）を知るに及んで、上野の中で作品の構想が大きく膨らんだ。その後も沖縄第一ホテルに長期滞在して取材をすすめた。

一九七八年四月二八日から六月二八日、上野は、山入端萬栄（一八八八〜一九五九年）がメキシコの炭鉱に移民として渡った事跡を取材するため、メキシコに赴いた。三度目の海外取材である。通訳として屋宜盛保、千葉安明カメラマンが同行した。その成果である「眉屋私記」は一九七九年一二月から『季刊人間雑誌』（草風館）に連載される。『季刊人間雑誌』は一九八一年一二月九号で終刊になるが、上野は執筆を続けた。潮出版社から刊行されたのは一九八四年三月一〇日であった。

この間、『写真万葉録・筑豊』の編集に取り掛かる。葦書房の当初の企画では三巻であったが、上野が五巻を要求し、趙根在と監修作業を進めるうちに全国から五万点にのぼる写真が集まり、ついに全一〇巻に膨らんだという。その中には筑豊に連れられてきた朝鮮人坑夫をテーマにした第八巻「アリラン峠」もある。一九八四年四月一〇日、第一巻『人間の山』が葦書房から刊行された。上野はその出版の意図を次のように書いている。哀切と執念にみちた鎮魂の書である。

「(略)とほうもない量にのぼる〈黒ダイヤ〉とひきかえに、とほうもない規模にのぼる荒廃を遺して、火の商人たちが〈筑豊〉を切り棄てたのは、一九五〇年代のなかばのころからである。荒廃は彼等の悪業とともに根深く、いまも地獄のように〈筑豊〉の自然と人間を傷めてやまない。(略)ふりかえって見れば、これほど強大な基幹産業でありながら、これほど映像記録のとぼしい産業はない。戦争とおなじほど人を殺しながら、戦場の記録よりまだ少ない。残されているのは、〈黒ダイヤ〉の王たちの威光と王国の壮大を飾る写真ばかりである。そんな〈帝国日本〉の醜怪な陰画ではなく、われわれが生身としての〈筑豊〉をこそ、真実の遺産としなければならない。それができなければ、われわれの悔恨を子孫にくりかえさせることになろう。」

一九八四年四月一四日、「筑豊文庫満二十年を記念する会」が芦屋町の国民宿舎あしやで開かれた。二著の出版記念会と還暦の祝いを兼ねていた。さらに一一月三日には西日本文化賞を受賞、一二月六日には孫民記が生まれている。一二月二三日、『眉屋私記』が沖縄タイムス出版文化賞を受賞。翌八五年二月から『上野英信集』全五巻(径書房)の刊行も始まった。この時期自身の仕事の総仕上げをしている感がある。

一九八五年五月五日、五・五川筋隊（隊長は上野、七〇人）は芦屋から遠賀川を溯り、鮭神社まで五〇キロを徹夜で歩き通した。一一月二四日、飯塚の嘉穂劇場で山本作兵衛翁記念祭（一周忌）を開催した。

一九八六年五月二三日、『上野英信集』全五巻完結、一二月二〇日、『写真万葉録・筑豊』全一〇巻完結。二一日、直方市で祝賀会が開かれた。この頃より固形物の嚥下が困難となる、と年譜は語っている。

上野の病院嫌いは周知のことで、液体と気体（一日ウイスキー五、六杯と一〇〇本のタバコ）が通ればまだ大丈夫なのですと言って受診を拒んでいた。というか、入院すると酒もタバコも止めなければならないから、医者にはかからなかった。しかし、だんだん痩せてくるし、薄いお粥以外は咽喉を通らなくなった。

ある時佐藤幸乃が訪ねていくと、大きなテーブルは奥に移され、炬燵が出ていた。そして上野は晴子の気持ちを知ってか知らずか、晴子にこんな悪口雑言を言った。

「君はボクと結婚する時「あなたの看護婦になります」と言ったでしょう。それなのにボクがちょっとくず湯を飲んだからと言って、毎日毎日くず。ボクがちょっと鳥のスープを飲んだら毎日毎日鳥ガラ。ガラガラガラガラ。くずくずくずくず。妻というものはねえ、君。手を替え、品を替え、夫が食べたいと思うものを、食べたいなあという気を起こさせるように工夫して差し出す。それでこそ、と思うのだが」

（佐藤幸乃「解き明かされていく日々」―『追悼 上野英信』275ページ）

ユーモアのつもりで、来客に笑ってほしかったのかも知れないが、笑えないものがある。わがままというか、晴子の内助に甘えていたのだ。

来客の前では姿勢が崩れることはなかったが、やがて正座もできないようになり背中を壁に持たせかけ、「ぐんにゃり」と座って応対するようになった。

一九八七年二月九日、古くからの友人辻和子の説得で、八幡西区の山本循環器内科の山本廣史医師に相談、直方市の武田医院を紹介され、透視の結果、食道に異常が発見された。バリウムの写真をみて、武田医師は「あったぞ、これだ！」と叫んだという。上野は、滝の白糸のようだった、と（後で）見舞い客に吹聴した。

同じ病気で入院手術をしたことのある経済学者の都留大治郎の紹介で、二〇日、九大病院第二外科に入院した。食道ガンと診断されていたが、告知をしたのは都留だった。上野が都留に電話で礼を言った時に、「先生のご病気は何だったのですか」と尋ねたら、都留は「あんたと同じ食道ガンよ」と応えたのであった。病院の看護婦さんにタバコをやめるように言われ、入院に付き添ってくれた川原一之にも「民衆の記録文学のために、タバコをやめ、治療に専念してください」と頼まれ、きっぱりと禁煙を誓い、あっさりとタバコをやめた。放射線治療と患部を電磁波で焼く温熱療法を受けた。奇蹟的に、三月末には治療の効果があらわれ、普通食も咽喉を通り始め、起きて歩くこともできた。

五月一九日、松下竜一が見舞いに行った時、上野は山本作兵衛のことを書きたいと話した。また壮大な恋愛小説を書きたいということも常々語っていた。「九五％は大丈夫です」と医者に告げられ、五月二二日退院した。

六月一日、『写真万葉録・筑豊』が日本写真協会賞を受賞し、周囲が止めるのも聞かず上京、岩波書店と『眉屋私記』戦後編の連載の打合せをし、三日帰宅。以後、『眉屋私記』戦後編の執筆の準備に当たる。だが上野はすでに自分のからだがガタガタになっていることを自覚していた。

八月一六日、朱と孫民記（二歳）と故郷阿知須の遠浅の海に遊ぶ。幼い頃、この千鳥ケ浜で遊び、貝やエビをとった出自の海を、孫にどうしても伝えておきたかったからだ。孫と遊ぶ上野の姿が、遠景に浮かぶような気がする（この千鳥ケ浜は二〇〇一年の山口きらら博でつぶされてしまった）。

八月二三日、沖縄へ出発する朝、上野は部屋にうずくまったまま立ち上がることができなかった。「母さん、ぼくはきつい」と初めて弱音を吐いた。激しい疲労感があった。沖縄へ同行する予定の岩波書店の編集者を朝の食卓に待たせたままであった。沖縄では大勢の人が上野の到着を待っていた。「快気祝い」の品も荷造りして既に送っていた。沖縄へは編集者一人が上野の伝言を持って向かった。

検査の結果、強度の貧血が認められ、輸血のため鞍手町立病院に入院した（九大病院にいくことを拒んで）。赤血球一三六万、ヘモグロビン四・七グラム、ヘマトクリット一六・〇％、白血球五一〇〇という、山本医師も経験したことのない重症貧血だった。「これほどの数字になるまで弱音を吐かなかった彼の精神力と、この数字になるまでの生を耐え得た彼の生命力に驚嘆した」と山本医師は書いている（山本廣史「健生健死と上野先生」――『追悼上野英信』357ページ）。

九月初め、ガンの脳転移が確認される。頭痛や歩行困難、知覚の麻痺があった。入院して程なく、上野は朱に次のように語った。上野は自分の歩いてきた、民衆のただ中で書いてきた記録文学の道を了解している。

「お父さんはもういつ死んでもいいのだ。おとうさんはこれまで精一杯やってきた。いい加減な仕事をしたつもりはない。ここでこう言い切れる自分をほめてやってもいいと思う。」（『蕨の家』）

一〇日、晴子と朱は山本廣史医師から真相を知らされた。上野は知らされなかったが、分かっていたのでは、と思われる。一一日、筑豊へのメッセージ（絶筆）を書く。

「筑豊よ
日本を根底から
変革する、エネルギーの
ルツボであれ
火床であれ

上野英信」

（『追悼上野英信』口絵）

九月一六日、松下竜一は福岡県二丈町の龍国寺で行なわれた伊藤ルイ主催の「九・一六の会」に出た後、ＲＫＢ毎日放送の辻和子とともに上野を見舞った。辻と晴子が話している傍らで、松下は何を話したらいいのか分からず黙っていると、上野が咳をした。「松下さんの前で咳をするなんて……」と上野は苦笑したが、松下は上野が「なさけない」と言おうとしたのではなく、「いやあ、さまにならないなあ」とジョークを言おうとしたのだと思った。これが最後と思って上野の手を握った時、上野は「あと三年生かせてもらえたら、『眉屋私記』を完結できるのだが」とくぐもる声で言った。大丈夫ですよとはとても言えなかった、と松下は書いている（「原石貴重の剛直な意志」―『追悼 上野英信』／『松下竜一未刊行著作集2 出会いの風』海鳥社、二〇〇八）。

上野はしきりに家に帰りたがった。しかし、それができるような病状ではなかった。晴子がそう言っても要求は変わらなかったが、看護師が言うと、「ワカリマシタ」と言って、聞き分けた。看護師の前では羊のように従順で、苦しい時もナースコールを押そうとせず、優等生の患者を演じていた。その一方で晴子に対してはわがままの言い放題、身内に強かった。晴子は朱に「居丈高じゃなくて、寝丈高だね」と言って、気を静めていた。

その後、発語もままならぬほどになり、聞き分けられるのは晴子だけになり、しかしそれも聞き分けられなくなった。晴子が異常な行動を見せ始めた。「おとうさんからひっきりなしに電波が来る。筑豊文庫の暗がりになにかいて怖い」と言って家を飛び出し、知人の家に転がり込み、病院にも寄りつかなくなった。晴子は英信が死ぬということを認めようとせず、受け入れられなかった。

一九八七年一一月二一日、午後六時三一分、死去。六四歳。法名は文隆院釈英信居士。二三日、密葬。柩には、『上野英信集』全五巻、『出ニッポン記』、『眉屋私記』、『写真万葉録・筑豊』全一〇巻とプラスチックケース入りの焼酎、カンは燃えないので紙箱入りのピースを収めた。そのため遺体を焼くのに普通より少し時間がかかった（上野朱『父を焼く』岩波書店、二〇一〇）。二九日、鞍手勤労者体育センターで告別式。のちに鞍手町木月の照安寺（浄土真宗）に納骨された。

一九九六年四月、筑豊文庫は老朽化のため解体された。一九六四年三月から、三二年が経っていた。晴子は取り壊しは見たくないと言って前日にやって来て、台所の柱に触り、庭を一回りして別れを告げた。文庫の資料は既に、佐世保市の前川雅夫の所へ移していた（前川は『追悼　上野英信』に「筑豊文庫の資料」を執筆し、また『炭坑誌―長崎県石炭史年表』〔葦書房、一九九〇〕という労作がある）。

一九八九年、上野晴子は、松原新一を中心とする福岡での小さな勉強会で、毎月四、五枚ほどの文章を書き始めた。この勉強会での一連の文章は一九九五年一〇月二二日付けの「帰心」が最後である。腹にたまった一物を書き出そうとしたのであろう。

ところがもう一物が潜んでいた。一九九五年秋、原発性腹膜ガンが発見された。北九州市内の病院で手術、その後抗癌剤治療のため毎月入退院を繰り返した。一〇回の予定で始めたが、副作用がひどくなるので、七回で投与を打ち切った。不愉快きわまる治療から解放されて生き返る思いであった（『キジバトの記』168ページ）。

かねて岡村昭彦からホスピスというものがあることを聞かされていた晴子は、福岡亀山栄光病院がホスピス研究会を発足させた時からの会員であった。一九九六年九月にガンが再発した時、志免町のこの福岡亀山栄光病院で下稲葉康之医師の診察を受けた。病勢が緩やかであったので自宅で療養することになった。

自宅療養している時、晴子は松下の夢を見た。「あのね、お金が全然なかったからなぜか竜一さんのところへ二十五円ほど借りに行ったのよ。そしたら洋子さんがどうぞいくらでもって言って抽出しを開けて下さって、見たら五円玉や十円玉がたくさん入ってて、あたしはとっても嬉しかった」（松下「上野晴子さんをしのんで」―「西日本新聞」一九九七年八月三一日付）

上野も松下も、記録文学という売れないものばかり書いていたので、台所は火の車であった。松下はそれを「ビンボー」と言ってあるニュアンスを持たせていたし、晴子も、「困ったと思ったことはあってもいやだなと思ったことはない」と胸を張っている。この夢の言うところは、相身互いの幸福感ということであろう。松下もこんな夢を見てもらって、とても嬉しかったと書いている。

一九九七年四月二二日、晴子は亀山栄光病院のホスピスに入院した。下稲葉医師はまた牧師でもあった。絵、花、ピアノ、熱帯魚などに囲まれたロビーでの音楽会や、誕生会が折々に開かれた。晴子は新しいベッドにも馴染み、若い看護婦さんは友達のように明るく寛容であった。それら「よきもてなし」を受けながら、けれども、死にゆく人々と毎日顔を合わせる彼女たちのつらさにも、晴子の思いは及んでいる。そして、英信と同じように、看護婦さんは忙しいのだから、と遠慮の塊だった。

晴子は、ガンは慢性病の一種だ、と知った。しかし、ガンは容赦なく人の命を脅かす病気だから、うろたえる人がやはりいる。ガンとの闘いはその人の人間性がもろに出てくる。晴子は、一九九五年の入院時に知らされていた。自分の置かれている状況を把握していたから、「身も心も自然に任せ、目に見えぬ大いなる神の力を信じて新しい世界へ旅立とう」とした。「一切空」と観じていた。

一九九七年八月二七日、死去。七〇歳。葬儀はホスピスの礼拝堂で、尊敬し信頼する下稲葉医師のやり方で行なわれた。キリスト教に改宗したわけではない。遺体は九大医学部に献体することを決めていた。「いろいろあったけれど、なかなかに楽しい人生だった」と、前夜、朱に語った。今は木月の照安寺に英信とともにいる。

一九九八年一月一五日（筑豊文庫の発足記念日）、上野晴子著『キジバトの記』が朱の編集で刊行された。晴子は「砦の闇のさらなる闇」（川原一之）を描き、英信に、法王の驢馬よろしく寸鉄を報いている。生前、英信は「君も最後には僕を裏切るだろう」と言ったことがあり、それを思い出して晴子は「いま彼のことを書いていること自体一種の裏切り行為である」と書いている（145ページ）。しかし、この『キジバトの記』の行間から浮かび上がってくるのは、共通の場を堅く保ちながら、英信に対する堅い尊敬と愛情である。その中での軽みを心得た小さな復讐、寸鉄が微笑を誘う。そして自身の生への了解である。

「記録文学者・英信に対しての尊敬は最後まで揺らぐことはなかったし、自分を筑豊に連れてきてくれたことに心から感謝していたからだ。この地にこなかったら私は何も知らないままで終わってしまっただろうし、あんなふうに頭をおさえつけられでもしなければ、私は高慢ちきなとんでもない女になっていたに違いない」

と晴子の言葉を、朱は証言している（189ページ）。

キジバトは、木の上に粗末な巣を作る。それでも充分楽しく生きている。キジバトに生まれ変わりたい、と晴子が言うのは、つまり、も一度英信とキジバトのような暮らしがしたいということだ。今度はもっとうまくやるから、と。

上野英信・谷川　雁・森崎和江・松下竜一【略年譜】

上野英信■略年譜

（「年譜」in『追悼上野英信』（上野英信追悼録刊行会、一九八九）を参照）

1923年　8月7日、上野鋭之進、山口県吉敷郡井関村（現阿知須町）に生まれる。父彦一、母ミチ。八人きょうだいの長男。

1930年　父彦一が若松築港会社に就職し、八幡市黒崎妙見に転居。

1936年　4月、八幡中学（現八幡高校）入学。

1941年　4月、満州の建国大学入学。在学中の費用は官費であった。

1943年　12月1日、学徒召集。

1945年　5月、陸軍の輸送船日向丸が博多湾で触雷、航行不能になる。広島市宇品に戻り、高射砲陣地につく。8月6日、宇品の兵舎で被爆。救護活動を行う。白血球の減少、慢性脾腫等の原爆後遺症に悩まされる。9月8日、除隊。山口県仙崎港で引揚援護の仕事にあたる。

1946年　4月、京都大学文学部支那文学科に編入する。

1947年　同大中退。婚約を破棄。故郷の家を出る。

1948年　1月、九州採炭会社海老津炭坑（岡垣町）に雇われるが、学歴詐称（小学校卒）で解雇される。次に日本炭鉱会社高松第一坑（水巻町）で、掘進夫や採炭夫として働く。独身寮温雅荘の緑化運動。7月10日、寮の文芸誌『労働藝術』を発行。遠山穂澄の筆名で「地底祈禱」、いすずみちひこの筆名で「曙に起て」を書く。宮沢賢治の「農民芸術概論綱要」に共鳴し、労働の中から生きた芸術を創造しようとしていた。

1950年　4月、三菱鉱業会社崎戸鉱業所（長崎県崎戸町）に就職。坑内で作業中、軽便軌条を足に落とし負傷、崎戸鉱業所図書館勤務となる。井上光晴と会う。

1952年　1月、退職。

1953年　1月、日炭高松第三坑（若松市）に就職。3月、眞鍋呉夫を坑内に案内。5月、解雇される。筑豊炭鉱労働者文藝工作集団を結成し、『地下戦線』を発行。砂郷春彦の筆名で「遥かなる島の乙女に」、青木信美の筆名で「おとぎ話」、うえの・ひでのぶの筆名で「西之浦さんの文学について」。7月、『地下戦線』2号に砂郷春彦で「洋服店のまえで」、青木信美で「こぶくろがさがると……」。8月、『地下戦線』3号に「赤旗は水害地を進む――第二次水害救援隊に捧げる」。12月、『地下戦線』4号に、上野英信の筆名で「はじめての集団創作を終えて」。（戯曲「仁侠の河は甦える」を上演した）。日本共産党入党。

1954年　3月、『地下戦線』5号（終刊）に青木信美で「あひるのうた」。4月、全九州文学活動者会議に参加、畑晴子を知る。11月、上野英信文、千田梅二版画『せんぷりせんじが笑った！』ガリ版印刷で発行（翌年、柏林書房刊）。

1955年　9月、「アカハタ」に「上野英信氏原子病悪化」の記事。療養のため阿知須町に帰る。晴子に手紙を書く。10月、上野英信文、千田梅二版画『ひとくわぼり』20部完成。12月、筑豊に戻る。

1956年　2月23日、畑晴子（29歳）と結婚。水巻町に住む。『月刊たかまつ』の編集にあたる。12月25日、朱《あかし》誕生。

1957年　1月、中間市本町6丁目に移る。2月『月刊高松』4号に散文詩「田園交響曲」。7月鞍手町の京の上炭鉱闘争を取材（↓「101日めの太陽」、『月刊炭労』9月号）。

1958年　1月、福岡の九州大学近くの学生下宿で谷川雁と出会う。6月、谷川雁・森崎和江が隣家に入居。8月、九州サークル研究会を結成。9月20日、谷川、森崎らと文化運動誌『サークル村』創刊（〜60年5月まで21号）。『サークル村』

9月号に上野英之進の筆名で「黒い朝」。『サークル村』10月号に上野英信の筆名でルポルタージュ「裂」（『月刊炭労』9月号に掲載された「裂」が無断で一部削られていたので）。

1959年　3月、『サークル村』3月号に上野英之進の筆名で「ぼた山と陥落と雷魚と」。『サークル村』4月号に上野英之進の筆名で「伝八がバケモノをみた話」。『サークル村』7月号に上野英之進の筆名で「大回転」。夏、福岡市茶園谷（現六本松）に転居。『サークル村』の編集会議に福岡から通う。11月30日、『親と子の夜』未来社刊（82年10月30日、新装版復刊）。『サークル村』12月号に上野英信と谷川雁との対談「大衆形式と労働者の顔」。

1960年　2月、『サークル村』2月号に座談会「集団創造の姿勢について」。5月、『サークル村』5月号で第一期終刊。共産党を脱党、除名。『サークル村』が反党的なので。8月20日、『追われゆく坑夫たち』岩波新書刊。9月10日、第二期『サークル村』ガリ版で発行。編集委員を務める。『サークル村』11月号に消息。『サークル村』12月号に座談会「前衛をいかにつくるか」。『文藝春秋』11月号に「河の下の坑夫たち」。

1961年　1月、『サークル村』1月号に第2回座談会「前衛をいかにつくるか」。『サークル村』2・3月合併号に座談会「前衛をいかにつくるか（B）」、同号に「石のなかのみずうみ（一）」。10月31日、『日本陥没期』未来社刊（73年5月25日新装版、82年10月30日復刊）。

1962年　10月、「いきざまの歌」（山本詞《つぐる》のこと）。

1964年　2月、鞍手町新延《にのぶ》の炭住廃屋を、野上吉哉とともに、国税局から買い取り改造。3月29日、移り住む。筑豊文庫設立趣意書を各方面に発送。

1965年　1月15日、筑豊文庫創立記念集会。3月24日、ＮＨＫ、『筑豊文庫の一年』放送。6月4日、「西日本新聞」に「合理化のはてに」。（6月1日、山野炭鉱事故。）剣道教室を始める。

1967年　5月20日、『地の底の笑い話』岩波新書刊。7月、建国大学時代の旧友陳抗が来訪。

1969年　3月、石牟礼道子『苦海浄土』の出版記念会を筑豊文庫で開く。7月、『どきゅめんと・筑豊』社会新報社刊。

1971年　6月20日、戸畑の天籟塾（穴井太主宰）で松下竜一と出会う。11月30日、『天皇陛下萬歳　爆弾三勇士序説』筑摩書房刊（72年4月30日、新装版）。11月10日、『近代民衆の記録2　鉱夫』を編集、新人物往来社刊。12月31日、チッソ東京本社前で座り込む川本輝夫らを支援する石牟礼道子らとともに、原田奈翁雄と一緒に座り込み、四日間のハンスト。

1972年　8月29日、松下竜一宅を訪ねる。「風成問題」について相談を受ける。「君ねえ、……」。数日後、松下が筑豊文庫を訪ねる。9月30日、松下竜一氏を励ます会＝『風成の女たち』出版記念会を開く（小倉ステーションホテルにて）。9月、「流紀行　遠賀川」「朝日新聞」連載。

1973年　4月25日、『骨を噛む』大和書房刊。5月、『日本陥没期』新装版、未来社刊。

1974年　3月1日、『出ニッポン記』の取材で、羽田を出発。宮松宏至カメラマン同行。メキシコ、ブラジル、パラグアイ、ボリビア、アルゼンチンを回り、炭鉱離職者を取材。9月21日、帰国。ピンガ（酒）を持ち帰る。9月？　松下は、豊前火力着工阻止で梶原得三郎らが逮捕され、南米取材から帰った上野に相談するが、「君ねえ、……」。

1977年　6月10日、NHK福岡放送局の企画で南米を再訪。8月26日帰国。9月、『異郷に生きる』放送。10月、上野の紹介で、松下は鞍手町立病院を受診、山本廣史医師から、病気は結核ではなく、多発性肺嚢胞症の診断を受ける。10月10日、『出ニッポン記』潮出版社刊（「われら棄国の民」、『潮』75年1月号〜76年12月号）。

1978年　2月、「西日本新聞」に「ボタ拾い」50回連載（→『火を掘る日日』）。4月28日、『眉屋私記』の取材でメキシコに行き（〜6月28日）、テキーラを持ち帰る。6月20日、『廃鉱譜』筑摩書房刊。上野のメキシコ土産のテキーラを飲んだ松下が酔いつぶれて、上野を恐れさせる。

1979年　3月10日、『火を掘る日日』大和書房刊。

1983年　8月、松下一家が筑豊文庫を訪ね、剣道具を拝領。

1984年　3月10日、『眉屋私記』潮出版社刊（『季刊人間雑誌』79年12月号より連載）。4月10日、『写真万葉録・筑豊』全10巻、葦書房、刊行開始（〜86年12月）。11月3日、西日本文化賞受賞。

1985年　2月25日、『上野英信集』全5巻、径書房、刊行開始（〜86年5月）。

1987年　2月9日、山本廣史医師の紹介で武田医院を受診、食道癌と診断され、20日九大病院に入院。5月22日、退院。6月1日、『写真万葉録・筑豊』が日本写真協会賞を受賞。式に出席、その後、岩波書店と打ち合わせ、『眉屋私記』戦後編を『世界』に連載することを決める。8月16日、朱、民記（孫）とともに郷里阿知須の千鳥ケ浜に遊ぶ。8月23日、「母さん、ぼくはきつい」と言って、沖縄行きを取りやめる。24日、鞍手町立病院に入院。癌の脳転移と診断される。9月16日、松下が、上野を鞍手町立病院に見舞う。11月21日、午後6時31分、死去。64歳。法名は文隆院釈英信居士。23日、密葬。29日、鞍手勤労者体育センターで告別式。鞍手町木月の照安寺に納骨。

1988年　2月19日〜3月19日、「西日本新聞」に井手俊作・田代俊一郎「闇を砦として——上野英信　人・仕事・時代」22回連載（12月10日、櫂歌書房刊）。11月20日、上野英信追悼文集刊行会編『上野英信と沖縄』ニライ社刊。

1989年　11月14日、岡友幸編『上野英信の肖像』海鳥社刊。11月21日、『追悼　上野英信』上野英信追悼録刊行会（代表小林慎也）刊。

1996年　4月　筑豊文庫を取り壊す。

1997年　8月27日、上野晴子、福岡亀山栄光病院（ホスピス）で、腹膜癌により死去。71歳。

1998年　1月15日、上野晴子『キジバトの記』裏山書房刊、海鳥社発売。

2000年　6月10日、上野朱『蕨の家　上野英信と晴子』海鳥社刊。

2005年　道場親信「倉庫の精神史」『未来』11月号から連載開始（2006年1・3・6・10・12月、2007年3月）。

2006年　2月15日、『戦後文学エッセイ選12　上野英信集』影書房刊。

2008年　4月18日、川原一之『闇こそ砦　上野英信の軌跡』大月書店刊。

2010年　8月27日、上野朱『父を焼く――上野英信と筑豊』岩波書店刊。

谷川　雁■略年譜

（齊藤愼爾編「谷川雁年譜」in『谷川雁の仕事Ⅱ』〔河出書房新社、一九九六〕を参照）

1923年　12月16日、谷川巌、熊本県水俣市に生まれる。父侃二は眼科医、母チカ、兄健一（民俗学者）、弟道雄（東洋史学者）、妹徳子、弟吉田公彦（編集者）、妹順子。

1936年　4月、県立熊本中学校入学。西南戦争に参加して敗れた母方の祖父と同居。

1942年　3月、第五高等学校卒業。4月、東京大学文学部社会学科入学。

1943年　秋、年齢の関係で学徒出陣に漏れ、学徒出陣壮行を祝う会。

1945年　1月7日、千葉県印旛郡四街道の陸軍野戦重砲隊に入隊。8カ月の兵隊生活。3度の営倉入り。9月、復員して、『宮沢賢治名作選』を読み、失読症を克服。東大卒業。福岡市の西日本新聞社に入社、整理部記者となる。

1946年　安西均、岡部隆介と知り合う。

1947年　1月、『九州詩人』2号に詩「恵可」を発表。丸山豊創刊の『母音』に加入。岡部隆介、安西均、松永伍一らが同人。共産党入党。西日本新聞社の越年資金要求の争議で、労組書記長として活躍、GHQと衝突、馘首の処分。

1948年　3月、新聞社に復帰、結核が悪化。安西均の厚意で、九州タイムズに匿名記事を多数執筆。6月、『午前』に「深淵もまた成長しなければならぬ」。日本共産党九州地方委員会常任となった井上光晴を知る。

1949年　日共九州地方委員会の機関誌部長となる。

1950年　結核で水俣に帰郷。
1951年　1月、阿蘇の阿蘇中央病院で療養。
1952年　水俣へ帰る。
1954年　5月、『母音』に「原点が存在する」。11月、第1詩集『大地の商人』母音社刊（「商人」、「毛沢東」、「東京へゆくな」を含む）。12月、『開墾』に「欠席した人々へ」。
1955年　水俣市チッソ附属病院で胸郭整形手術を受ける。退院後、小間物屋を開く。9月、『母音』に「森崎和江への手紙」、12月、『現代詩』に「東洋の村の入り口で」。
1956年　（5月1日、水俣病公式確認。）12月、詩集『天山』国文社刊（45年から48年の初期詩編。「或る光栄」、「ゆうひ」を含む）。
1957年　1月、『講座現代詩Ⅲ』に「農村と詩」。
1958年　1月、九大近くの学生下宿に移り、上野英信と出会う。6月、『文学』6月号に「工作者の死体に萌えるもの」。「鉄と石炭の相合う所」中間市本町6丁目に移住、森崎和江と住む。隣には上野英信が住む。8月15日、九州サークル研究会を立ち上げる。9月20日、上野英信、森崎和江、中村きい子、石牟礼道子らと文化運動誌『サークル村』創刊。「さらに深く集団の意味を」と、創作「蛮行」。『サークル村』10月号に詩「世界をよこせ」。『サークル村』11月号に「女たちの新しい夜」。11月、『原点が存在する』弘文堂刊。
1959年　1月、『サークル村』1月号に山田健二の筆名で戯曲「籠の中の鼠たち」。『思想の科学』1月号（創刊号）に「工作者の論理」。2月、『国民文化』に「報告風の不満」。5月、臥蛇島へ行く。6月、『思想の科学』に「『城下の人』覚え書」。『サークル村』6月号に関根弘との対談「創造のエネルギーはどこにそんざいするか」。7月、「日本読書新聞」に「分からないという非難の渦に」。7月、『サークル村』7月号に「阿蘇への白地図」。7月24～26日、阿蘇で交流会。夏、上野英信、福岡に移住。8月、『中央公論』に「びろう樹の下の死時計」。9月、『サークル村』9月号に「荒野に言葉あり」。10月、『工作者宣言』中央公論社刊。12月、『サークル村』で上野英信と対談「大衆形式と労働者の顔」。

1960年　1月、『谷川雁詩集』国文社刊。あとがき冒頭で「私のなかにあった『瞬間の王』は死んだ」。『サークル村』1月号に中村卓美との対談「サークル意識と企業意識」。同号に座談会「サークル運動千九百六〇年の展望」。『サークル村』2月号に座談会「集団創造の姿勢について」。5月、『サークル村』5月号に「反暴力」。『サークル村』5月号で終刊（第一期）。（6月19日、安保条約自然承認。）6月、共産党脱党、除名される。7月4日、全学連第16回大会に激励電報を送る。8月、「さしあたってこれだけは」の起草、声明。8月、中間市の大正炭鉱に杉原茂雄（隊長）、沖田活美、小日向哲也らと大正炭鉱労働者危機突破隊（後に大正行動隊と改名）を組織。9月、『週刊読書人』に上野英信著『追われゆく坑夫たち』の書評を書く。9月10日、第二期『サークル村』（ガリ版）発行、中村卓美編集。『サークル村』10月号に「底辺ブームと典型の不可視性」。『サークル村』11月号に「自立組織の構成法について」。『サークル村』12月号に座談会「前衛をいかにつくるか（第1回）」

1961年　1月、『サークル村』1月号に第2回座談会「前衛をいかにつくるか」、「私だけが読んだ小説」。『サークル村』2・3月合併号に「一人一殺に抗して（文化運動のマチエール）」。座談会「前衛をいかにつくるか（B）」。4月、『戦闘への招待』現代思潮社刊。『サークル村』4月号に「色の算術」。『サークル村』5月号に「物神産業の独占化（上）」。5月、山崎一男の妹里枝殺される。6月15日、3名の暴漢に襲われ左肘を骨折。加害者は謝罪。『サークル村』7月号に「飢える故郷　本店から」と「ごあいさつ」。「日本読書新聞」8月14日号に「骨折前後」。9月、吉本隆明、村上一郎とともに『試行』創刊。10月、第二期『サークル村』終刊。11月1日、北九州労働者「手をにぎる家」建設期成会の呼びかけに、後方の会が、設立同意書を出す。12月11日、山崎里枝事件で行動隊隊員N・S逮捕される。25日、山崎一男、列車に投身死。

１９６２年　1月1日、京都大学の『学園評論』５号に「百時間」。2月、『火点』に「大正炭鉱闘争の現況」。4月、「あなたの中に建設すべき自立学校を探求しよう」。15日、後方の会の援助により、「手をにぎる家」完成。6月22日、大正鉱業退職者同盟を結成。退職金闘争を指導。6月、『思想の科学』に「サークル村始末記」。8月23日、地労委が退職者同盟を労働組合として認可。9月15日、自立学校開校。10月、『試行』に「権力止揚の回廊――自立学校をめぐって」。『抵抗』に「逆倒された三池」。10月13日、同盟実力行使、25人が坑底に座り込む。22日にドクターストップ。11月3日、地労委の斡旋を受け入れ、協定を結ぶ。

１９６３年　4月、『思想』に「地方――意識空間として」。「日本読書新聞」に「筑豊炭田への弔辞」。5月、『影の越境をめぐって』現代思潮社刊。10月、『思想の科学』に「無の造形」。6月16日、筑豊企業組合創立総会、１０６名参加。17日、「日本読書新聞」に「退職主義の発火」。6月23日、退職者同盟が第3次実力行使。7月16日、中間市長ら三者が斡旋申入れ。9月22日、「日本読書新聞」に「再占拠そして協定」。10月16日、大正鉱業と同盟が協定調印。11月1日、同盟村の自力建設に取り掛かる。

１９６４年　4月、自由ケ丘の自力建設住宅37戸完成。5月、「図書新聞」に「毛沢東という詩人」。度々上京し、東京イングリッシュセンター（テック）の榊原陽と会う。12月14日、大正鉱業、臨時株主総会で、会社解散を決議。51億円の負債を抱えて閉山。冬、坑夫がやって来て、「きさんごたるやつは死ね」と庖丁を突き立てる。

１９６５年　3月20日、「十五ケ月ぶりの挨拶」を大正闘争支援者に発送。「報告会」を開く。そのしばらく後、原梅生に「出て行ってもらいたい」と言われる。長い沈黙の後、「分かりました」と答える。7月、『現代の眼』に「戦後責任と戦後転向」。秋、上京。日本人の外国語習得運動の組織化に専念。

１９６６年　ラボ教育センターを創立、専務理事となる。以後70年代を通じて、子どもたちの表現活動を指導。らくだ・こぶにの筆名で多数の物語テープを執筆、制作。
1968年 1月1日、現代詩文庫『谷川雁詩集』思潮社刊。
1970年 5月31日、森崎和江『闘いとエロス』三一書房刊。9月、北川透編集『あんかるわ』別号「谷川雁未公刊評論集」を特集。「この特集は、谷川雁の拒絶を受けたにもかかわらず、編集人の全責任において刊行する海賊版であり、今後再びこの種の行為をしないことを、谷川雁氏に対して誓約するものであります」
1971年 4月14日、ラボ労組の幹部5人が逮捕される。不当解雇された2人の処分撤回闘争で会社側の3人にケガをさせた疑い（15日付「朝日新聞」に「落ちた偶像?」の記事）。8月、社員が「谷川労務管理粉砕」と叫んでハンスト。
1976年 『谷川雁作品集』全5巻、潮出版社刊。
1978年 ラボランドのある長野県上水内郡信濃町黒姫に移住。C・W・ニコルを招き、日本神話を英訳。
1979年 「国生み」制作強行を契機に専務理事を解任されるが……。
1980年 ラボ関係の職務を離れる。らくだ・こぶに『根の国の力』葦芽購読者の会刊。12月、ニコル、高松次郎、間宮芳生との共著『物語としての日本神話』刊。
1981年 「十代の会」設立。9月、「毎日新聞」に「『神話ごっこ』の十五年」。
1982年 1月8日、『朝日ジャーナル』に「魂の水飲み場をもとめて」。9月4日、「毎日新聞」に「宮沢賢治への旅　兄の声に応えて遊べ」。9月18日、宮沢賢治没後50年を機に「ものがたり文化の会」を発足。賢治童話の音声・視聴化と人体交響劇を提唱。花巻市に賢治の生家を訪ね、宮沢清六氏と歓談。『文藝』11月号に「虚空に季節あり」。
1983年 6月、『意識の海のものがたりへ』日本エディタースクール出版部刊。
1984年 6月、『無の造形』潮出版社刊。7月から「信濃毎日新聞」に詩「海としての信濃」を連載。

1985年 5月、『海としての信濃』深夜叢書社刊。10月、『賢治初期童話考』潮出版社刊。

1989年 『教育音楽』4月号（音楽の友社）から、作曲家の新実徳英と、十代のための歌曲集『白いうた 青いうた』の共作を始める。94年、藍川由美が『鳥舟』をカメラータからCD化。2002年、全53曲ビクターからCD化。

1990年 『すばる』1月号から「極楽ですか」2年間連載（92年、集英社刊）。

1993年 『文藝』に評論「単眼ノート」連載。（95年3月、『幻夢の背泳』と改題、河出書房新社刊）

1994年 10月26日、清瀬の国立東京病院に入院。右気管支に癌腫瘍。11月10日～95年1月11日、「西日本新聞」に「北がなければ日本は三角」50回連載（「原郷のゆうひ」、「ペンネーム由来」など）。

1995年 （1月17日、阪神淡路大震災。）2月2日、肺癌のため死去。71歳。流水院磐石居士。熊本県宇城市松橋町の円光寺に葬られている。4月24日、『北がなければ日本は三角』河出書房新社刊。4月、『すばる』、『文藝』、『現代詩手帖』が追悼特集。6月15日、NHKが『詩人・谷川雁――炭鉱と安保と革命と』を放送。

1996年 6月25日、齊藤愼爾監修『谷川雁の仕事Ⅰ、Ⅱ』河出書房新社刊。

1997年 6月20日、松本健一『谷川雁 革命伝説』河出書房新社刊。

2002年 4月1日、『現代詩手帖4月号 よみがえる谷川雁』思潮社刊。

2003年 11月14日、『谷川雁の世界展』熊本近代文学館（～04年1月18日）。

2005年 1月1日、谷川雁『汝、尾をふらざるか』（詩の森文庫）、思潮社刊。

2009年 3月30日、『谷川雁 詩人思想家復活』河出書房新社刊。5月10日、『谷川雁セレクション1、2』日本経済評論社刊。11月10日、『原点が存在する』講談社文芸文庫刊。

森崎和江■略年譜

（「森崎和江自撰年譜」in『森崎和江コレクション 精神史の旅5』〔藤原書店、二〇〇九〕を参照）

1927年 4月20日、朝鮮慶尚北道大邱府三笠町で生まれる。父庫次（30歳）は三潴郡青木村浮島（現久留米市）出身。大邱高等普通学校の教師。母愛子（21歳）は宗像郡出身。

1930年 1月2日、妹節子生まれる。

1932年 3月31日、弟健一生まれる。

1938年 4月、父が慶州中学校初代校長となる。慶州公立小学校5年に編入。

1940年 4月、大邱高等女学校入学。夏休みに母と子らは青木村に帰郷。母が九大病院で胃癌と診断され、手術を受ける。数カ月後、朝鮮に帰宅。

1943年 4月2日、母愛子死去（36歳）。5月、父が金泉中学校校長に転任。和江も金泉高等女学校4年に転入。受験勉強中、家の裏の薪に放火されたが消し止めた。

1944年 2月、福岡県立女子専門学校（現福岡女子大学）を受験。4月、同大保健科入学。九州飛行機株式会社（春日市）に学徒動員。製図室に配属され、結核感染。微熱が続く。

1945年 6月19日、福岡大空襲。女専焼失。8月15日、終戦の詔勅を製図室のラジオで聞く。9月初旬、家族が漁船で博多港に引き揚げてくる。父の実家に身を寄せる。父は浮島の人々から村長になるよう依頼されたが固辞し、久留米市梅満町に移る。

1947年 3月、福岡女専保健科卒業。6月、佐賀県中原療養所に入所。風木雲太郎主宰の『岬』に詩が掲載される。『筑紫野』に短歌を投稿、掲載される。

1948年　『にぎたま』に短歌を発表。『アララギ』5月号にエッセイを書く。

1949年　一時帰宅を許され、久留米市を走る木炭バスの窓から「母音詩話会」のポスターを見る。数カ月後、療養所を退所。丸山豊医院を訪ね、持参の「飛翔」を見てもらい、同人となる。

1950年　6月25日、朝鮮戦争始まる（～53年7月27日、休戦協定）。『母音』第2期第1巻3号（10月1日）に「飛翔」掲載。以後発表を続ける。

1951年　5月、『母音』詩話会が筑後川辺の篠山城下の菜の花土手で開かれた。

1952年　3月、丸山豊、せき子夫妻の媒酌で、松石始と結婚。10月2日、父膵臓癌で死去（56歳）。

1953年　3月20日、長女恵誕生。4月末、弟健一（早稲田大学政治経済学部3年）が、「和んべ、甲羅を干させてくれないか」と庭から声をかける。「ぼくにはふるさとがない。女はいいね、何もなくとも産むことを手がかりに生きられる。男は汚れているよ」、「お願い、生きてみよう、生きて探そう、お願い」。5月22日、健一、栃木県の、とある教会の森で自死（21歳）。

1954年　10月末、谷川雁が『母音』持参で来訪。（雁は森崎より早く、48年4月1日発行の『母音』第2巻第2号に「たうん・あにま」を発表している。）恵が眠っている枕元に正座したまま、夜が白むまで動かず。

1955年　9月26日、『母音』に、谷川雁「森崎和江への手紙」、森崎「谷川雁への返信」。

1956年　2月、個人詩誌『波紋』創刊。11月4日、長男泉誕生。

1958年　6月、中間市本町6丁目の、九州採炭株式会社の医師の旧宅および診療所を借り、2人の子供を連れ、谷川雁と移り住む。隣には上野英信・晴子家族が住む。9月20日、谷川雁、上野英信らと文化運動誌『サークル村』創刊（～60年5月、第1期）。詩「太陽に沸く河」。

1959年　『サークル村』2月号に詩「無名」。5月号に「鉄を燃やしていた西陽」。7月号に「スラをひく女たち（二）」（8・9月号、60年2・3・4月号に連載）。夏、上野一家、福岡へ移る。8月、女性交流誌『無名通信』創刊（～61年7月）。

1960年　8月、谷川雁が大正行動隊を組織。これに参加。

1961年　5月、山崎里枝事件起こる。6月、『まっくら』理論社刊。12月11日、レイプ犯逮捕。12月25日、里枝の兄山崎一男、香月線に投身死。和江、起床不能に陥る。

1962年　同居中の谷川雁に、生誕地朝鮮への贖罪の思いを伝える。が、無了解、他者との対話を禁じられる。植民地台湾にいたことのある埴谷雄高を訪ねる。6月10日、「スイスイ保育所」を炭住に開設、仲間の手伝いとカンパに支えられる。7月1日、『女性集団』創刊。

1963年　3月30日、『非所有の所有』現代思潮社刊。

1964年　二十日会を元坑内坑外労働をした母世代の女性たちと持ち合う。9月1日、詩集『さわやかな欠如』国文社刊。12月、大正鉱業が閉山。12月？　坑夫がやって来て包丁を突き立てる。

1965年　2月23日、『第三の性』三一書房刊。秋、谷川雁が上京。

1966年　9月、サルトルとボーボワールに福岡市のホテルで会う。九大農学部への初めての韓国人留学生趙誠之にハングルを習う。

1967年　東本願寺の依頼で、水没する添田町の正応寺を取材、「生きつづけるものへ」を書く。NHKのラジオドラマを多く手がける。

1968年　4月、慶州中高校創立30周年記念に亡父の代理として祝賀会に出席。大邱市にも寄る。オモニと再会する。

1969年　10月、東本願寺で講話。嵯峨野で在日の老女に会う。「うちら、墓がない」

1970年　5月、与論島を訪れる。5月20日、『ははのくにとの幻想婚』現代思潮社刊。5月31日、『闘いとエロス』三一書房刊。

1971年　1月、M・デュラス原作『モデラート・カンタービレ』を脚色、NHKから放送。体力ぎりぎりの日が続き、内科医院から精神科へと指示される。10月25日、『異族の原基』大和書房刊。12月5日、川西到と共著『与論島を出た民の歴史』たいまつ社刊。
1972年 NHKFM芸術劇場『誰も知らない海峡』放送。
1973年 「からゆきさん」の下書きに入る。
1974年 4月10日、『奈落の神々』大和書房刊。5月5日、詩集『かりうどの朝』深夜叢書刊。5月、佐渡へ渡り、金山の話を採話。11月30日、『匪賊の笛』葦書房刊。
1975年 6月、玄界灘沿いの漁業者集落を歩く。各地の祭を訪ねる。
1976年 5月15日、『からゆきさん』朝日新聞社刊。
1977年 「光の海のなかを」が『新国語Ⅱ』三省堂に収録される。8月、『祭りばやしが聞こえる』RKB毎日放送からテレビ放映(木村栄文ディレクター)。芸術祭優秀賞受賞。10月20日、『光の海のなかを』冬樹社刊。12月20日、『ふるさと幻想』大和書房刊。12月、インドの仏蹟めぐり。
1978年 2月25日、『遥かなる祭』朝日新聞社刊。2月、沖縄、宮古島、石垣島へ取材。5月、『草の上の舞踏』RKBテレビで放映。芸術祭優秀賞受賞。10月、『海鳴り』をNHKラジオから放送。芸術祭優秀賞受賞。
1979年 春、20年間住んだ中間市から宗像市大井台1-3へ転居。「やっと養母のごとき炭坑から自立し、朝鮮の植民地時代と同じ年月を必要として、魂の自立を得たかに思う」。3月31日、『産小屋日記』三一書房刊。6月20日、野添憲治と『対話　魂ッコの旅』秋田書房刊。
1980年 1月25日、『ミシンの引き出し』大和書房刊。6月30日、『はじめての海』吉野教育図書刊。NHKラジオドラマ、テレビルポルタージュが重なる。
1981年 3月30日、『海路残照』朝日新聞社刊。10月15日、『海鳴り』三一書房刊。10月25日、『髪を洗う日』大和書房刊。12月20日、『旅とサンダル』花曜社刊。

1982年　3月20日、『クレヨンを塗った地蔵』角川書店刊。9月28日、詩集『風』沖積社刊。12月15日、『湯かげんいかが』東京書籍刊。

1983年　3月1日、絵本『くらす』日本ブリタニカ刊。4月30日、絵本『いのる』日本ブリタニカ刊。4月30日、『消えがての道』花曜社刊。8月30日、『能登早春紀行』花曜社刊。

1984年　3月10日、『慶州は母の呼び声』新潮社刊。8月30日、『森崎和江詩集』土曜美術社刊。9月10日、『津軽海峡を越えて』花曜社刊。5月、松永伍一と共に丸山豊を松山の旅に招く。

1985年　2月28日、『奈落物語』大和書房刊。3月、九大文学部留学生蔡京希の帰国に同行し韓国へ。金仁順と再会、巨済島の愛光園に行く。6月30日、『悲しすぎて笑う』文藝春秋社刊。

1986年　2月10日、『インドの風の中で』石風社刊。7月27日、『こだまひびく山河の中へ』朝日新聞社刊。10月末、松永伍一と共に丸山豊との若狭の旅。11月5日、『日本の父』潮出版社刊。

1987年　5月、松永伍一と共に丸山豊との伊豆半島の旅。11月21日、上野英信死去。

1988年　5月10日、『ナヨロの海へ』集英社刊。11月20日、『トンカ・ジョンの旅立ち』日本放送出版協会刊。NHKラジオ『私の本棚』で「こだまひびく山河の中で」を15回連続で語る。

1989年　1月30日、『大人の童話・死の話』弘文堂刊。KBC九州朝日放送テレビ久留米市制百周年記念番組『くるめ物語』に丸山豊と出演。丸山はその数日後にアンカレッジ上空で体調激変し、8月9日、アンカレッジの病院で死去。『聞き書き　庶民が生きた昭和』日本放送出版協会刊。

1990年　8月30日、『詩的言語が萌える頃』葦書房刊。

1991年　4月、宗像市総合公園（宗像ユリックス）管理公社理事となる。6月30日、『風になりたや旅ごころ』葦書房刊。7月、NHKラジオドラマ『サハリンシティー』放送。

1992年　2月13日、『きのうから明日へ』葦書房刊。5月25日、『荒野の郷　民権家岡田孤鹿と二人妻』朝日新聞社刊。6月、NHK衛星放送

『筑後川を上る』放映。
1993年　9月20日、『売春王国の女たち』宝島社刊。NHK衛星放送『名護屋城跡で』放映。
1994年　2月28日、『いのちを産む』弘文堂刊。9月29日、『いのちの素顔』岩波書店刊。福岡県文化賞創造部門賞受賞。西日本文化賞受賞。
1995年　2月2日、谷川雁死去（71歳）。『現代詩手帖』3月号に谷川雁追悼「反語の中へ」を書く。7月15日、『二つのことば　二つのこころ』筑摩書房刊。7月、韓国への旅。
1996年　4月26日、簾内敬司との往復書簡『原生林に風が吹く』岩波書店刊。
1997年　3月、宗像市総合公園管理公社理事長就任。11月、RKBテレビドキュメント『月白の道　戦場から帰った詩人』放映。『森崎和江雲南省大理の旅』RKBから放映。NHKETV特集『木に会いたい・森崎和江』放映。
1998年　4月30日、『いのち、響きあう』藤原書店刊。5月、詩集『地球の祈り』深夜叢書刊。
12月14日、宗像市教育委員会主催の世界人権宣言五十周年記念で、金伝順と対談。翌日、福岡市女性センターアミカスで、「韓日草の根交流・いのち響きあう」でチマチョゴリを着て語り合う。
1999年　10月、『愛することは待つことよ』藤原書店刊。
2000年　8月、神奈川大学評論ブックレット『いのちへの手紙』御茶の水書房刊。11月、第1回福岡県男女共同参画県民賞受賞。
2001年　2月、『北上幻想　いのちの母国をさがす旅』岩波書店刊。4月、『見知らぬ私』東方出版刊。9月、『いのちの母国探し』風濤社刊。
2002年　『思想と実践　福祉をつくり、ささえるもの』（ミネルヴァ書房）に「いのちを産み、育てること」。
2003年　9月6日、中原中也の会で「原郷と文学」を講話。
2004年　1月、『いのちへの旅　韓国・沖縄・宗像』岩波書店刊。4月、詩集『ささ笛ひとつ』思潮社刊。
2005年　10月4日、右膝を痛める。丸山豊記念現代詩賞受賞。
2006年　1月、『語りべの海』岩波書店刊。5月、韓国愛光園から修学旅行一行が来訪。
2007年　6月10日、右脚激痛、起床不能となる。右膝の一部が壊死。8月9日、『草の上の舞踏』藤原書店刊。
2008年　11月30日、『森崎和江コレクション　精神史の旅　1産土』藤原書店刊。全5巻（2地熱、3海峡、4漂泊、5回帰。～09年3月30日）。

松下竜一■略年譜

1937年　2月15日、大分県中津市で生まれる。本名龍一。10月頃、肺炎の高熱で右目失明。多発性肺嚢胞症はこの時発病したと思われる。父健吾、母光枝。姉一人、弟五人。

1956年　3月、中津北高卒業。5月8日、母光枝（45歳）死去。進学を諦め豆腐屋を継ぐ。

1962年　12月、朝日歌壇に投稿、初入選。「泥のごと……」

1966年　11月3日、三原洋子と結婚。歌集『相聞』を作る。

1968年　12月1日、『豆腐屋の四季』自費出版。

1969年　4月8日、『豆腐屋の四季』講談社刊。7月17日、『豆腐屋の四季』朝日放送から放映。緒形拳主演（翌年1月8日まで）。

1970年　2月、『吾子の四季』刊。6月、仁保事件の冤罪を晴らす運動をしている向井武子から金重剛二著『タスケテクダサイ』（理論社）が届く。6月28日、東京水俣病を告発する会が東大で結成大会（宇井純代表）を開く。「患者とともに地獄の底までつき合えるか」、「朝日新聞」でこの記事を読み粛然となる。7月3日、砂田明ら東京水俣病を告発する会の有志11人の「東京―水俣巡礼団」が出発。衝撃を受ける。7月9日、松下竜一（33歳）、豆腐屋を廃業、作家宣言。7月17日、「朝日新聞」声欄に「タスケテクダサイ」を書く。29日、中津教会で仁保事件の真相を聞く会を開く。31日、仁保事件で最高裁は広島高裁差戻し判決。8月、豆腐を造っていた作業場を書斎兼居間に改造。
1971年　2月12〜15日、風成の女たちが大阪セメントの海上測量阻止行動。7月20日、大分地裁は埋立て免許取消し判決。3月3日、『歓びの四季』講談社刊。6月20日、戸畑の俳句結社『天籟通信』（穴井太主宰）に招かれて「歌のわかれ」の題で話す。上野英信（47歳）と出会う。7月28日、『人魚通信』を自費刊行。9月、『九州人』9月44号に、「絵本を切る日々」を書く。10月、西日本新聞社の依頼で大分新産業都市の公害を取材。「落日の海」を11月7日〜12月26日まで15回連載。10月15日、九州電力が福岡県と豊前市に火力発電所建設申し入れ。
1972年　3月8日、熊本県の菊池恵楓園に、伊藤保の取材に行く。5月16日、仁保事件差戻し審を広島高裁で傍聴。午後、広島大学で石丸紀興に会う。6月4日、周防灘開発問題研究集会を主催。7月1日、『九州人』7月54号に、「檜の山のうたびと」連載開始（73年3月号まで9回）。7月14日、『海を殺すな』自費刊行（「落日の海」、「周防灘総合開発反対のための私的勉強ノート」収録）。7月15日、豊前の公害を考える千人実行委員会発足。甲田寿彦講演会で前田俊彦と会う。7月26日、伊達火力発電所建設差止め訴訟提訴（伊達環境権裁判）。7月30日、中津の自然を守る会発足（横松宗会長）。宇井純講演。梶原得三郎と出会う。8月8日、恒遠俊輔、伊藤龍文らと姫路、岬町、水島視察。8月20日、『風成の女たち』朝日新聞社刊。8月29日、上野英信初めて来宅。風成問題について相談。「君ねえ、……」記録作家の覚悟を叩き込まれる。数日後、筑豊文庫を訪ね、入門式を行なう。9月15日、千人実行委員会の機関紙『草の根通信』創刊。9月30日、上野英信が『風成の女たち』の出版記念会＝松下竜一氏を励ます会を開く。前田俊彦、森崎和江、原田奈翁雄らも出席。10月11日、「朝日新聞」声欄に「計算が示すこの害　豊前火力に反対」を書く。11月14日、「熊本日日新聞」に「かもめ来るころ」を連載（12月18日まで30回）。12月5日、『絵本切る日々』自費刊行。12月13日、路上で徹夜して、広島高裁傍聴。仁保事件無罪判決。12月16日、「朝日新聞」文化欄に「暗闇の思想」を書く。

1973年　1月20日、『火力発電問題研究ノート』を中津公害学習教室から刊行。1月28日、豊前火力反対市民大集会。その後、公開・公害学習教室を主催、宇井純講演会。中津の自然を守る会と別れる。3月15日、豊前火力絶対阻止・環境権訴訟をすすめる会発足。4月5日、『草の根通信』創刊（4号）。8月21日、7人で豊前火力建設差止め裁判（環境権裁判）を福岡地裁小倉支部に提訴。

1974年　3月14日、『暗闇の思想を』朝日新聞社刊。中津地区労からクレームが来るが、拒否。6月26日、着工阻止闘争。7月4日、梶原得三郎ら3人が逮捕される。8月、豊前海戦裁判始まる。9月？　逮捕された仲間のことを、『出ニッポン記』の南米取材から帰った上野英信に相談するが、「君ねえ、……」。

1975年　3月、『明神の小さな海岸にて』朝日新聞社刊。10月、『五分の虫、一寸の魂』筑摩書房刊。

1977年　7月、『砦に拠る』筑摩書房刊。9月、上野英信の紹介で、松下（40歳）は鞍手町立病院を受診、山本廣史医師から、病気は結核ではなく、多発性肺嚢胞症の診断を受ける。

1978年　上野の『眉屋私記』の取材のメキシコ土産のテキーラを飲んだ松下、酔いつぶれて上野を恐れさせる。

1979年　8月30日、豊前市中央公民館で豊前人民法廷を開く。31日、豊前環境権裁判、門前払い判決。「アハハハ……敗けた、敗けた」の垂れ幕。控訴。

1981年　3月、控訴審で却下判決。「破れたり破れたれども十年の主張微塵も枉ぐと言わなく」の短歌を掲げる。上告。4月、『いのちきしてます』三一書房刊。

1982年　1月、環境権訴訟をすすめる会、解散。『草の根通信』は2月111号からサブタイトルを「環境権確立にむけて」に変える。6月、『ルイズ——父に貰いし名は』（講談社）で講談社ノンフィクション賞受賞。

1983年　8月、松下一家が筑豊文庫を訪ね、剣道具を拝領。
1984年　11月3日、「毎日新聞」に「一万円札フィーバーの中で気にかかること」を書く。
1985年　4月、『記憶の闇』河出書房新社刊。12月、環境権訴訟、最高裁が却下判決。
1986年　3月、なかつ博に非核平和館展示。
1987年　1月、『狼煙を見よ』河出書房新社刊。9月16日、上野英信を鞍手町立病院に見舞う。11月、日出生台での日米共同訓練反対全国集会（3万人玖珠河原）でアピール。11月21日、上野英信死去。
1988年　1月、四国電力伊方原発出力調整実験反対で高松行動。2月も。1月、警視庁による家宅捜索を受ける。9月、国家賠償請求裁判提訴（96年一部勝訴。2002年勝訴）。
1989年　10月、『小さな魚屋奮戦記』筑摩書房刊。
1990年　12月、『母よ、生きるべし』講談社刊。
1993年　7月、父健吾死去。87歳。
1994年　4月、『ありふれた老い』作品社刊。
1996年　9月、『底抜けビンボー暮らし』筑摩書房刊。
1998年　10月、『松下竜一その仕事』全30巻（河出書房新社）刊行開始。「松下竜一その仕事展」開催。
1999年　1月、米海兵隊実弾演習に反対して、日出生台に通う（以後毎年）。3月8日、NHK教育ETV8『豆腐屋の書斎から』で上野英信・晴子のことを書きたいと発言。
2002年　8月、『そっと生きていたい』筑摩書房刊。11月、『草の根通信』360号パーティー。
2003年　6月8日、福岡市で講演の後、小脳出血で倒れる。7月、小波瀬病院に転院、リハビリに励む。
2004年　6月17日、中津市の村上記念病院で、多発性肺嚢胞症に起因する出血性ショックで死去。67歳。7月、『草の根通信』380号で終刊。
2007年　6月17日、第3回竜一忌で、上野朱が「松下センセと英信センセ」を講演。

２００６年　1月、『戦後日本住民運動資料集成1　復刻「草の根通信」1』すいれん舎刊。
２００８年　6月17日、『松下竜一未刊行著作集』全5巻（新木安利・梶原得三郎編、海鳥社）刊行（〜09年6月）。9月、『戦後日本住民運動資料集成4　復刻「草の根通信」2』すいれん舎刊。
２００９年　1月17日、劇『かもめ来るころ』ふたくちつよし脚本、高橋長英・斉藤とも子出演、ベニサンピットで上演（〜25日）。鹿児島、福岡、大分、中津（2月7日）でも上演。10月9日、『豆腐屋の四季』講談社文芸文庫刊。
２０１０年　6月15日、呉英診・成貞愛訳、ハングル版『豆腐屋の四季』刊行。

あとがき

僕は一度だけ筑豊文庫を訪ねたことがある。一九八四年八月三一日のことだ。直方市の石炭記念館や図書館を見学して鞍手町新延六反田に着いた。上野さんはお留守で（妙にほっとしたことを覚えている）、晴子さんが応対してくれた。僕は中津の松下竜一さんの『草の根通信』の発送を手伝っている者なんですけど、と自己紹介して、文庫の展示室を見せてもらった。石炭の塊が足もとに転がり、その上のパネルには山本作兵衛さんの絵が掛けられていた（一九八三年八月、筑豊文庫の図書室を改造して山本作兵衛ら炭鉱画家の作品展示場とする、と年譜にある）。

例の大きなテーブルで、晴子さんにビールをすすめられたが、車だから、と遠慮すると、ソーメンでも茹でましょうかと言われた。これも遠慮した（けれど、今となっては遠慮しなければよかったと思う。「晴子の手料理として多くの人の舌に記憶されている味は、ここで母が生きた証でもある」（『蕨の家』）と朱さんは書いている）。径書房から出る全集の話とか、松下さんの話などをして、『写真万葉録・筑豊』のパンフレットを貰い、作兵衛さんの絵の絵葉書一〇枚セットを買って、赤間のすかぶら堂に行った。道すがら、この道は何だか見覚えがあると思っていた。そうか、福岡教育大の友人を訪ねての帰り、直方に出たことがあった、あの道か、道端に梅が咲いていたなあと思い出していた。すかぶら堂で本を見ていると電話がかかってきた。多分晴子さんからだと思う。店にいたのは柏木博さんだったのだろう。僕は朱さんかと思っていたけれど。前田俊彦さんの『瓢鰻亭通信』とランボーの本四冊を買った。七一八〇円のところ、七〇〇〇円に値引きしてくれた。いい人だなあ、と心の中で思った。

ところで僕は、筑豊文庫の碑があればいいなと思う。「記念に類することは、一切やってはならぬ」という魯迅の影響であろうか、上野さんはそういう「記念の石を建てるな／ただ年ごとに薔薇の花を咲かしめよ」と、リルケの言葉を引用して書いていた（『労働藝術』創刊号、一九四八年七月）。また朱さんも、碑が建って文学散歩の行き先の一つになるのはたまらないと書いている（「記念の石」『蕨の家』134ページ）。しかし醜怪な遺物ばかりがのさばる中で、筑豊文庫というものがかつてここにあったということを考える入り口として、あったらいい。魯迅記念館というものはあるのだし、筑豊にも石はたくさんあるから。あとは上野さんの紙碑（著作）が、また他の人の文献が、筑豊という日本近代資本主義の闇、悲惨のすさまじさを解き明かしてくれるだろう。岩崎稔・上野千鶴子・成田龍一編『戦後思想の名著50』（平凡社、二〇〇六）に、上野英信『追われゆく坑夫たち』、谷川雁『原点が存在する』、森崎和江『第三の性』の三冊が揃って取り上げられている。うーむ、すると、あの、中間市本町六丁目の家は、今さらながらすげえ人たちが住んだ家だったのだと、感慨深いものがある。この家は今も健在である。

本稿は、二〇〇七年六月一七日に行なわれた「第三回竜一忌」の際に発行されたパンフレットに掲載した「上野英信と松下竜一」に、大幅に加筆したものです。谷川雁さんのことと森崎和江さんのことを書いた部分が多くなったので、『サークル村の磁場　上野英信・谷川雁・森崎和江』と改題しました。

僕は筑豊のことはほとんど知らない訳で、こうした文章を書くのにふさわしいとは言えないと自覚しています。本稿を書くにあたって、上野朱さん、河野靖好さん、村田久さん、加藤重一さん、森崎和江さんの話を聴かせていただきました。豊津の瓢鰻亭の「瓢たん鰻の会」で共に学習している河野さんには、本稿の初稿の段階で眼を通していただき、詳しい注釈を書いていただきました。貴重な証言だと思いますので、本文中にゴシック体で全文引用させていただきました。また上野朱さんには第二稿をチェックしていただき、貴重な意見をいただきました。また二〇一〇年五月七日、森崎さんをお訪ねし、国民宿舎「ひびき」において長時間にわたってお話を伺い、第二稿のチェックをしていただきました。本文中、「……と話している」となっているところはその時の話によるものです。それから築上町図書館のお世話になりました。また、海鳥社の西俊明さん、別府大悟さん、宇野道子さんのお世話になりました。みなさん、どうもありがとうございました。

参考文献は、文中に明示しました。引用文中に、現在から見て不適切と思われる語句が使用されている箇所がありますが、差別的な意図はないと思われるので、原文を尊重し、そのままとしました。

なお、松下さんのことを、ぼくは「松下さん」と呼んでいますが、「上野さん」、「谷川さん」、「森崎さん」と言うのはかなり違和感があり、統一するために、すべて敬称を略させていただきました。

二〇一〇年一二月一二日

新木安利

新木安利（あらき・やすとし）
1949年，福岡県椎田町（現・築上町）に生まれる。北九州大学文学部英文学科卒業。元図書館司書。1975年から『草の根通信』の発送を手伝う。
【著書】『くじら』（私家版，1979年），『宮沢賢治の冒険』（海鳥社，1995年），『松下竜一の青春』（海鳥社，2005年）
【編著書】前田俊彦著『百姓は米をつくらず田をつくる』（海鳥社，2003年），『勁き草の根　松下竜一追悼文集』（草の根の会編・刊，2005年），『復刻「草の根通信」』の解題・総目次（すいれん舎，2006・08年），『松下竜一未刊行著作集』全5巻（海鳥社，2008・09年）

サークル村《むら》の磁場《じば》
上《うえ》野《の》英信《えいしん》・谷川《たにがわ》　雁《がん》・森崎和江《もりさきかずえ》
■
2011年2月11日　第1刷発行
■
著者　新木安利
発行者　西　俊明
発行所　有限会社海鳥社
〒810-0072 福岡市中央区長浜3丁目1番16号
電話 092(771)0132　FAX 092(771)2546
http://www.kaichosha-f.co.jp
印刷・製本　大村印刷株式会社
ISBN978-4-87415-791-6
［定価は表紙カバーに表示］